划过天空的拖鞋

卷一 孕期

天然子 著

中国文史出版社

图书在版编目（CIP）数据

划过天空的拖鞋 / 天然子著. -- 北京 : 中国文史出版社, 2022.1

ISBN 978-7-5205-3096-5

Ⅰ. ①划… Ⅱ. ①天… Ⅲ. ①日记—作品集—中国—当代 Ⅳ. ①I267.5

中国版本图书馆CIP数据核字(2021)第149652号

责任编辑： 刘 夏
封面设计： 秋 雨

出版发行： 中国文史出版社
社　　址： 北京市海淀区西八里庄路 69 号　**邮编：** 100036
电　　话： 010–81136606 81136602 81136603（发行部）
传　　真： 010–81136655
印　　装： 北京温林源印刷有限公司
经　　销： 全国新华书店
开　　本： 1/32
印　　张： 10.625　**字数：** 212 千字
版　　次： 2022 年 3 月北京第 1 版
印　　次： 2022 年 3 月第 1 次印刷
定　　价： 42.00 元

HUA GUO
TIAN KONG DE
TUO XIE

谨以此书献给外孙：姥姥的执着，因为你值得！

自序

2010年6月22日，宝宝出生在武汉一个“421”结构的军警家庭。在出生八个月的时候，给自己取了一个霸气响亮的名字——虎虎！

说起六年的人生经历，那是相当地不容易。【脑瓜子疼】您是不是会问：小小年龄，为什么会有这么大的压力？

那就让虎虎，讲个故事给您解疑——刘备：以军师之才，想置周瑜于死地，一次便可，为何要气他三次呢？诸葛亮：既然是《三国演义》，当然要气三次，否则就和书名不符啊！

我家姥姥，创作起范儿起高咧，给大孙开启了“疯狂模式”。依照姥姥拟定的书名“划过天空的拖鞋”精准定位的思路走，各种调皮各种淘凭实力挨揍啊，虎虎有义务配合升华主题。雄起！宝宝铭刻在心，眷眷不忘淘气，男性荷尔蒙喷发，皮得人神共愤……要不，姥姥写书，哪来的“话题”？

看官！您看过《水浒传》吗？唐僧师徒四人，被贾宝玉逼上梁山的故事……您懂的！你这一辈子，有没有为别人拼过命？有的！虎虎每天充电五分钟，嗨皮一整天。为姥姥，要做个狠人！【可劲儿造】

虎虎十八般武艺，虽然样样都拿不出手，但十八种捣蛋，可是样样精通。宝宝一年四季都是旺季，终于，成功地把自己活成了搞笑担当，一部行走的永动机！成了家人的快乐源泉，姥姥写作的素材库。虽然，妈妈整天吐槽极品小恶魔：“养儿子费钱、费脑、费嘴、费力！”可是，妈妈心里在偷偷得意：

“养孩子，还真的是神奇且刺激！”讲真，谁养谁知根底。

完美分割

六年来，外孙霸道、耍赖、侵略、冒险、滑稽、诙谐、风趣的经典桥段……早已被细心的姥姥存放在数据库里，使姥姥陷进美妙的隧道，无法自拔……不由得流连于液晶屏前，带着一份欣赏、一份慈爱，用敏感、细腻的触觉，以嫡亲外孙为原型，为之代笔，舞文弄墨，把胸中的诗意敲成文字。

文章中，姥姥以第一人称宝宝的口吻，通过“我”的亲身经历，平铺直叙，淡淡地，静静地，叙述虎虎作为胎儿的真实成长故事；姥姥以时间为主线，散文为载体，用日记、随笔，把外孙小至被自己的屁屁吓到，大至毁掉家里的小电器，统统联系到了一起。书中各种笑点密布，文章生动俏皮。姥姥用心收藏外孙生活的点滴，一件一件小事，让见解独具匠心，谱写出最真挚的感情。

作品中，融入了姥姥的性格、趣味、思想等属性特征，并赋予人物社会意义。姥姥巧妙地把孕育、育儿知识和婴幼儿各个时期的身体、心理生长过程，与中国文化的智慧一并应用渗透在文章里。寓教于乐，小故事说明大问题！

姥姥与文字静守，不张扬，不喧哗，不夺目，于静默处悄然绽放。把所有的情感和感悟，化作了文字最温柔的样子，濡染出一抹淡淡的诗意。姥姥的每一份深情，都被文字凝练成了永恒、真情、真心、真意；欣赏、被爱、去爱，观点、故事、情怀……都蕴含在每个故事里，这便是姥姥文字的含义。

姥姥以淡若馨香的悠远，内外兼修的丰富，宁静致远的境界，执着地在自己心路上行走，润泽生命且令人生充满阳光的能量，亦芬芳、亦美丽。

前言

心里的火永远不要灭，哪怕别人只能看到烟——梁实秋

——题记

《划过天空的拖鞋》作者原名：黄琦；笔名：天然子。

“天然子”，于20世纪50年代末，岁尾的金秋十月，出生在湖北省武汉市一个中层干部家庭。后随父母工作调动，来到了河南，并在豫结婚，生一女。早期接受过三年“汉语言文学”专业的高等教育。大学毕业后，一直从事机关工作，直到2014年10月退休。

几十年如一日，姥姥患有写日记的“毛病”。退休后更是故态复萌。【偷笑】

外孙虎虎，生得活泼、帅气，笑起来两眼水汪汪的，嘴角还掉口水的那种。宝宝思维活跃、想象力丰富，有超强的语言表达能力，考虑问题角度独特，有担当、具决断、能指挥，极具帅才。虎虎有主见，有个性，有自己生存的道场。几个幽默调侃的表情，几声看似不经意的语言，都淋漓展现了宝宝不一样的气势。

姥姥一路追随着外孙雀跃的身影，聆听着率真童趣的话

语，注视着色彩斑斓的画面——外孙成长的足迹，也是姥姥生命的一段旅程！阅历与感悟交织，收获与成长同在，信念与梦想闪动——姥姥扎进一沓沓资料里，躲在厚厚的辞典后面，一轮一轮的资源重组……姥姥在旅程中追寻！

起初，姥姥的创作意图只是想在外孙 18 岁生日送上一份“成人”礼，仅此而已。

哪承想，2020 年春节，“新冠”病毒在武汉肆虐……为阻断疫情向全国扩散，1 月 23 日武汉按下了暂停键。骤然慢下来的日子，竟让人有些手足无措。家，成了困守的孤岛……无数武汉人，都痛哭在这个春季。

禁足隔离的日子，让姥姥有时间思考生命的价值，第一次领悟到，在生命面前，一切的付出和努力都是值得的。从慌乱到从容；从疑虑到释然；从绝望到希望。姥姥快速调整心态，收拾心情重新出发，着手整理外孙成长日记。主旨：传播正能量，分享育儿经验，帮助解决育儿中的小问题。姥姥每天以“静”攒一点努力，希望等到植物死了，能把生命留在种子里。

2020 年，我们除了见证历史，还创造了历史。在向最美逆行者致敬的同时，也向留守武汉的同胞们致敬！感谢祖国，感谢人民，感谢咬牙挺住、含泪坚持的我们！

生活在继续，外孙非常鲜活的大容量素材才不会枯竭……内心的涌动，情感的交织，从心底升腾。姥姥用丰厚的积累、阅历的凝聚、人生的沉淀去创作，连同自己曾经孕育生命的过程，都一股脑地释放到作品里。

姥姥是一个有追求、主动学习、自律到骨子里的女人。调高视线，寻找生命中的精彩，建立自己的品牌风格，创建一个别人拿不走的身份，让自己活得真实有力！姥姥，55 岁华丽转身，60 岁活出了终身美丽！

目录

1.

全省停电，高调上线

2009 年 1 月 5 日 星期一 -2℃～7℃

多云 无持续风向 微风 小寒 农历腊月初十

曾经，将那么多的心绪都赋予了秋。如今，虎虎说，我要留一些情意给冬，于冬天幽凉的早晨，听风动寒枝的瑟瑟，听暖意温窗的静寂。然后，只在万物清宁的时候，等一场梅开，等一个人。

2009 年的新年小长假过后的第二个工作日。

下午 3:15，市政府派出机构的办公室里，安安静静地坐着两位职业女性，一位年轻点的，聚精会神伏案工作；另一位就是那个笔名“天然子”的女人啦。此女人，目测年龄约有 48.6 岁。她，偏瘦，如兰花般地幽雅，如水仙般地恬静。她如常端坐电脑前，不停地敲击键盘，一丝不苟地输入着信息……

此刻，“天然子”的手机打破了寂静，独自奏响了悦耳歌曲。女人放下手头工作，推开手机滑盖，清晰地映出来电显示：武汉——宝儿。

旁白：虎虎知道这个号码是妈妈的！

耳边、听筒里，传来妈妈欢快的声音："姆妈！姆妈！我们拿到'结婚证'啦！"

顿悟：这一声"姆妈"虎虎明白了人物关系，"天然子"岂不是妈妈的妈妈吗！有一首童声"家族歌"，按歌词推理，虎虎应该称"天然子"为"姥姥"呢，不差辈分！对的！为了喊起来溜嘴，以下虎虎多用"家家"口语。

姥姥，名为——林梧秋，昵称：林妹。

不知姥姥想到了什么，偷偷地兴奋一笑，眼睛弯得像月牙儿似的，仿佛那灵韵也溢了出来呢。一颦一笑之间，高贵的神色自然流露，让人不得不惊叹——姥姥可比虎虎想象的年轻。

姥姥只听了妈妈这一句，虎虎证明真的就是这一句。姥姥顿时欢跃起来，全然不顾手机里的妈妈，还在叽里呱啦说着什么，立即收回滑盖，跳过去，抱着丈二和尚摸不着头脑的同事大声喊："我闺女嫁出去了！我闺女嫁出去了！"无论同事再想追问什么，姥姥一概不予回复，笑咧咧地，低头摆弄着自己的手机……

一会儿的工夫，爸爸、妈妈同时收到短信，来自他们母亲的祝福："桃之夭夭，灼灼其华。之子于归，宜其室家。祝贺我的孩子们关系升级！"

"结婚证"是婚姻登记管理机关签发的，证明婚姻关系有效成立的法律文书。妈妈终于长大了，姥姥为此欢天喜地。

此刻的姥姥，形成了人生巅峰中美的极致——自豪着，美丽着，幸福着！

姥姥保存文件，关掉电脑，扭头拿围巾、戴帽、提包包……动作流畅一气呵成。整理完毕，反身拉着同事的手："我先下班了哦！去市委把喜讯告诉老公。今天饭店我们家请客，你一定要来恭喜恭喜！"说完就像一阵风，"呼"地一下"刮"了出去……一声门响，姥姥留下来的是，刘欢的《我和你》："来吧，朋友，伸出你的手……"

阵阵微风袭来，一股暖意令姥姥飞扬……姥姥，远比虎虎想象的幽默、有朝气！

今日小寒，随着小寒节气的到来，神州大地迎来了一派严冬景象。这是一年中最冷的日子。当夜幕降临，妈妈在温暖的家中，为爸爸点亮一盏灯，等待那个人，早点回来。

2.

小寒就是冬天的句号

2009 年 1 月 5 日 星期一 -2℃ ~ 7℃

多云 无持续风向 微风 小寒 农历腊月初十

古人认为，冬至之后，阳气便开始萌动，至小寒时节，阳气已经比冬至时的“一阳生”高出了很多，达到“二阳”的程度。寒冬之中孕育着生机，春天脱胎于严冬。

爸爸、妈妈在民政局，登记办结婚证的时候，办事员向他们索要一张合影，因为来得匆忙俩人都忘记带了。于是，妈妈就请一个看似在等人的妹子帮忙拍一张。待那妹子抬头，却是满脸的泪水……不过，她还是强颜欢笑地帮爸爸、妈妈拍了照。临走之前，妈妈拥抱妹子，轻拍其后背……然后，默默地，给她塞了一包纸巾……

拿着“结婚证”出来，妈妈总是想起来拍照那事：“也不知道，她是等人来结婚的，还是来离婚的？最后有没有等到？哎……鹤扬，咱们像不像闯进别人悲情故事里，再撒上一把盐的路人甲啊？”爸爸赞同地：“民政局门口，流泪的人真的是太戳心了。她应该是在双方感情里放不下的那方，她是在等一个不再爱自己的人……”

每一个人，都会有属于自己的华彩，不胡乱地感慨，不屈从命运的安排，用心养护好自己的一方水域，才可能画出红尘百味之中最为柔美的姿态。

爸爸庄严地把结婚证妥妥地放进公文包里，有些激动地说："国家已经认可我们是夫妻了。"妈妈一脸天使般地说："民间还没认可。"爸爸："国家对我们真好。"妈妈："为什么这样说？"爸爸长长出了口气："国家认可我们只花9元，民间认可要花十多万……"

爸爸、妈妈手牵手，路过一个卖牛轧糖的小铺子，妈妈想进去买些糖果，爸爸突然抚摸了下妈妈的头，温和地说了句："别买了，我有你，已经够甜了，不用吃糖！"妈妈像灌了一瓶蜜，眉眼含笑，连那还带着稚气的脸上，隐隐约约地，也泛着红光。

妈妈来自警营，是一位高挑个儿的姑娘。微微卷曲的黑发拢在脑后，轻巧地垂挂着，玫红色羽绒服衣领处，悄悄露出白色高领羊毛衫……虎虎可以感觉到，妈妈的身上，充满着青春的活力。

往前走了一段，妈妈拉着爸爸手撒娇："大叔，我累了！"爸爸在妈妈耳边，轻声呢喃："亲爱的，你这就累了，那怎么办啊？你还要和我走一辈子呢！"虎虎：哈哈……这话，能暖一个冬天。

爸爸冯鹤扬，比妈妈大五岁，一头的黑发，身材匀称，五官端正，1.81米的身高，是一名少校军官。从爸爸眼睛里，可以看出，他是个聪明而有精力的青年，他给人的感觉，安静与和善。

说起男人，他们通常尊敬那些富有教养和内涵的女人，并且常常试图和她接近，保持某种亲密状态，并且以此为荣，而且依恋、迷恋于这种关系。条件允许的话，就想把这样的女人娶回家，共度一生。

突然有一天，爸爸怀抱一束玫瑰，来到妈妈办公室，见了妈妈，下跪求婚……妈妈吓傻了："鹤扬，你别这样，求婚才这样呢，别跪！……那你跪……我也跪吧……"扑通，妈妈也跪在了对面，爸爸一脸错愕："漪涵，我是向你求婚的，你却给我拜把子……"同事们笑成一团，把俩人搀起。

可妈妈摇头，一副世人皆醉我独醒的凝重："鹤扬，其实你真的挺好的，我觉得，认定了你就是我的结婚对象。但是，我现在只想谈恋爱！"

妈妈作妖，很严肃地给爸爸说："爱人太容易获得的，反而不会珍惜。鹤扬，我要你——重新再追我一遍。"这就成了爸爸、妈妈在办结婚证前的热点。爸爸无可奈何地："行吧，那追就追吧，从头开始？"妈妈点头："对！要删除QQ、电话。"爸爸一脸茫然："删除QQ、电话，咱俩还怎么联系？"妈妈正色道："偶遇！"

"偶"了三天都没遇上，到第四天（也就是昨天），妈妈实在受不了了，妈妈重新加回爸爸的QQ、电话，给爸爸发了一条短信："你还活着吗？"嘻嘻！年度最糗，没有之一。

哈哈！小寒大寒，冷成一团。最冷的时节最能检验温暖。

3.

妈妈的心思别瞎猜

2009年1月6日 星期二 1℃～8℃

阴～多云 无持续风向 微风 农历腊月十一

妈妈！生于1985年2月。是姥姥、姥爷的独生女儿。大学毕业后还姥姥心愿，回到姥姥娘家——湖北省武汉市，成为一名人民警官。

妈妈身高169厘米，体重53公斤，身材绝美，白皙的娃娃脸上，有一双带着稚气的、被长长睫毛装饰起来的大眼睛，妩媚含情……给人印象，就是始终以微笑示人。为了让您更直观，虎虎干脆直言不讳吧，大家喜欢亲切地喊妈妈——小周涛（著名央视主持人），一身戎装，那是相当地玫瑰铿锵！

毕业后刚报到那会儿，被分配在距武汉市约120公里的红色老区，依山城公安处工作。处里几百号警察，全都是男生。处长一度悲苦地向局长报告："领导啊，给我们分个女生吧，不然，我们的女厕所都白建了……"这次，局里照顾过来两名女生（妈妈是其中之一）。两个女生来到公安处，各科室都抢着要，成了处里的香饽饽。

在大学，3%的女生，工作后，1%的女生。可妈妈的恋爱观却是：坚决不找同事和同学。理由：“对太熟悉的人不好下手！”嚯嚯！准确地说，妈妈今年还不满 24 周岁。这样的女孩，怎愁嫁？

可是，在妈妈参加工作后的两年里，姥姥不停地催婚。

姥姥语重心长地：“猫胡子啊！遇到国足那样的男人就嫁了吧。他们顾家啊，数十年坚持在亚洲不出远门，这样的男人，碰到了一定要珍惜。告诉妈实话，你真的没遇到吗？”

姥姥苦口婆心地:“猫尾巴啊！世界各国的法定结婚年龄:伊朗 9 岁；荷兰 12 岁；俄罗斯 14 岁；法国 15 岁；菲律宾、巴西 16 岁；中国香港还有中国台湾也都是 16 岁……人家在你这个年龄，都老夫老妻了，你咋还没早恋呢？你说，你老妈心里是啥滋味？”

姥姥愁肠百结地：“伢（武汉方言，我的孩子、宝宝、宝贝之义）嘞！庶几中庸，劳谦谨敕。做人要中庸，人家谈咱也谈，人家结婚，咱怎么就不结婚？”

妈妈上联“怼”过去：“黄忠 60 岁跟刘备混；姜子牙 80 岁为丞相；孙悟空 500 岁西天取经；白素贞 1000 多岁才谈恋爱。姆妈耶，您说您急什么急？”

姥姥下联“怼”回来：“盖茨 39 岁成世界首富；孙中山 28 岁创办兴中会；孙权 19 岁据江东；康熙 6 岁登基当皇帝；贝多芬 4 岁就能作曲；葫芦娃刚出生，就会打妖怪。哎呀喂，你说你妈能不急？”

末了，姥姥被逼得脱口嗫嚅道：“你妈我养不了啦！让那谁，赶紧把猫蹄子带走吧！她老把衣服塞进我的衣柜里，讨嫌！”

宽解地，哈哈……这样啊！“谁说这样啊？！”姥姥义正词严回“怼”：“瞎款（胡说）！我是急着抱‘外孙’！”【翻白眼】

妈妈是，每逢催婚倍惆怅，姥姥夺命连环击炮轰。

山重水复疑无路，柳暗花明又一村。别说，在妈妈走投无路的时候，冯鹤扬这臭小子出现。爸爸瘦瘦高高的身材，那如雕刻般的五官，透着棱角分明的冷峻。活脱脱一个姥爷失散多年的亲儿子，哈哈……仰天大笑。

老爸，感谢您的配合，简直是洞悉儿子内心的知己，来来来，握个爪吧！

4.

无处安放的青春，肆意作怪（转载妈妈日记）

2009 年 2 月 7 日 星期六 6℃~15℃

阴~多云 无持续风向 微风 农历正月十三

年前，市公安局组织干警开展专题培训。培训结束要组织去爬崂山，要求是男的必须带一位女士，女士也要带一位男士，要求合影留念。然后明年的今天，你今天带谁去的，还要带谁去。领导停下脚步询问：“黄漪涵，你打算带谁去呀！”我彪悍回答：“我还是带我爸去比较稳妥。”

爬山回来，又被妈妈逼着去相亲……回到家，老妈问：“怎么样？怎么样？”我：“什么怎么样？”老妈：“你和那小伙子啊！”我：“不怎么样，那小伙子比我小两天，不成！”老妈不干了，冲我吼：“白素贞比许仙大 1000 多岁，人家许仙都没说什么，你才比他大两天，你就不能接受了？”

拍卖本人，活不起了！如花似玉，手续齐全，没磕没碰，到手不用添钱。体重也就百十来斤，一顿半碗饭三两肉，下地能挑土，上山会砍柴，有钱会花，没钱在家！带得出去，能不能带回来就看你造化。有意者欢迎咨询，快递包邮，自己上楼！【安排上线】【任性】【顽皮】

十年前我给老爸捶背的时候，老爸感叹道："还是闺女好呀，如果嫁了人，你爸就惨咯。"我安慰爸爸："爸，您要往好的方面想，说不定嫁不出去呢！"老爸："要是嫁不出去爸养你一辈子！"十年后的今天，同样的场景，老爸："闺女啊，爸当年是跟你开玩笑的，你可不能赖着我们两口子啊，有差不多的就凑合一下吧！"呵……骗子！

晚饭时间，想逗逗老爸："爸，我不想结婚。"老爸问："为什么？"我支支吾吾地说："其实我喜欢女生。"原本以为老爸会很生气，大骂或者是一通心理辅导课，没想到老爸瞪了我一眼，说："滚！以后离你妈远点！"这……这……这不按常理出牌呀！

父女俩乐呵呵地，毫无交集地闲扯瞎聊，一下惹怒了专心吃饭的老妈："猫耳朵！你到底想嫁给什么样子的人？"我吧唧吧唧嘴，气定神闲："看顺眼的，千万富翁也嫁；看不顺眼的，亿万富翁也不嫁！"

高能预警，非战斗人员请撤离。妈妈实在是忍不住了："莫慌，等下老子一拖鞋飞过去，你就会晓得什么叫作多么痛的领悟！给老娘正常点！"我哈哈大笑："好，好！不要太胖，不要太闷，性格多变，胆子够大，谁也不服……"画风突变，妈妈扔了拖鞋，笑到飞起："厉害了我的小丫头，你这是看上孙悟空了呀！哎哟妈呀！我是应该高兴还是应该揍她？！"喂喂喂……这是吵架现场，严肃点！【糗大了】

不用求心理阴影面积了，全黑了！我说要去学柔道战悟空。老爸极力反对："女孩子学了柔道，谁还敢娶你呢？"

我冷冷地：“哼！看谁敢不娶！”

插入镜头：冯鹤扬对我说：“亲爱的，在大街上遇到狗，我吼一声除了吓唬狗，也是提示你应该躲在我身后了，而不是让你嗷嗷冲上去跟狗拼命，你这样，真的会很伤我的自尊心……”

镜头回放：双方父母第一次见面，没什么经验，我问：“鹤扬，到饭店后，咱俩是挨着坐，还是各坐各家那堆儿里啊？”冯鹤扬：“你当华山论剑呢？对打啊？还分帮结派的！”【翻白眼】我：“为什么结婚一定要挑个好日子？”鹤扬：“应该是结完婚就没好日子了吧。”

世上只有一种英雄主义，就是在认清生活真相之后，依然热爱生活。【嘚瑟】

5.

人间有味是红尘

2009 年 2 月 24 日 星期二 10℃ ~ 20℃

晴 ~ 多云 无持续风向 微风 妈妈 24 岁生日 农历正月三十

前段时间，爸爸、妈妈参加一闺密的婚礼。进餐时，爸爸深情地问妈妈：“亲爱的，咱俩也结婚吧？”（中国传统是办了结婚证还不算结婚，要举行结婚仪式才算）妈妈瞟老爸一眼，漫不经心地：“不着急，再等一等。”“还等什么？你难道想让咱们的孩子，输在起跑线上吗？一出生就得管他们的孩子叫哥哥姐姐啊！”爸爸手指台上的新郎新娘，佯怒。妈妈：“噢，你原来是害怕这个啊，不用瞎操心了，咱们已经输在起跑线上了，我闺密都怀孕三个月了。”

婚礼结束，在回家的路上，妈妈看到卖十字绣的，想买一个 1.5 米的“家和万事兴”，就对爸爸说：“买这个，等绣好了咱俩就结婚！”爸爸当时就急了：“你要是不想嫁就直说，绣个钱包，你都用了半年，这个你得绣多少年啊？”

老爸不走了，卖惨：“我突然想吃烧烤，没钱，也没人陪，就自己画一个，不画太贵的，啤酒也不要画太多，怕自己喝多了，没人管！”妈妈拉着爸爸哈哈大笑：“好啦！好啦！

我嫁，我陪你还不行吗？”妈妈何止关心老公，简直是溺爱！

姥姥呢，十分地配合着爸爸，天天吩咐妈妈在家做饭、洗衣、整理房间……妈妈刚做了两天家务，就把衣服撂在阳台上，说：“算了，我还是去结婚吧！”

虎虎：家家，您千万别再这么做了，妈妈是很容易结婚的，哦吼吼，哇啊啊啊！

爸爸、妈妈的同学和战友，一个一个的都领证结婚生娃了。爸爸把结婚生子，比喻成一场体育测试：“我们大家都站在起跑线上，约定一路相互等一起到终点。结果，哨子一响，都撒开了跑……”

爸爸妈妈已经领证了，现在只差一个婚礼！所有的民族和国家，都有其传统的婚礼仪式，是其民俗文化的传承途径，也是本民族文化教育的仪式。婚礼也是一个人一生中重要的里程碑，属于生命礼仪的一种。爸爸、妈妈婚期，两人基本敲定，周末再去征询姥姥、姥爷的意见。

姥姥、姥爷听爸爸说完计划，两位老人都沉默了，只是用怜爱的目光，静静地看着准女婿……半晌，姥爷慈祥的声音：“孩子，我们没什么意见。记住，从今天起，咱这里就是你的娘家。如果受了啥委屈，随时回家，爸妈给你做好吃的……”

妈妈问姥姥：“姆妈，我就要和鹤扬结婚了，您就不想和他说点什么吗？”没错，妈妈极有可能是充话费送的。姥姥居然对爸爸说：“结婚，这可是一辈子的事，鹤扬啊，你得想清楚了，娶了可不能后悔，莫慌，你再想想……”

爸爸只是看着姥姥傻笑，不知说什么好，姥姥接着说：“鹤扬，你给你爸妈说，彩礼啥的我们都不要，赶紧把人带走就行，撩撇（省事）！”爸爸扬扬得意：“谢谢妈，那我就不客气了，为民除害吧！哈哈……”

今天是妈妈24岁生日，婚期确定，一家人去饭店庆祝一下。

街头巷尾都在议论“躲猫猫”，还说是什么“权钱交易”……虎虎听后一头雾水，宝宝要想玩“躲猫猫”，那岂不是要土豪了才行啊！【超想哭】

6.
与生命签约（上）

2009 年 3 月 27 日 星期五 7℃ ~ 20℃

多云 ~ 晴 无持续风向 微风 农历三月初一

春天，是希望纷飞的季节。大雁饱含憧憬地，向着北国的乐土结对航飞，一路载歌载舞，排踏出春天的韵律。

春节过后，姥姥、姥爷安排好工作上的事务（姥姥、姥爷工作在河南），而后结伴朝南而行。不仅为法律意义上的小夫妻，交上住房抵押金（爸爸单位营职以上干部福利住房），并且冒雨跑遍武汉各大商场，给女儿的“小窝”购置家电、家具……

这里，虎虎要叠印一下。姥姥原籍武汉市，后随父母工作调动来到了河南，并结婚生女。落叶归根百川归海，客居异乡的姥姥，向往的是——等到落叶归根时，回归故土。

姥姥熟读国学，应用《孙子兵法》，出其不意，避实击虚，用最小的代价取得胜利！赢得妈妈后回了家园，工作、生活在湖北省的省会城市。姥姥“赢”，就赢在了“智慧”！【大拇指】

当姥姥、姥爷领着大学毕业的女儿，来武汉市公安局报到的时候，姥姥呜咽着说，她听到的是，满大街都是自己老特（爸爸）、老俩（妈妈）的声音：

割了吧，割了吧！月是故乡明，姥姥思乡情结，让外孙泪目。

晚饭餐桌上，妈妈打开了话题："姆妈，我们结婚以后，我是养孩子好呢，还是养狗狗好啊？"姥姥好久没有回话，就这么沉默地停下筷子，看着妈妈……过了好一阵儿，姥姥终于直抒己见，言外有意："猫蹄子，如果你生个孩子，和你一样让人操心呢？建议还是养只狗狗吧！"

呃呃呃……也是哦，现在是该议一议"生育"这档子事了，鉴于要提前科学"备孕"。毕竟一家人聚少离多，机会难遇。（爷爷、奶奶也从老家凤兮镇赶来出席会议）

家人对待结婚后是否立即怀宝宝，看法不统一。

爸爸："想缓缓再要孩子。理由：我们这批硕士毕业的学生，有的还没结婚，结了婚的，还没有计划生孩子。如果我刚结婚就要孩子，人家会说我'好流氓啊'！真不好意思！"

妈妈："无所谓，什么时候要孩子都行。理由：年轻无极限！"

爷爷、奶奶要孙子的态度非常坚定。理由："不要孩子，结什么婚啊！不结婚也可以同居。"

爷爷、奶奶平时总是旁敲侧击，催爸爸赶紧结婚，总拿邻居"谁谁谁，都有儿子了！"这话激将他。爸爸每次说："着啥急啊！"爷爷就怒："还不着急！再不结婚，你儿子将来都打不过人家孙子！"

爸爸毕业之前，和爷爷、奶奶通电话，无论以什么开头，结尾都能扯到学习；毕业之后，和爷爷、奶奶通电话，无论以什么开头，结尾都能扯到“结婚”二字……真让人头疼。爷爷坦承：“我已到了坐在床头，会不自觉睡着的年纪，就差个孙子，悄悄帮我关上电视机……”

妈妈向爸爸埋怨：“就你爸妈着急想抱孙子！你看我父母多好，从来都不提。（向姥爷摇摇竖起的拇指）看庭前花开花落，望天空云卷云舒。”爸爸表示不服：“我父母，在这事儿上是急了点，但你爸，嘴里是没说什么，你没看到吗？他整天抱着本《孙子兵法》在我面前晃悠。想抱‘孙子’的心更切！”

姥姥：“尊重小夫妻意见。理由：不制造生育压力。”

大家的“生育观”，都没有太深邃的含义，虎虎就没有必要做励志的评论了吧。宝宝呈现雕塑般的笑容，咦嘻嘻！

7.

与生命签约（下）

2009年3月27日 星期五 7℃～20℃

多云～晴 无持续风向 微风 农历三月初一

生命的意义在于延续，这是上帝设计的，是祝福人类的计划。时机到了，你就有为繁衍这个种族尽一份力的冲动，这是作为生物的使命，这是一种本能。大象、老鼠、毛毛虫，都是这样，又何况人类？

姥姥看电视剧《西游记》——三打白骨精，都不忘唠叨妈妈两句：“猫尾巴，你看到白骨精了没有，多可怜啊，孤单一个人，住在荒郊野岭，但凡身边有个儿子帮她，不至于让人揍成那个熊样吧！”妈妈顿悟：“哦，原来《西游记》还有催生的功能啊——论生孩子的重要性。”姥姥很认真地接着说：“女人25岁之前若不生孩子，子宫退化，以后再生的孩子……”

姥姥问爸爸：“鹤扬，同龄人中，不少人结婚生子了，对你，没有什么影响吗？”爸爸咂了咂舌头：“对我没啥影响，主要是对我爸妈的影响比较大。和我爸去超市，路边有一男的，领着孩子乞讨，我们绕行过去，我爸就会感叹：‘连乞丐都有孩子了。’我笑答：‘他应该是有孩子之后才去乞讨的。’”

姥姥一脸真相：“你们父子，这属于高手过招，言辞犀利，和华山论剑差不多！是那个事，佩服佩服！”

爷爷一旁凉飕飕地：“仔细想想太可怕了，从人类诞生到现在，我们家祖祖辈辈，就鹤扬一个人，拿了结婚证没孩子，唉！我们邻居在一家公司上班，生孩子，可以拿到两万左右的补贴。”爸爸笑：“好心动！每年生俩就不用上班了。”妈妈犯迷糊：“咨询一下，一定要在他们公司生吗？可以的话，我想去医院生……”

虎虎捧腹大笑，哈哈……妈妈，这是哪跟哪啊！

然而，闲下来，姥姥还是帮爸爸分析了，若干年后的情形：“鹤扬，年轻早生娃，孩子就处于一个比较优质的生育环境，得到的营养成分比较高。而且，早生娃的话，母亲的身体恢复能力也是会比较高。再一个，老妈帮你们算一算，你今年30岁，假如，再等几年要孩子的话，当你孩子上大学、就业需要你们的时候，那时你们会在哪里？”

虎虎旁白：姥姥应用的是“世俗”文化耶！家家！您可真了不起！您有十八般兵器！【大拇指】

爸爸屈指算了算，一拍大腿：“哦！……拍疼咧！哈哈……同学聚会上，不知道哪个孙子出的馊主意，有孩子的一桌，没孩子的一桌。我不想自己坐一桌！”

爸爸工作做通了！姥姥最后扔给妈妈一句：“猫胡子，你妈听人说，生了孩子就不会痛经了，那就生一个呗！好赖你也有这功能，建议还是体验一下吧！”

这话外孙爱听，好像一股甜滋滋清凉凉的风，掠过虎虎的心头！

最后，姥姥还提到关键点——备孕。

画重点！虎虎的新概念很重要。备孕，字面上，是准备计划怀孕。备孕，主要是夫妻两个人在怀孕之前，所做的各个方面的准备。要注意补充足够的叶酸，而丈夫则需要补充足够的锌元素，做到戒烟戒酒，在心理方面要保持安稳平静、阴阳平衡以及脏腑协调，在健康的状态受孕。

通过民主程序，确定了生育方向：泰山不拒微尘，黄河不择细流。顺其自然、来者不拒！

齐活儿！有循环的才是生命，有起伏的才是生活。

8.

优雅的笨女人（上）

2009 年 9 月 20 日 星期日 12℃～16℃

多云～晴 无持续风向 微风 农历八月初二

9 月，柔柔的秋阳，洒在身上，静静品读，慢慢陶醉。鞭炮声声，惊起栖息树上的鸟儿碧空盘旋；彩旗飘飘，映着迎亲的人们灿烂的笑容；唢呐阵阵，锣鼓的韵律也更加震天。通往奶奶家的路旁，铺撒着玫瑰，树上系着无数条红绸带，含笑在风中飞舞……亲朋好友，像过节一样，打扮得漂漂亮亮，聚集在迎亲的马路上。

这一点一滴，一景一幕，都如此喜庆，甜蜜、快乐充满了奶奶家整个小院。这里是凤兮镇，爸爸、妈妈的结婚第二现场。

猛然间，姥姥发出了一声惊天动地的叫喊："宝儿！快点！把你爸抬进去！快！快！"姥姥把心提到嗓子眼，像筛糠一样，浑身紧张得瑟瑟战栗。

怎么啦！怎么啦！"结婚"还能闹出人命吗？

虎虎提供背景：爸爸、妈妈的结婚仪式，定于今天——2009 年的 9 月 20 日。遵照当地习俗，仪式前，新娘父母要先到新郎家凤兮镇“喝茶”，以示男方的敬意。

浩浩荡荡的二十几辆轿车，承载的全是妈妈娘家的七大姑八大姨。跑在最前面的奥迪 A6，车内一定是盛装出席的姥姥、姥爷啦。

说起姥姥，外孙就想多说两句。您从来不会听到，姥姥的人设已崩塌，因为姥姥一出道，就有一种已经放弃了人生的气质。一天天的，还净欺负姥爷，导致姥爷一看见姥姥就紧张。虎虎就感觉，姥爷默默地在给姥姥分类——要么傻！要么呆！还有最可怕的，被姥姥爱，姥爷觉得忒委屈。

轿车队伍轰轰烈烈地驶进了奶奶家小区，车子停稳后，娘家人陆陆续续下车，被主人热情迎进家门。只有头车，悄无声响地停在那儿……

见状，虎虎领悟：礼仪很规范的姥姥，这会儿，一定在正确把握与外界的人际交往尺度。主人没来开车门，姥姥怎能失礼，贸然出去？

只见新郎、爸爸，一身白色西装礼服，面容俊朗，脚踩七色祥云，上前打开轿车的右侧后门，同时，一手固定在车门上方，一手护住车门，嘴里诚恳、大方地：“妈，请！”

打开车门后，姥姥首先给车外等待的人群一个自信的微笑，然后双膝合拢，将车门边的脚，轻移至地面，将身体转向车门，缓慢地，将车内的手移向车门，并利用这股助力，将身体提起，借两手的力量支撑身体，优雅地离开车仓，轻轻转动身体，并优雅站立。嚯！姥姥这套下车礼仪，以缓慢、平顺、流畅的动作，作为重点，气质这块拿捏得妥妥的。

姥姥，丝袜、高跟鞋、黑色长裙、配上紫红色短款旗袍蕾丝上衣……姥姥衣着得体，臂挎精致女包，出现在大家面前。怎么看，怎么透着高端大气！姥姥林下风范，优雅如诗。

只见姥姥转身，回首，手抚车门，放松手腕，气息、体态共鸣，循序渐进，在车门即将一拍即合之际，抬腕儿，利用惯性，将车门“呼”的一声关上，然后点头浅笑，频频向在场宾客招手示意。

9.

优雅的笨女人（下）

天朗气清、阳光和煦。远处天空白云点点，近处人们喜气洋洋。

姥姥的气场，以一种强大的磁性，吸引着人们的目光。就在此时，一种不和谐的声音，来自姥姥身后："哎哟！疼'死'我啦！"姥姥依然保持着微笑，回头，愕然！只见姥爷一只脚车上，一只脚车下，猫着腰在那里哼唧……

有人一定会问：虎虎，你怎么知道这是你姥爷啊？答曰：有谁能追随领导这么紧？二十几年就是这么过来的！

是时候介绍姥姥、姥爷QQ网名了，姥爷——老中医；姥姥——专治老中医。虎虎开启憨笑振动模式，哈哈……尝尽人间百味，才有更加生动的人生。

姥爷属狗，虎虎为戌狗作诗一首：忠诚友好性机灵，不贪富贵不嫌贫。神威永慑奸佞辈，勇配二郎守天庭。

姥姥见姥爷惨状，知道是自己刚才关车门用力过猛，撞到姥爷头了。这回摊上事儿了，怎么办？女儿大婚，总不能把岳父大人抬着进去？

姥姥这会儿哪儿还顾得那么多矜持、那么多的礼仪！把包包"嗖"地挂到肩上，抱着姥爷的头揉来揉去："嗷嗷……

造业（可怜之义），不哭，不能哭！”爸爸、妈妈哪敢怠慢，也伸出援手，揉搓姥爷头皮……似乎这些壮举，并不能减轻当事人痛苦……奶奶家的亲戚，也实在不忍围观，纷纷地“贵在参与”……

这时，姥爷慢慢地把另一只脚迈出车外。西装革履，一头乱发，像只大虾弯在那里。姥爷依旧在一片抑制的笑声中哼哼着：“喔豁豁……啊哦哦！”

旁白：大叔啊！您这发型，真的是“高大上”呀！虎虎感觉，新版《天龙八部》慕容复出场，宝宝以为，看到的是《笑傲江湖》哩。

姥爷冲着一脸懊悔的姥姥扼腕长叹：“笨女人！你老公撞到的是‘腿’不是‘头’！揉！揉！揉什么揉！”

魔性笑声一片，哈哈……以姥姥为首的这群人，脑袋肯定被同一个门缝挤！

虎虎不禁赞叹姥姥：观察事物有自己的角度，不因循守旧，对事物有自己的看法，观点新颖，思维敏捷……给力！继续努力，今后一定会有出息！

看着一对对一双双自由飞翔翩翩起舞的蝴蝶，绿了爱恋的藤蔓，五彩缤纷的鲜花，便盈满了心灵，芳香馥郁，沁人心脾，任你怎么嗅，都是丝丝的甜，别样的幸福感，在心中萌动……

10.

一个用眼泪出嫁的姑娘

2009年9月20日 星期日 12℃~16℃

多云~晴 无持续风向 微风 农历八月初二

姥姥发表QQ说说

专治老中医：今年隔着长长的日子，我就感觉到后面冬意的寒冷。

2009年9月20日

12人觉得很赞

花凝雪：怎么啦？似乎有些伤感呢！【疑问】

专治老中医回复花凝雪：因为有人要娶走我的小棉袄。【快哭了】

花凝雪回复专治老中医：【难过】

老中医回复专治老中医：我们的小棉袄，被别人穿走了。

专治老中医回复老中医：【拥抱】【大哭】

婉蜒成画：心里莫名地有些酸楚。

2009年9月20日

老中医：好舍不得。【难过】

2009年9月20日

墨染清荷：说不出的滋味。

2009 年 9 月 20 日

斜阳微醉：头一次碰上把嫁闺女说得这么委婉哀怨的。【龇牙】

2009 年 9 月 20 日

兴疯逐浪：我女儿 12 岁，疼爱得不行，看你们的留言我竟然哭了……好重的危机感啊！

2009 年 9 月 20 日

酒店里，阳光从窗口照进来，姥爷一身笔挺西装，颀长身材，背对着门外的喧闹，一只手搭在身旁的椅背上，低头默默看着椅子，一根又一根地抽着烟……姥姥将姥爷从那落寞沉寂的情景中叫了出来。

随后，姥爷默默坐在位置上，看着面前的女儿、女婿向父母敬茶，嘴巴微抿，眼睑泛红……顿时，虎虎觉得，姥爷心里像熬过一服中药，翻滚着一股不可名状的苦味，每个毛孔都在无声地哭泣……那情形，外孙一辈子都忘不了。

迎走新娘前，姥姥给妈妈喂"离家饭"，姥姥端起碗，舀起一勺面，放到嘴边吹了吹，然后抵到妈妈嘴边，强颜欢笑："伢唻，妈妈 20 多年没喂饭了，手都生了，要乖乖吃哦！"妈妈丹唇轻启，竟是调皮地咬住姥姥送过来的勺子，咀嚼的同时，不忘对姥姥扮了个鬼脸。姥姥把饭勺收回碗中，回头拍了妈妈一下。

接下来，姥姥的话，妈妈可淘气不起来咯。姥姥眼神里，略见轻烟一般的惆怅，凄婉地给女儿说："宝儿，吃完这碗饭，娘家就成了你的亲戚啦……以后你的身份，将不再仅仅是我们的女儿,你还是别人家的妻子,将来你还是,别人的母亲……你的爱，会分享给很多人。而不再是那个追在屁股后面喊妈妈的小女孩了……妈妈喂完这碗饭，此后山高水长，无论快乐和辛酸，记着，莫忘告诉妈妈……”

泪水，渐渐模糊了姥姥的双眼，舍不得，舍不得女儿离开视线。姥姥拉起妈妈的手，说不完的叮咛话：“宝儿，苦了，累了，倦了，要记得回家！”

姥姥心酸又不舍,丝毫没有嫁女儿的甜蜜,气氛降至冰点。这种感觉，是虎虎现在回想起妈妈婚礼，最刻骨铭心的。

哭着的是姥姥，旁边低头默默含泪的是姥爷，妈妈也哽咽起来了……姥爷隐忍地把头转过去，用手快速地拭去眼角泪水的时候，妈妈再也忍不住了，不舍，心疼……全一股脑化作了泪水……“扑通”一声双膝跪下，喊了一声：“妈！无论您的宝儿走多远，都会记得咱的家，爸妈永远是孩儿最温暖的牵挂……”

虎虎很不舍地，将 9 月珍藏于日记本里，每次想起这个镜头，都会觉得特别感慨。

妈妈双膝跪在姥姥面前，用尽全身的力气，从心底发出呐喊，人群听不到，远山听不到，江河听不到。但是，喊的那个人内心翻滚，海浪滔滔，妈妈自己听得到。也是从那个镜头开始，虎虎体会到了肢体语言的魅力。

11.

瞬间的不舍，致命！

2009年9月20日 星期日 12℃~16℃

多云~晴 无持续风向 微风 农历八月初二

襄阳市，主婚场。爸爸、妈妈的欧式婚礼，给人一种庄重圣洁的感觉，而白色系的场景布置，更显示婚礼的纯美。

富丽堂皇的酒店，大厅中央的巨型水晶吊灯，忽地暗了，在宾客们还没反应过来发生何事之时，一束灯光，熠熠地打到了旋转楼梯上。一只纤纤玉足，迈下了楼梯，弧形优美的抹胸，更让纤腰盈盈似经不住一握。高绾的黑色发髻，与胜似白雪的礼服相得益彰，勾勒出完美的曲线。长裙下摆处，细细的褶皱，随着来人的脚步，轻轻波动，在晕黄的白光之中，仿若凌波而来的仙子。

挽着父亲出场的新娘……啊！妈妈！是虎虎的妈妈！场面好霸气！

那轻纱弥漫的婚纱，是对爱情的期盼，是对幸福的憧憬。一场浪漫的婚礼，其实就是妈妈心底一个最温暖、最柔情的梦。

在开场钢琴曲《梦中的婚礼》中，父亲挽着女儿，徐徐走下旋转楼梯……高贵优雅的背景音乐，渲染了庄重而甜蜜的气氛……此刻，西装革履的姥爷，满怀着一生的父爱，两眼却蓄满泪水，心里是五味杂陈……这几天，姥爷老了许多，也瘦了许多，而那双眼睛，却依然那样炯炯有神。

虎虎印象中，姥爷是特别坚强的人，从来没听说他掉过一滴眼泪。看着他最宝贝的女儿出嫁，虎虎想，姥爷是实在控制不住了吧！但凡能忍，姥爷肯定不能当众流泪。

姥爷是第一个爱妈妈的男人，也是一生都会爱妈妈的男人。如果可能，姥爷肯定都不希望妈妈长大，不希望妈妈嫁人。因为，姥爷相信，没有一个男人，能像他一样爱着妈妈。

父亲，面对女儿出嫁，也许是这多年来，有最凌乱心情的时刻了。有担忧，有激动，有酸楚，更多的是祝福。

爸爸一身笔挺的白色礼服，挺拔的军姿站立，整理得一丝不苟的发型，彰显男人的成熟。爸爸深情地，在鲜花拱门下迎接我们的公主。

姥爷牵着妈妈的手，走至拱门，姥爷款款深情嘱托新郎："鹤扬，今天我把女儿交给你，希望你们夫妻恩爱地久天长！如果有一天，你不爱她了，不要背叛她，请与我说，我带她回家！"

父亲，亲自将最心爱女儿的手交给新郎，是在交付一生的重托，一生的责任，一生的幸福。

爸爸接过妈妈的手，向姥爷深深地鞠了一躬，非常虔诚地对姥爷说："感谢岳父、岳母，愿意将这么优秀的女儿嫁给我！爸，我会好好照顾她，用我全部的爱去爱她！您放心！"

然后，是所有人都熟悉的《婚礼进行曲》，妈妈挽着爸爸的手，也挽着她一生的甜蜜，踏着铺满幸福的花瓣，走向婚姻的舞台……出嫁，是女儿最幸福的时刻，也是父母最心痛的时刻。这一走，再来便是——客！你的一生，我再送你一程，不忍言别，但车一到站，我原路返回，你远走高飞！

身材单薄的姥爷，像一尊雕像伫立原地，眼神里充满了落寞，他勉强牵起嘴角苦涩，擦了一把眼泪，望着妈妈离去的背影，微微抽泣着说："宝儿，你只是结婚了，那个你住了二十四年的家，不是你的娘家，依然是你的家，孩子，记得回家……"突然，妈妈挣脱爸爸，转身，撩起婚纱，奔跑到姥爷跟前，"扑通"一声，双膝跪地……这一跪，女儿有多少感恩在心里！

姥爷冲上来，接住妈妈的那一刻，在场参加婚礼的宾客，再也绷不住了——泪奔！

好美！好美的转身！好美！好美的一跪……妈妈！儿子虎虎借着哽咽在喉的悲怆，举一杯酿酒，敬您！

缘分，款款而来。没有太多的欣喜可以张扬，却有一种淡淡的温馨入心，让流年丰盈多姿；没有太多的铭心可以刻骨，却有一种无言的静美，蔓延成浅浅的诗行，让时光淡暖含香。

12.

妈妈，不是您的怀抱虎虎不要（上）

2009 年 11 月 1 日 星期日 14℃～24℃

多云 无持续风向 微风 农历九月十五 受孕

当妈妈从柜子里找出暖暖的外套的时候，虎虎知道，武汉的秋天到了。11 月，这是个宝宝喜欢的时节，这个时候，祖国的北部地区，都已银装素裹，是冬的气候了，但在这儿，仍然是秋天，11 月，武汉的秋天。

在爸爸晚归的时候，昏黄的路灯下，总有妈妈的身影。爸爸默默地走过去，轻轻地抱住，然后一起回属于我们的家。妈妈每天都能吃到爸爸做的可口饭菜，不顾形象地大口大口吃掉……爸爸微笑着，帮妈妈擦掉嘴角的残迹。

幸福，不是长生不老，不是大鱼大肉，不是权倾朝野。幸福，是每一个微小的生活愿望的达成。当你想吃的时候，有的吃；想被爱的时候，有人爱你。

爸爸、妈妈相爱，组建家庭，还需要一个小宝宝。

可是，成千上万的小宝宝都想来怎么办？爸爸、妈妈也只能要一个。于是，宝宝们只好比赛决定。呦嗬！要来这家的小精灵可真多！

做好赛前热身：转动脖子，甩动胳膊、活动肩颈……拉伸肌肉，脚尖环绕转……

全体参赛运动员宝宝，群情激昂，站在同一起跑线。“各就位——砰！”只听发令员一枪令下，小精灵们，立刻像离弦的箭一样射了出去。刚开始，有两个壮壮胖胖的男孩一路领先，而虎虎却被落在后面。

各种风格，各种跑，赛况进入白热化阶段。看来虎虎是要放大招了，狗刨蛙跳俯卧撑，翻转跳跃不停歇……兴奋到原地满血复活，能量满值，马力十足。天下武功、“唯快不破”的最新注解。【起范儿】

一只站在树上的小鸟，从来不会担心树枝断裂。因为它相信的不是树枝，而是自己的翅膀。这是属于虎虎的高光时刻，以梦为马，不负韶华！

裤衩奔飞了，小背心也甩了吧，只留下脚上一双运动鞋……减少阻力，裸奔！跑自己的路，而且要在别人的路上，放上“此路正在施工中”，那样才能一路畅通。

虎虎昂首挺胸，玩命地跑，真不愧有功力，超越了！被撇在身后的两个小胖墩，气喘吁吁地讴歌：“小子，硬核！来势很猛啊，是个狼人！”给点阳光就灿烂，照得人家直晃眼，虎虎一个挑事的大笑，哈哈……宝宝功夫已超神，急需32个赞！

站在秋天的山水间，朝人生的春天走去。如此迈步跑向前，一路披荆斩棘，无所畏惧。一股股春天的味道，就亲吻了宝宝的脸，触手生春，放眼周遭，妈妈那儿，岂不是春光正好！

13.

妈妈，不是您的怀抱虎虎不要（中）

2009年11月1日 星期日 14℃~24℃

多云 无持续风向 微风 农历九月十五

前往伟大的巅峰之路，必定崎岖。

路遇台阶，大部分小精灵，一直在下面抬脚……抬脚……就是上不去。然后还要弯腰摸一下，再抬脚……抬脚……上帝："宝贝们，摸一下，是什么意思啊？"小精灵："目测上不去，确定一下高度，初出江湖，能不能再低点，我们太难了！"

虎虎则不然，连跑带跳加旋转，我翻，我爬，上台阶，然后，扑抓扯挠，滚下山……嚯嚯嚯！把一群小精灵给整蒙了都，这难度系数四星半。【尖叫】

送子娘娘称赞："这小屁孩的绝活，一般人可玩不了，独门功夫，燕子李三啊！"

上帝打趣："说好的滑跃起飞喔，怎么电磁弹射啊？虎虎就是上了发条的咕咕鸡。"

送子观音，也暗戳戳地调侃："哈哈……炫迈口香糖代言人吧？"

神经大条的送子张仙，还特意提高嗓音："哈哈……一只随时准备去决斗的大公鸡！"

最无知的教育理念：不能让孩子输在起跑线！这句话，是很多早教机构用来招揽生意的。但是，只有短跑，才要拼起跑。你见过哪个马拉松有人拼起跑的？

狼的处世哲学：弱肉强食，是自然的铁律。目光敏锐，勇猛顽强，善于计谋，有江湖霸主之实，才是真正的丛林之王！

曹植的经历告诉虎虎：职场没兄弟！

哦嚯！看来平时还得多读书，免得书到用时方恨少，事非经过不知难。

弟兄们！虎虎抱歉，对不起啦！敬礼！

看到了！看到爸爸、妈妈正张开双臂……听到了！听到了妈妈激动喜悦的声音："那个跑在前面，穿运动鞋的小屁孩，欢腾、霸道、机灵、帅气……快！抓住他！"

话音刚落，妈妈直接就冲了过来，一个撩阴腿，就放倒了虎虎，妈妈抓到了宝宝的小手……虎虎一下跃起，扑进妈妈怀里……有人抗议："举报，虎虎踩空气了，但是我没证据……"举报没用！任性！顽皮！虎虎这是中国的一步蹬空"投怀送抱"，不过还没练到火候，中间还少好几步呢，嘻嘻！

虎虎骄傲地，哈哈……春风得意马蹄疾，一日看尽长安花。

一秀才将试，日夜忧郁不已。妻乃慰之曰："看你作文，如此之难，好似奴生产一般。"夫曰："还是你们生子容易。"妻曰："怎见得？"夫曰："你是有在肚里的，我是没在肚里的。”

有多大能力才能使多大的劲，实力不够，运气再好，也只能任机会白白溜走。人生路上，机会与实力缺一不可。

14.

妈妈，不是您的怀抱虎虎不要（下）

2009 年 11 月 1 日 星期日 14℃ ~ 24℃

多云 无持续风向 微风 农历九月十五

11 月初，也正是武汉桂花飘香的季节，一朵朵黄色的桂花，散发浓浓的香味，让秋天的每一个角落，都充溢着香气。

这个月，妈妈的“大姨妈”，都推迟一周了还没来。“大姨妈或者小宝宝，总得给我来一个呀！”妈妈声音甜美。“可能，大姨妈和小宝宝，正在你肚子里剪刀石头布，谁赢了就谁来呢！”爸爸秒回。

昨天，同事要去买点感冒药，妈妈：“帮我带点东西吧。”同事：“带什么？”妈妈：“生命探测仪。”同事：“什么？”妈妈：“生命探测仪！”同事：“说人话！”妈妈：“验孕棒！哈哈……”

今天早上，妈妈向姥姥电话报喜：“姆妈！姆妈！验孕棒上面，显示了两条线，阳性！阳性！我中奖啦！”

生命诞生的第一周，宝宝是在子宫中“漂浮”着的，这个正在分裂的“小球球”，需要经过几天的时间，才能够沿着输卵管下行到达子宫。此时，胚胎开始生长出血管，与母体连接，并从母体汲取营养，以供其进一步的发育。

喜从天降！喜泪纵横！姥姥翘首以盼，生命，有了第三代延续。

虎虎一旁偷听，心里一阵窃喜，稍后自言自语：那还不是因为宝宝是穿运动鞋跑来的！嘿嘿！

过去一个月了，虎虎还沉浸在中华人民共和国60华诞盛大的阅兵仪式的氛围，壮观的群众游行、美轮美奂的国庆之夜……这些场景，已经成为虎虎难忘的记忆，催生无限的激情。

战争，是智谋的较量，也是意志和决心的较量。为求得自身的生存，必须背水一战，拼死搏斗，一定要有死战的勇气，方能出奇制胜！虎虎跑得快，得了冠军，于是，就成了冯黄家的宝贝。

一次，妈妈与几个朋友去吃饭。准备点菜时，服务生说："这里最低消费2000元！"妈妈问："家常豆腐多少钱一盘？""18元。"妈妈："好，就这个，来120盘！"服务生出去。不一会儿，饭店经理进来，笑嘻嘻地说："各位随意，各位随意，多少钱都行，没有限制！"嗯哼，要想打破常规，就要用非常规的手段。【击掌】

这一重大生育成果，虎虎从中获取了价值感，是父母需要，我来的；而且很有责任感，也是宝宝自己，主动跑来的；更有自豪感，几亿小精灵参赛，虎虎跑了第一名！【嘚瑟】

金桂飘香，正是秋收时节，收获金黄，收获火红，收获翠绿，收获希望……虎虎的到来，寄寓着对祖国山河的祝福。

15.

飘香的生命

2009 年 11 月 6 日 星期五 13℃ ~ 19℃

阴 ~ 小雨 无持续风向 微风 孕 5 周 农历九月二十

“大姨妈”玩“失踪”啦！这几天的妈妈，不仅欣喜若狂，还有点措手不及……虎虎提醒：喂！妈妈，先冷静一下，明天，我们还是去医院确认一下吧！

今天，妈妈提前把工作做完，去依山城人民医院做早孕化验。走进医院，几棵不知名的小树，似乎违背了花开的规律，开满了淡红色的花，一簇簇地，在少有绿叶点缀的枝条上，毫无顾忌地盛开着，开得是那么自信、那么张扬与灿烂。

诊室，医生一边记一边问一位孕妈妈：“喝酒吗？”孕妈妈一脸蒙，试探性地问：“现在吗？”一旁排队的三位孕妈咪，忍不住都笑出了声：“哈哈……”然后，医生一本正经地，指着门口对她们几个说：“我以人民的名义，请你们出去笑！”妈妈争辩：“关我们啥事啦，是真的很好笑好吧！”继而，连同医生，带患者笑趴一地……整个诊室，笑得那一个欢。

轮到妈妈了，医生让妈妈坐下，问：“怀孕了吗？”妈妈答："没有。"医生质疑："验孕棒检测，不是怀了吗？"妈妈点头："噢，嗯嗯，好像怀了一点点。【呆萌】"医生："姑娘，麻烦你告诉我，这一点点是怎么怀的？"回头扫了一眼诊室里的几位孕妈咪，"今天是咋回事啊？你们还让我怎么好好诊断啊？哈哈……"

有道是，随富随贫且欢乐，不开口笑是痴人。哇嘎嘎……原谅虎虎没忍住，鼻涕泡炸了！

医生开了单子，妈妈去取样化验。穿过一段走廊，来到药房门口，看见一位农村小媳妇，在纠缠药剂师："姐姐，姐姐，帮我号个脉，快点快点……"药剂师架不住她的磨叽，就帮小媳妇号了脉。她焦急地问："怎么样？怎么样？我是不是怀孕了？你赶紧帮我写个证明！"药剂师："大嫂，我是药剂师，我号的脉，只能证明你还活着。"小媳妇傻眼。

虎虎：阿姨，不说了，今晚砸药剂师家玻璃去！哈哈……医护人员用专心、精心、爱心，换取病人的安心、放心、舒心。医院，并不是虎虎想象的那么恐怖。

妈妈接过化验单，赫然仨大字——呈阳性。B 超单上的结果：宫内早孕，单体活胎。"我的妈呀，俺真的中标咧！"妈妈刚说完，脸色发青，捂着嘴去了卫生间，一阵呕吐……狂晕！妈妈这孕吐速度，虎虎也是醉了！

大夫告诉妈妈说："胎儿的小心脏，从这时候起，就该开始在你的身体里跳动了。"妈妈惊喜地："哦，天哪！"妈妈知道了，有虎虎这个小生命在自己体内的存在。因而，激动地举起化验单，不停地原地旋转，嘴里一个劲儿"嗷！

嗷！……”地喊。医生呆呆地：“姑娘，你闹哪样啊？”哈哈……幸福的笑，是最甜蜜的笑。也许，这就是快乐吧！

虽然，现在刚刚才测出怀孕，但是虎虎已经迫不及待长大了。现在宝宝开始长脑子咯，脊髓也开始有了……还有，现在虎虎的头两侧，还有眼睛和耳朵的痕迹咧，过一段时间，就能看到精灵的眼睛咯，期待吧！这个星期，虎虎的小肝脏和小肾脏都开始发育了，还有那小心脏，这周末也会有跳动迹象咯！

虎虎的到来，让妈妈的眼睛焕发了神采，嘴角也蓄满了笑意，举手投足都带上了轻快的节奏……花儿在灿烂地笑，鸟儿在快乐地叫，妈妈的心里，比吃了蜜还甜。

恭喜！您真的要做妈妈啦！

秋雨，一丝一丝地飘着，像满天飞舞的细沙，滋润在叶梢。它带着清凉和温柔，轻轻地，轻轻地，为大地万物，带来一份希望。

16.

完蛋啦，一不小心长帅咧！

2009年11月8日 星期日 9℃~14℃

小雨~阴 无持续风向 微风 孕5周 农历九月廿二

细雨生寒未有霜，庭前木叶半青黄。小春此去无多日，何处梅花一绽香。昨日立冬，秋尽冬来，寒风凛冽，寒而不太冷，犹有一丝暖意。

妈妈昨天晚上回了武汉，姥姥很想看看外孙长成什么样，也从河南赶了过来。今天一大早，姥姥陪着妈妈，去了省妇幼保健医院。

只见一位丈夫带着临产的妻子在看门诊。丈夫着急地："大夫啊，我老婆都过了预产期好几天了，怎么肚子里的孩子还没有要生的迹象啊？"医生一边检查，一边打趣："不是立冬了吗，大冷天的，你愿意出门啊？"

虎虎不厚道地笑了，抱歉医生，宝宝就是故意的，哈哈……妈妈拍了拍腹中的宝宝，示意别闹。

妈妈又一次被把脉、抽血，还在黑黢黢的B超室里待了好长时间……姥姥不停地在走廊里踱步，焦急地等着妈妈出来。临近中午，医生才把B超化验单交给一直焦灼等候的母女俩。

哇！这可是虎虎人生第一张照片哦！这是人类的胚胎！手脚因为太小，肉眼都看不清楚，身长和头部的比例为 2:1，有一条小尾巴，整体形状极像一只“小海马”。

B 超图片，是虎虎和妈妈、姥姥第一次见面。不是因为那个时代多么好，宝宝才“怀旧”。而是，那个时代，虎虎真的好年轻哦！嘿嘿！【耍贱卖萌】

虎虎的“照片”，在妈妈和姥姥手里来回传递着、被认真地端详着……姥姥皱着眉头，习惯地把左手的大拇指，放在嘴唇下面来回移动，思考着……最终，还是姥姥目光敏锐，一眼看出：“刮气（有气质，好看之义）！这伢像爸爸！”

妈妈赶紧把“照片”拿过来，仔细打量，笑吟吟地肯定了姥姥的观点。急速地电话告诉在外出差的爸爸，电话那头的爸爸喜出望外：“这么小就能看出像我啊？太神奇了吧！老婆，武汉冷不冷啊，多穿点，别冻到咱家宝宝……”

从医院出来，姥姥和妈妈在雨中漫步，街头，一个接女儿放学的父亲，把身上的棉衣脱下给自己孩子穿上遮雨挡寒。而自己，一边瑟瑟发抖，一边满脸疼爱地看着女儿，生怕她一不小心被快要拖地的衣服绊倒……父爱无声，但它一直都在。

午休，妈妈躺在床上，抚摸着肚子，甜甜软软地说道：“结婚真好，怀了宝宝，这样就能保证每天晚上，都是两个人相拥了，哈哈……”

我国民间常把“立冬”这一天，当作冬季的开始。有人说：把秋裤塞进袜子里，是对这个季节最起码的尊重。虎虎问：朋友，您是否已经包裹起裸露的肌肤，穿上秋裤，盖上厚被，期待第一片雪花的降落，静候第一朵梅花的绽放了呢！

北风潜入悄无声，未品浓秋已立冬。虎虎期盼一个来年的春阳，说一声，妈妈，您好！愿您三冬暖，愿您春不寒。

17.

来报到的孩子不容易

2009 年 11 月 8 日 星期日 9℃ ~ 14℃

小雨 ~ 阴 无持续风向 微风 孕 5 周 农历九月廿二

来不及吃晚饭，妈妈冒雨开车，急匆匆地回依山城。

在这如诗如禅的夜雨中，心灵不由自主地泛起一圈圈的涟漪，而且慢慢地扩张，无法收拢……虎虎提笔，给妈妈写信。

您好！亲爱的妈妈！

虎虎小小的生命已“落户”在您体内，从那一瞬起，宝宝就要勤恳“学习”，为出世而竭尽全力。怀孕的喜悦，会被孕吐的出现蒙上一层阴影。但是妈妈，您必须强大哦，勇敢一些。私家秘籍：清爽暖胃、少吃多餐、少吃油腻。这个对抗的过程，保证营养，您就赢！

妈咪！虎虎告诉您：即日起，宝宝会赖在您家十个月，我们吃住在一起，您的衣食住行、喜怒哀乐都和虎虎休戚相关、唇齿相依。妈妈的喜怒哀乐情绪，都会通过神经系统分泌的激素，随着血液进入宝宝体内，虎虎会与妈妈同甘共苦、同舟共济。

为了提高您家孩子的情商，有一个健全的人格，宝宝恳求您：

还没写完呢，妈妈来电话了，虎虎被迫搁笔。

教练："漪涵，你什么时候过来健身？"妈妈："教练，我来'大姨妈'了！"教练："你怎么又来'大姨妈'了？你不是才来过吗？怎么又来了？"妈妈："教练，我好像是内分泌失调呢，我不正常！不管你信不信，反正我先信了，哈哈……"

为什么妈妈不把怀宝宝的事，告诉教练呢？在民俗中，老一辈人认为，怀孕有胎神，怀孕的事情若讲得太早，会惹得胎神不高兴，伤害到孩子；也有说法是，胎儿已经有元神存在，若太早被人知道，尤其元神弱而比较小气害羞，导致难以留下来。

这些，都是民间常说，而不知其出处。其实，在受孕三个月内，有不安定因素存在，容易发生流产。这期间，本身对于初孕妈妈心理，已经是个负担，如果昭告天下后，突然出现意外的话，还要向外界解释，等于是对孕妇二度伤害。

妈妈，怀孕前三个月，可以暂时不跟周围的人说，但是一定要跟家人说，要给医生说哦。

好了，一段插曲过后，虎虎继续提笔：

第一，请求妈妈要爱虎虎，忘掉身材和减肥的理念，吃下所有宝宝爱吃的东西，不！不要吃药，好苦的！要知道，妈妈吃下去的东西，几分钟后会到宝宝嘴里。

第二，妈妈要经常散步到户外，宝宝喜欢在树荫下跳芭蕾、打太极；妈妈一定要给宝宝唱歌，陪宝宝做游戏。

第三，妈妈，要保证不吸烟，也不准姥爷在宝宝跟前抽。

……妈妈，不要喝酒、咖啡和可乐；不要长时间看电视、打游戏机，不与人生气吵架，不熬夜，不……哇！第四，第五……一直到第好多。大脑，可真是个神奇的器官耶，这么复杂，竟然是胎虎虎想出来的。

鸭子与螃蟹赛跑，难分胜负，裁判出主意："你们划拳确定吧！"鸭子大怒："没法划拳，我出的全是布，螃蟹总是出剪刀！"

妈妈！看到了吗？这个故事告诉我们：先天，是很重要的。妈妈，您一定要乖，要听虎虎的话哦！

好啦！妈妈！跟宝宝"嗨"起来吧！请举起您的双手，让虎虎看到您的双手好吗？"动次打次，动次打次……"好啦，歌曲完毕，掌声随意！【调皮】

妈妈！收到信，请务必回复！

虎虎敬上

18.

怠慢宝宝，等于撕碎我自己（转载妈妈日记）

2009 年 11 月 9 日 星期一 8℃ ~ 16℃

多云 无持续风向 微风 孕 5 周 农历九月廿三

妈妈住在依山城公安处公寓里。每套房屋结构一模一样，但每个人的“家”又各不相同。这间卧室周围，浅粉色给人一种舒适、安逸的感觉。每个星期，妈妈会给自己买花，仿佛深深地爱上自己。爸爸送给妈妈一个热水袋作为陪伴礼物，让心爱的人，每天晚上搁在心口，无须独自睡在床上感觉冰冷。

一切，都是那么完美地平凡，妈妈的心情像抹上了蜜，甜丝丝的，温暖的房间里，妈妈得意忘形，一首《大头儿子小头爸爸》主题曲，不由脱口而唱，这一唱就出了事。本来一切都是那么美轮美奂，妈妈天润的歌喉，流畅的节奏……就在最后一句“转眼儿子就长大”上，栽了！

这一刻，宝宝仿佛成了小学生，妈妈含着一把“辛酸泪”，一旁陪虎虎做作业……“停车！”妈妈自言自语，“最后一句你跑调了，不行，重唱！”好吧，再来一遍：“转眼儿子就长大……还是跑调！”就这样来回唱了好几遍，妈妈也不知道怎么了，陷入了跑调的坑里，哈哈……“跑调不唱了！

还没睡的小宝宝，来和妈妈聊聊，嘻嘻……”

嘿！宝宝你好！

妈妈已收到来信，立即回应宝宝哦。

科学备孕三个月，妈妈知道，健康、聪明的宝宝，是最青睐有准备的父母。无论之前为了迎接宝宝的到来，爸爸、妈妈做了多少工作，都是值得的！

当妈妈得知，自己已怀上宝宝，瞬间被一种巨大的幸福感淹没。妈妈并不知道，当母亲是怎么回事，但是妈咪发现，整个身心，正朝一个崭新的方向转移。是的，从那一刻起，世界，真的变得有点不一样。【感觉自己有点飘】

宝宝！你的存在，爸爸、妈妈在欣喜之余，更多想的是肩上背负的责任。妈妈腹中的你，是一个有血有肉的小生命，不像白菜，仅靠营养发育就生长。如何在胎儿期施教于你，受到父母的特别重视。从这时起，妈妈需要满怀爱心地，教授你各类知识与行动，当即就为宝宝启动了“对牛弹琴”胎教。【偷笑】

宝宝！爸爸、妈妈就如那“感叹号”上部，小小的圆点就是宝宝，长长的斜线，是父母对宝宝一生眷念的倾注。妈妈一定会向着温暖，向着最爱，完成自己的骄傲！

宝宝啊！妈妈接受、采纳宝宝提出来的各项建议，因为那是非常科学、正确的！妈妈会把生活中的一切都对你叙述，当我们大人一起讨论开心的话题时，妈妈也会邀请宝宝参加的。

宝宝啊！你和父母的路还很长很长，让妈妈用一次次感动来说服自己，让妈妈的表白持久地围绕，让妈妈的爱不走开，等待开花结果的那一季，让我们的期待不再遥不可期！

最后，妈妈还要告诉你，爸爸、妈妈已正式下了“聘书”，邀请姥姥过来，呵护孕中我们母子。

妈妈用暖暖的指尖，在我宝宝的手心里轻轻写下“依赖”！妈妈爱你！抱你！吻你！

妈妈于 2009 年 11 月 9 日星期一晚灯下孕 5 周

19.

把自己谱成优美乐曲

2009年11月9日 星期一 8℃～16℃

多云 无持续风向 微风 孕5周 农历九月廿三

母爱和笔墨齐下，紧握约定而搁笔。

突然，妈妈拍拍胸口，伸了下脖子：“我怎么感觉胸闷憋气呢，是不是，亚健康状况比较严重啊？心疼一下自己。”妈妈开始给自己找点零食吃……然后，脱下警服，换了睡衣，好了！

虎虎肆无忌惮，爽朗地，哈哈……听姥姥说，大一开学第一天，竞选班长，妈妈当选副班长之后，就消失了，再也没有在班里出现过。军训的时候，发现妈妈在别的班，原来，妈妈是走错了教室。

虎虎怒赞！宝宝就不信了，妈妈用迷糊征服不了你们！

【起范儿】

一张粉红色的席梦思床，粉红色的被褥上，斜靠着粉红色心情的妈咪。远处，白色的绒毛地毯上，静静地放着一台飞利浦CD数码收录机。在这温暖的夜晚，妈妈的心境自然也调整到开心档咯。

勃拉姆斯的《摇篮曲》，优美细致、韵律平缓、富有诗情画意的乐曲，让虎虎的想象带着爱意，与妈妈一同沉浸在音乐所表达的意境……

妈妈随着曲子自编歌词，启朱唇，发皓齿，唱了几句。声音初不甚大，只觉入耳，有说不出的妙意："一加一是妈妈爱你，二加二是妈妈很爱你，三加三也是妈妈很爱你，四加四还是妈妈很爱你，五加五……"

我倒！哇咔咔！妈妈这样子的话，讲真！虎虎很替我出生后的智商着急。【捂脸】

奇怪！慢慢地，妈妈的歌声，犹如一则小令，翩翩地，从一则古老的传说中向宝宝走来……虎虎感受到了妈妈的爱，以及美的存在。

这是一幅迷人的画卷，因此勾勒出稀缺、幽默的故事集。

妊娠早期，孕妈妈情绪容易波动，还可能产生不利于胎儿生长发育的忧郁和焦虑情绪。因此，这个时期的准妈妈，适宜听轻松愉快、诙谐有趣、优美动听的音乐，使孕妈妈不安的心情得以缓解，精神上得到放松。

哦！这是妈妈在对虎虎进行"听觉胎教"啊！妈妈，您真好！宝宝喜欢您笑的样子，宝宝喜欢您自创的歌曲！【吧唧】

"听觉胎教"，不仅可以激发妈妈愉快的情绪，也可以给宝宝的听觉以适应性的刺激，为进一步实施的音乐胎教和听觉胎教开个好头。

虎虎看了《封神榜》，得到一个痛的领悟：金吒、木吒、哪吒三兄弟，同样是一个娘生的，可是胎教一年和胎教三年的真的没法比！哪吒胎教三年，生下来就才学兼备、文武双全。胎教，真是太重要了！

上个月妈妈丢了手表，QQ“说说”改成：手表找小偷去了；这个月在公交车上丢了手机，QQ“说说”改成：手机找手表去了；今天上午自己上街迷了路，这不，上床睡觉前，打开电脑，必须把QQ“说说”改成：我去找手机了……

咿呵呵哈哈哈……妈妈用尽全力，过着搞笑的人生，虎虎在笑声中，融入了妈妈的温暖！

夜，好似一个正在酣睡的小宝宝，表情是那样地安详、静谧。只有宝宝和妈妈，在欣赏这迷人的夜晚，仿佛一切，属于我们。

20.

此情可待成追忆

2009 年 11 月 10 日 星期二 7℃ ~ 18℃

多云 ~ 晴 无持续风向 微风 孕 5 周 农历九月廿四

竖起招军旗，就有吃粮人。一个生命的出现，像永不熄灭的圣火，将姥姥的希望之灯点燃，于是又看清了路，向前迈。姥姥接收到妈妈的“号召”，立刻就积极响应。快速向单位告了长假，日理万机，全程跟踪护理妈妈。

姥姥家，位于中国河南省，东南部的凌洲市，整体地貌平坦，土质肥沃，盛产粮食。

根据机构编制统计年报，河南省县市区机关，超编现象比较严重，占比例 62.66%。省劳动和社会保障厅厅长孔令晨说，为消化党政机关超编人员，凡超编的党政机关，人员一律只出不进。对符合提前退休条件的人员，鼓励提前办理退休手续。

姥姥即使不符合“退休”条件，若是愿意请假的话，上级主管部门显然还是“支持”的。姥姥主动退出，把机会留给年轻人，从职场向生活进军！曹操败走华容道——走对了路子！【怒赞】

此为前景，割了吧。

妈妈工作单位远离城区，公寓在两公里开外的“公安生活小区”。那条连接工作和生活的长长大道，两旁的路灯形同虚设，到了晚上竟然全部关闭。

顶！红区干部好作风！

镜头一：武松打虎，成为英雄，当地电视台前往采访。武松对着记者大发感慨：“你们交通条件真是差劲！那么早就没有了公交车！害得我独自一人赶夜路，还差点命丧虎口，真险！”

镜头二：妈妈下班，在机关食堂吃过晚饭，回生活小区。走着走着，路上捡到一张纸钞，左右瞄瞄，四下无人，心慌得要命，赶紧装进口袋。回到公寓，把钱掏出来，灯下打量，哎哟！哪里是什么钱啊！原来只是一片烂树叶。

镜头组合：俺们那旮旯比较穷：交通基本靠走；通信基本靠吼；治安基本靠狗；取暖基本靠抖；照明基本靠油……哈哈！过分了啊！

以上几个镜头，虎虎试着应用了想象与变形，用言过其实的夸张修辞手法，目的是突出事物的本质，加强作者的感情，烘托气氛，引起读者的联想和共鸣。【龇牙】

还有一件妈妈刚上班那会儿的事，姥姥电话：“宝儿，如果你白天上班没时间的话，那就晚上去单位，帮妈妈把材料打印出来吧！”妈妈为难地：“不行啊妈！晚上天太黑了，没有公交，又打不到的士啊……”

获悉妈妈怀孕喜讯，姥姥却牵肠挂肚——放心不下啊。

因而，马不停蹄地赶路……这是要去哪啊？姥姥直奔妈妈工作、生活的警营，绝不能让女儿、外孙在陌生的小城遭受委屈！掐头去尾，姥姥可能要在这儿陪伴我们母子八个月。姥姥，您肩负使命，任重道远！

姥姥，平淡人生也有舞，凡人小事也有歌。外孙的第一份快乐，正在派送中，请您注意查收。【么么哒】

21.

天蓝草碧，云白风清

2009年11月10日 星期二 7℃～18℃

多云～晴 无持续风向 微风 孕5周 农历九月廿四

夕阳压山，淡红色的晚霞涌现，堆着微笑，露出了依山城恬静的黄昏。妈妈卡着点，开车到火车站接姥姥。拥挤的出站旅客，逐渐扩散开来，列车在行驶中远去，残留的汽笛声，回荡在车站。

出站口，熙熙攘攘的人群中，闪现一位看上去50多岁的唐氏综合征患者，他格子羊毛打底衫，扎在西服背带裤里，手里还拎着一件蓝色羽绒服，一边喘气，一边抹着额头的汗，急吼吼地第一个冲出轧道，迫不及待地与在外接站的80多岁老人拥抱，两人见面，显得都异常激动。

姥姥在他的身后，也出了站。姥姥看到两人“久别重逢”一句话不说、抱在一起抹眼泪，也很感动。姥姥向妈妈简单介绍了他，此人，是姥姥一路同行的邻座旅客，他自从25年前母亲去世，一直是年迈的父亲照顾起居。前几天，姐姐带他出来旅游，这是他一生少有的远行，深深感受了一把和老父亲分别后的思念。

哀哀父母，生我劬劳。世界上的一切，对儿子来说仿佛都是假的、空的，唯有父亲才是永恒的、不灭的。

妈妈帮姥姥把行李放进后备厢，感慨说：“这人能活到50多岁，还穿得这么干净整齐，那必得有特别爱他的人，而且一如既往。”姥姥赞同地：“是啊，没人能够想象，照顾一个唐氏儿的辛苦与辛酸。”虎虎：无论我们有多大，只要父母在，永远都是小宝贝。

一个不留神，天色暗了下来。山里有些冷，小草低下了头，树枝冻弯了腰……妈妈打开车门，催促姥姥快点上车。姥姥却呆呆地站在那里，眼睛紧盯着远处雾茫茫的山，眼珠像生了锈的锁的那颗转不动了的锁芯。姥姥仿佛一下回到了解放前，嘴里一个劲地发牢骚：“什么鬼地方啊？晚上，真的是看不见……”姥姥一下来了小资、认真、挑剔……各种小情绪。

一路上，望着那巍然屹立的群山、云雾缥缈的山峰、鸟语花香的丛林……似乎，让姥姥完全沉浸在了想象的世界。好一个壮丽的天空，衬托了飞禽、穿透了心灵、震撼了视觉、蓬勃了想象、变换了心情！

对面来了辆摩托车，妈妈立刻把远光关了。谁知道，这哥们更干脆，把摩托车全部的灯都关了。妈妈冒出的一句话：“‘敌人’从雷达上消失了！”哈哈……原谅虎虎没忍住呛，鼻涕泡炸了！哥们，看你这么懂事，难道你这淘气是故意的？

没有套路的红区真好，真实。

夜，享有它独有的美丽，占据虎虎心灵的深处。夜的宁静，犹如坐在摇篮边，轻轻哼唱摇篮曲的母亲。宝宝该如何，将自己化成星星，享受您带来的瑰丽。

22.

原来，宝宝伤不起

2009 年 11 月 10 日 星期二 7℃ ~ 18℃

多云 ~ 晴 无持续风向 微风 孕 5 周 农历九月廿四

晚，在饭店，妈妈为姥姥接风洗尘。而后，开车送姥姥回生活区。车子前面，一位来依山城看望儿子的大妈，走在机动车道上，挡住了去路。妈妈并没有按喇叭催促，而是使用近光灯，缓缓地，很有礼貌地跟在后面……虎虎心里默默地，为妈妈的行为点了一个赞。

不料，大妈回头，看到辆车，大声冲妈妈嚷道：“丢！雷识唔识揸车，亚滴声都有，哈趁我！”（你会不会开车啊，一点声音都没有，吓我一跳！）妈妈同意大妈的说法：“她说得很有道理。”妈妈知错就改善莫大焉，于是，狠狠地摁了下喇叭“嘟嘟”两声。很明显，大妈这次真的是被吓到了，但奇怪的是，这次她没敢吱声，赶快走到一旁让开道。虎虎：妈咪，干得漂亮！

仿佛，正是善与丑的交锋，是心对丑的永别。悟以往之不谏，知来者之可追。大妈在教训中结束丑陋，人生，有如婴儿新生般的希望。【大拇指】

车子开进小区，妈妈找车位停车。发现前面有一个空位，大喜过望，准备停过去，转念分析:“这么显眼的地方还有车位，证明今天空位挺多的。再去找找看，说不定，还有离家更近的车位呢？能停在地下车库也是极好的。实在不行，再回来也不迟……”妈妈连珠炮似的发表着言论，姥姥根本谈不了看法。

半个小时后，虎虎发现，妈妈分析是错误的！姥姥敲黑板，上课了：“猫耳朵，你妈早就告诉过你，机会转瞬即逝，你怎么就是抓不住呢？”姥姥逮住机会，也是让妈妈插不上话的。“心里有得数，来来来，咱重温一下，熊瞎子掰苞米的故事……”啧啧！姥姥的慵懒女低音。【俏皮】

围着小区兜了几圈，才找到车位，停好车。姥姥来到妈妈公寓，放下行李的开场白:“猫蹄子，怀孕初期，一定要注意，这阶段容易流产，生活细节上要特别小心。如果第一胎流了，形成习惯，以后很难怀孕再保住。”姥姥这是，三句话不离本行，上什么山，唱什么歌，曲不离口。

进房间半个小时内，虎虎已经记不清，姥姥是多少次地不厌其烦叮咛又嘱咐，告诫妈妈，孕中如何庇护怀着的宝宝。虎虎一次又一次，被姥姥的痴心不改而感动。统观天下，有几人，能向姥姥那样，竭心尽力呵护外孙、关心闺女？

孕育初期，母亲也许很多时候不关注自己的肚子，认为肚子没大，跟平时一样地生活。其实不然，从医学数据、科学视角看受孕成功后，有 50% 以上的受精卵，无法最后诞生为可爱的婴儿，而是经历生化妊娠、流产、胎停、胎死等各种情形，80% 发生在前三个月，虎虎可不是危言耸听哦。

卫生间里，姥姥大声喊：“猫尾巴，送手纸过来！”一刻钟过去，不管姥姥您有多急，妈妈像只小企鹅，一摇一摆，一步一挪地……哈哈！虎虎了然！慢走跌不倒，小心错不了。妈妈是姥姥温顺、听话的乖女儿！

从医学证据上来说，怀孕的前三个月是胎儿发展的最关键时期，所以前三个月，虎虎希望胎儿稳定。

隔壁老王家的老鼠，偷了主人一枚鸭蛋，回到洞里，扔锅里煮，打了个盹儿，起来后发现，鸭蛋不见了！赶紧四处寻觅……半晌，老鼠骂咧咧道：“奶奶的，煮熟的鸭子飞了，还有个安慰，你个煮熟的鸭蛋飞什么飞！”

妈妈！守住怀中的“蛋蛋”，别给虎虎玩猫腻，突破底线，宝宝会“生气”！

妈妈洗漱结束上了床，临睡前看到个视频，叫作“在线关灯”，就是拿只拖鞋砸在灯的开关上，从而关闭电源灭灯。正好，妈妈为了“稳定”宝宝，担心下床磕着碰着，于是弯腰拾起拖鞋，随手就冲电源开关丢了过去……耶！一击即中！箭靶还那么小，随手这么一投就中，妈妈兴奋啊！兴奋地大半宿在床上，翻来覆去地回顾细节，是的，就是睡不着了那种。

妈妈愤怒了！这下更糟糕，妈妈彻底兴奋咯！“宝宝呀，哎哟！妈妈脑瓜疼！脑瓜疼！”嚯嚯！凭本事失眠，还是匿了吧，虎虎尽量哭得小声点。【脑瓜子疼】

23.

侠义的外婆

2009 年 11 月 14 日 星期六 11℃ ~ 19℃

多云 无持续风向 微风 孕 6 周 农历九月廿八

早晨，从睡梦中醒来的妈妈，第一个动作，就是把手放在自己的肚子上，和虎虎呢喃细语："宝宝，是你让妈妈做了母亲，幸好，还有九个月的时间，让妈妈慢慢适应。妈妈几乎无法相信，真的有那么一天，把你这个小东西抱在怀里，轻轻握着你的小手……妈妈一直在想象，那双小手会是什么样，妈妈不知道，那双小手，在妈妈肚子里，谁给宝宝剪指甲，指甲会不会长得老长……"

哦嚯！妈妈，虎虎现在，长度只有 0.6 厘米，像一颗小苹果籽那么大，啥都没有呢，更别谈"指甲"！哦嚯嚯……【笑哭】

中午，妈妈和同事们在餐厅就餐，一个朋友畅谈人生，爱情，事业……妈妈突然放下碗筷，冲进厕所开始呕吐……这朋友一脸蒙圈："我说啥了，都把漪涵说吐了？"

敲黑板，画重点！整个孕期，如同一次特别的旅行，妈妈会产生很多的感受。妈妈现在，已出现早孕反应恶心、呕吐，怀胎十月，绝对地辛苦。

下午，下了班，妈妈就往公寓赶，见了姥姥闹着要吃酸菜鱼，姥姥抄起钱包，就往菜市场跑……妈妈喊回姥姥，说是：“就想吃，小时候奶奶做的‘酸菜鱼’。”那么问题来了，妈妈的奶奶，已经去世十多年了耶。【草率了】

姥姥到外面饭店，打包回来一份“酸菜鱼”。姥姥略施《孙子兵法》三十六计——瞒天过海，说是，长得像极了奶奶的老奶奶，做的酸菜鱼。啊嘀！绕得是有些费劲！但是，倒也糊弄住了妈妈。

敲个小黑板，看这里。孕期科学运动，对减轻孕吐有一定的帮助。为了有利于妈妈和虎虎的身体健康，姥姥帮妈妈选择了缓和的运动，也是孕期最佳运动——散步。散步是最好的增强心血管功能的运动，而且散步很安全。

晚饭后，姥姥携妈妈漫步在小区。初冬的夜空像巧克力般令人感觉优雅，安逸且舒适，冷风时而撒着娇拂过大地……情景的恬静，不由得令人沉醉，走在蜿蜒小路上，那种和谐无与伦比。

前方高能预警。此时，和姥姥手牵手的妈妈，突然一阵闹心，不停地打嗝，闭着眼睛，绝美的脸庞，显露一丝痛苦的神情，珠泪偷弹，驻足那里。妈妈身体里的血液仿佛正在离开，向远处游走。

姥姥察言观色胸有成竹，立刻断定：这是女儿呕吐前序曲。时不我待！姥姥拉起妈妈跑到路边，陪着女儿蹲守住一堆垃圾。

怎么就那么寸，这对母女所在位置，不偏不倚刚好原有一摊呕吐物，还时不时地散发着酒气……姥姥胃里，顿时太平洋大搬家——那是相当翻江倒海。机会来了，姥姥以身作则身先士卒，果断地："呃……哇！"对着大地开始播报新闻，嘻嘻……【捂脸】

妈妈一旁耳闻目睹、潜移默化，悄然产生了连锁反应，顷刻间五脏六腑被挤压，胃里的溶液，像子弹一样，从口腔、鼻腔里喷出……

远景、定格。路灯下一对倾吐苦胆的母女。那是沧海同醉的朋友啊！如此唯美、和谐，让人不忍打扰，绕行！

庄子寓言故事"匠石运斤（斧子）"听过吗？虎虎告诉您寓意：不管做什么事，都要有好的搭档。如果没有一个很好的搭档，要把本领发挥便很难。

姥姥心境简单，随遇而安，虎虎欣赏这样活着的女人。虎虎仰视，为姥姥浩然正气、大义凛然求人品！

妈妈、姥姥同学听课中：要想科学、合理地减少孕吐，请在手帕上滴几滴柠檬汁，当恶心想呕吐时应急使用；孕早期宝宝生长缓慢，并不需要太多的营养，在口味上，姥姥可以尽量让妈妈选取自己想吃的东西。

最后，虎虎给孕妈妈加油，无论多痛苦，都是甜蜜地煎熬！虎虎祝所有，正在孕期"水深火热"的和已经"逃离苦海"的妈妈们幸福！【比心】

24.

国政易，家政难

2009 年 11 月 15 日 星期日 12℃ ~ 21℃

多云 无持续风向 微风 孕 6 周 农历九月廿九

当教育一个孩子的时候，培养兴趣，完善人格，教会他取舍及接受得失……而这一切的一切，你都能在菜市场，这个小江湖中看到缩影，去一趟菜市场就够咧。

姥姥另类胎教，建议妈妈："猫尾巴，当你胎教感到吃力时，不妨带宝宝去菜市场看看，那里或许会给你意想不到的收获与惊喜。"

真的耶！当妈妈、姥姥刚走到菜市场门口，就看到一位大哥，提着一袋子糯玉米……正是妈妈想要的，于是，妈妈急吼吼地问："老板，多少钱一个？"大哥抬头看看妈妈："一块。"妈妈迅速拿出 20 块钱，说："给我来 20 个。"大哥看着妈妈，撇嘴："市场自己买去，这是我刚买的……"

妈妈把钱塞进钱包，转身要进菜市场，大哥撵上来补充一句："没有了，抢完啦！"惊不惊喜！刺不刺激！意不意外！

【媚眼横飞】

孕 6 周，虎虎长度有 0.6 厘米，像一颗小苹果籽那么大。

妈妈，肚子不见大，胸部慢慢开始有了变化，一天比一天大。没错，这就是传说中的二次发育。姥姥笑曰：“咱们家宝宝兵法学得不错啊，三军未动粮草先行，嘿嘿！”

妈妈的食物和营养，是虎虎的生命之源，掌握正确的饮食方面知识，保证提供最安静舒适的生长环境，让虎虎摄取到丰富的营养，就是最好的胎教。妈妈的饮食起居，应该是姥姥“孕中呵护”的首要责任。

姥姥家中兄妹两人，上有一个哥哥。姥姥从小乖巧伶俐，深受家人宠溺，最后致使：琴棋书画不会，洗衣做饭嫌累……还好，成年后，受英俊潇洒的姥爷怜悯，苦心抗战八年，把只有两件事不会做的（这也不会，那也不会）、花容月貌的全能姥姥，娶到了家里。

平日里工作忙、孩子小，家务有“家政”处理。等妈妈长大上学离开家，家务就由姥爷全权负责管理。姥姥只做厨房里的那片绿叶，默默无闻、不显山不露水地，衬托着姥爷那朵“红玫瑰”。

坦白来讲，姥姥做的饭菜，虽然过程已经足够地繁杂，但横向比较，却又实在不够精雕细琢。凭着数十年的经验，姥姥已经完全凭借感觉收放自如，只不过，姥姥是习惯“放”而不喜欢“收”的那种。

宕开笔墨，旧事重提。姥姥心血来潮下了厨，精心为姥爷做了一道菜，忘了放调味品也就罢了，竟然还忽略了食盐的价值。两天后，姥姥为弥补过失，用心又做了一道菜，姥爷吃了一口，快速吐了出来，愁云惨雾地皱着眉：“你还想让人活不？”姥姥不藏不掖：“怎么啦？是不是盐放多了？上次不是没放盐嘛……”姥爷翻白眼：“咋的！这次补回来啊！”

姥爷从来不计较，不生气。是因为对姥姥有爱在心里。【飘过】

姥姥脑子经常短路，笨笨哒。在虎虎看来，姥姥做的饭菜，还是好处颇多的，比如说，吃着实惠、踏实、放心，最重要的是，还免费。那碗碟里，您一定还能吃出丝丝“情义”。噗嚓嚓！姥姥虽然有点“笨”，但是，总有比姥姥更笨的笨蛋，为姥姥喝彩，此处，虎虎有掌声，鼓掌！

有人说，给孕妇做饭，有点儿像是买彩票，在做的时候，她急切地想要品尝；可是饭菜上桌之后，她脸上，又可能露出作呕的表情……姥姥一声叹息：“唉！国政易，家政难啊！”

为了照顾好孕中母子，姥姥使出十八般武艺，整天在电脑上百度搜索。最后得出结论：不管什么食物，都要好好挑选，一定要新鲜的。

有了时间，姥姥就领着妈妈逛菜市场。菜市场里，那些碧绿娇嫩的蔬菜，鲜香扑鼻的瓜果，充满大海气息的海鲜……都成为琐碎俗世的一束微光。

25.

赤脚走在妈妈的生命里

2009年11月16日 星期一 12℃ ~ 22℃

多云 无持续风向 微风 孕6周 农历九月三十

“呜呜……我是成年人又怎么啦？成人为什么不能玩玩具！”妈妈在向姥姥任性邀宠。

姥姥面对撒娇的女儿束手无策，糊里糊涂地应允：“好！好好！伢咪，只要高兴，随便你！”

这是发生在超市收银台前的一幕，一位50岁的母亲，正在哄她20多岁的宝贝闺女。

妈妈面对突如其来的不适，感觉孕期反应很难受。这时期妈妈的情绪，很容易波动，前一分钟还笑嘻嘻，后一分钟就伤心流泪的情况，时有发生。这些变化，有些是由荷尔蒙引起的。妈妈主动与家人分享负面情绪，让妈妈感到很放松。

生一个健康聪明的宝宝，是每位父母的心愿，为了完成这个心愿，妈妈一定要懂得“舍弃”。这个时期，您自身可能还没有什么感觉，但在您的身体内，在进行着一场革命。

上周二，姥姥来到妈妈住地，做的第一件事是：中断了妈妈与宠物吉娃娃的情缘；凡是生活区使用的电器，一律转移，就连还没用到的电热毯，也被姥姥压到柜底。另外，在单位，姥姥要妈妈务必表明自己孕妈咪身份，工作上，领导和同事会给予照料和帮助。

姥姥一切安排妥当，踌躇满志，有计划有步骤，浑然一体。今天妈妈轮休，天气好，母女一起来到市区，进入超市，购买胭脂粉黛产品，要无刺激的。

琳琅满目的大超市，妈妈不选吃，不选喝，采购了一堆婴儿玩具：五颜六色的拨浪鼓、花铃棒……妈妈如获至宝，爱不忍释。回眸一笑，娇嗔满面："姆妈，我要先试试这些个玩具，看看好玩不好玩，才能知道以后宝宝对这些玩具，有没有兴趣。"

眼瞅着购物车里，婴儿玩具都快装满，姥姥阻止："猫尾巴，太多了，别买了，一会不好拎。"妈妈温柔地责备："小气！【撇嘴】"姥姥嘴角一翘："妈是舍不得，妈舍不得回家的路上，两只手拎着购物袋，不牵着你——"

自从妈妈怀上宝宝后，姥姥禁止妈咪做好多事，一切习惯都改变了。呜呜……【装哭】妈妈都心情不好了，宝宝能好吗？

自从妈妈怀上宝宝，矫情着呢，说是前天拉了次肚子，就哭哭唧唧地给姥姥说："姆妈，可能是把娃儿拉掉了！"非要姥姥陪着去医院检查。姥姥面无表情地说："难道你怀的是一坨屎？"

妈妈高冷又呆萌——呵呵哒！

听姥姥讲，妈妈小时候的故事。妈妈常听人说，铁呀铜呀，雨天带在身上容易招雷劈。有一次放学回家的路上，突然乌云密布，电闪雷鸣。妈妈忽然想到，自己头上还别着个小发夹，身上衣兜里，还装着两个五毛硬币，于是，匆忙找了棵小树，做了个记号埋起来，然后天晴的时候再刨回家。

经过十几年的不断奋斗和磨砺，妈妈终于从一个懵懂、敏感的小女孩，成长为了一个懵懂、敏感的孕妈咪，呱呱……

【超想笑】

虎虎，赤脚走在妈妈的生命里，眉眼带笑，让宝宝领略到的是甜蜜！

26.

不变的节奏

2009年11月17日 星期二 13℃～23℃

多云～阴 无持续风向 微风 孕6周 农历十月初一

官宣：从孕6周开始，黄漪涵是一个准妈妈啦！祝福妈妈，开始了人生中一段独特、新鲜而又刺激的旅程，探险开始！

时值中午，太阳渐渐地，从阴云里蹦出来，冬阳温暖地直射地面，照得山山水水一片明丽。

妈妈和姥姥走进饭店，迎宾小姐笑脸相迎："请问美女！几位？"妈妈伸了一下手指头，爽朗回答："三位！"服务员把母女让进包房，准备了三套餐具，点了菜。坐下半晌，不曾见那第三位到来。

一旁敬候的服务员，搔首踟蹰，茫然不解地上前询问，妈妈的回答，着实吓到了小丫头："人早已到齐，菜好了，就上吧！"服务员数来数去，怎么数就是"二"啊，严重怀疑自己的智商出了问题！【小纠结】

这一切姥姥尽收眼底，随后爆发一阵酣笑，向着疑虑重重的服务员解释："姑娘！我们的第三位刚怀上，现在还在肚子里。"咦嘻嘻……女孩茅塞顿开，长长舒了口气："哦！

原来是准妈咪啊！不好意思，怪俺眼笨，恭喜恭喜！”

虎虎：怎么看得出来哦？早孕！妈妈这是故意在人家面前秀能力！

镜头回放：25 年前，姥姥挺着“大”肚子（怀有五个月大的妈妈）在闹市区炫耀。同学、熟人见了不禁都要问：“林妹，刚知道你怀孕，怎么看上去就快生了呢？怀孕不是要有 10 个月吗？不会是双胞胎吧？”

姥姥、妈妈如此夸张，虎虎感慨油然而生：各种风格都能 hold 住，一不小心，就嘚瑟得如此全面！【我倒】

吃了饭，在回来的路口，一辆摩托车被轿车撞上了，受伤不轻，驾驶员满脸是血躺在地上动不了。走近，救护车到了，医生问伤者：“感觉咋样？”他虚弱地回答：“这也就我吧，换作别人早完了……”虎虎，哼哼！冷笑一声，这样了，都能装！

救护车，像一只被冬日阳光陶醉的燕子，尖声呼叫着，飞奔着。

进了小区，遇到邻居李爷爷来看孙子敖武，手里拎了好多零食。妈妈遂打招呼：“爷爷，好吃的没少给孙子买啊！”爷爷胡子一撅，道：“别提了！我小时候，有一口面条，都得留给我爷爷吃，我也就喝口汤。那会儿就想，等我当爷爷了，好吃的吃个够！可眼下，混到我当爷爷了，又成孙子吃香了。呵呵！我这辈子，老也赶不上好时候！”

妈妈正要上前，和李爷爷说些什么，虎虎：嘘！安静点，爷爷正在忧郁中……

虎虎着急忙慌地长大，第六周，发育中宝宝的心脏，开始有规律地跳动，泵血了！噌噌生长的“小豆子”的头部细胞，已经开始排列组合成独特组织。虽然此时，在超声检查中，还看不到宝宝的耳朵，但构成内耳的复杂管道排列，已经开始发育了。

回到公寓，躺在床上休息会儿。姥姥和妈妈，试着一起捂住嘴对话，妈妈：“我家的宝宝在发芽！”姥姥：“我家的宝宝在长大！”虎虎听到的声音很沉闷，听得出语音语调，却听不清意思，不知“发芽”“长大”是否好吃？这个时期，宝宝在妈妈肚子里，听到的声音，就是这个样子的。

虎虎的听力在发展，妈妈不由得轻柔唱起“摇篮曲”，这些，不仅能刺激正在成长的宝宝的听力及支持其发育，还能帮助妈妈和虎虎建立联系。

27.

妈妈别动怒，把脆弱藏好

2009 年 11 月 19 日 星期四 5℃ ~ 19℃

阴 ~ 多云 无持续风向 北风 3 ~ 4 级 孕 7 周 农历十月初三

妈妈！别驻足，梦想要不停追逐；别认输，熬过黑夜有日出。

妈妈恶心想吐的时候，就一直打嗝，胃里反酸就是吐不出。人家说孕吐越厉害，胎儿根扎得就越深，越不容易流产，宝宝就越聪明。妈妈说："我感觉我娃不是在扎根，这是在打地基！"

曾经有人做过实验，表明了孕吐与宝宝的聪明在一定程度上有关系。妈妈，当您孕吐十分难受时，不妨想想这句话：胎宝宝正在努力地发育呢。孕 7 周，宝宝现在有 1.3 厘米长，像一颗咖啡豆，长出了圆圆的手和脚，已经明显具备了人的雏形。

早晨，妈妈正在公寓难受，爸爸来电，好似及时雨。妈妈边打嗝，边向爸爸倾诉委屈。岂料，那端的爸爸条件反射，边打嗝，边宽慰受苦受难的老婆……这下可激怒了敏感期的妈妈，"你找打不是啊！人家难受死了，你还在那幸灾乐祸！"

妈妈万分恼火地吼道。无论爸爸怎么解释："不是故意的，真的不是故意的！刚好我饮食过饱，听见你打嗝，我也就跟着打喽……"妈妈摔了手机，一旁怄气去了。

妈妈这几天孕吐，被折磨得简直有些筋疲力尽了。这是因为，虎虎的主要器官都是在这个时期形成，导致妈妈生理和心理发生了一系列的变化，难免有一些不适应，继而引发一些小情绪……

妈妈通过母体释放的神经激素，传递给宝宝，母子连心同喜同悲。这下老爸惹了大麻烦，拿着剃刀哄孩子——非同儿戏！虎虎此刻，也产生了类似的情绪反应——生气！嘟嘟嘴！这是宝宝做出的第一个动作，这也便是——胎动的开始。

祖国医学有"孕借母气以生，呼吸相通，喜怒相应，一有偏奇，即致子疾"的理论，树立"宁静养胎即教胎"的观点。

虎虎急扯白脸地，给妈妈讲传闻：听说不开心的时候，免疫力会减弱，不管您信不信，反正虎虎信；

虎虎急中生智，给妈妈谈古论今：《竹林女科》中指出："宁静即养胎，盖气血调和则胎安，气逆则致病……欲生好子者，必先养其气，气得其养则子性和顺，无乖戾之习。"

姥姥："你孙子还是一枚'胚胎'呢，也懂这个？"

姥姥明修栈道，暗度陈仓——则另有一套。掏出10元纸钞扔到走廊上，反身回屋劝慰女儿别生气。妈妈适度地控制了自己的情绪，看了看墙上的时钟，该上班了，和姥姥"拜拜！"走了出去。

门外一声惊呼："妈！快出来看！"姥姥假装一脸茫然

地凑了过去。“姆妈，我捡到 10 块钱耶！”妈妈附在姥姥耳边，喜滋滋地挺神秘，兴奋得满脸通红。姥姥看看四下无人，把钱塞进女儿衣兜：“快收起来吧！这叫作‘出门见喜’，一会儿有人来找，我还给他 20！”

妈妈把钱揣进兜，问姥姥：“姆妈，我老是打嗝是什么原因？挺难受的。”姥姥顺口答道：“专家说，孕妇打嗝是宝宝放的屁。”妈妈惊愕地睁大眼睛，脸上的笑容一下子凝固，艰难地吞了下口水，然后就不打嗝了。笑眯眯地接过姥姥递过来的橘子，哼着小曲下了楼梯。

哇咔咔！我家姥姥，是不是有潜质当神医？【小骄傲】

越乐观的妈妈，生育的宝宝越健康。及时缓解坏心情，让每个孕日都有色彩。

闪回：姥姥家的房子，类似别墅造型，客厅里的旋转楼梯直通二楼。妈妈苦读高中时，闺房自然就设在那里。很多的时候，妈妈都会在二楼走廊上捡到硬币。全然不问姥姥、姥爷是有意还是无意，也不管姥姥是否在用“计”，反正捡钱就开心！那时，妈妈总能在有压力、郁闷的时候，在房门口意外收获小小惊喜，能维持好多天的好情绪……梅兰芳唱《霸王别姬》——这是姥姥的拿手好戏！

在西藏，再努力也烧不开一壶水，说明大环境很重要的道理。妈妈！别让您的坏情绪伤害到虎虎。适度控制自己，切勿大悲大喜。

妈妈！路很苦，汗水是美丽祝福；要记住，成功就在下一步；迈大步，耶，掉坑里咧！呵呵哈嘿！

28.

对着肚皮唱忐忑

2009 年 11 月 20 日 星期五 8℃ ~ 20℃

晴 ~ 多云 无持续风向 微风 孕 7 周 农历十月初四

孕 7 周虎虎，送金句：走错路，发现世界；走对路，发现自己。刚开始发育的胎宝宝都是“尾巴蝌蚪”。从这周开始，虎虎的尾巴逐渐消失，胳膊与腿不再只是小蓓蕾了，它们也在慢慢变长呢。现在宝宝的心跳得超快，是成人的两倍呢……

妈妈怀上虎虎后，前一段时间跟姥姥说：想吃酸的！姥姥说：“想吃酸的啊？怀的是儿子！”后来，妈妈又给姥姥改口说：“想吃辣的！”姥姥也见风使舵：“想吃辣的啊？那就是闺女！”这两天妈妈的话，又回来了：“姆妈！我还是想吃酸的！”姥姥蒙了一下：“那可能猫蹄子怀的是个女汉子……女汉子……哈哈！”

初孕的妈妈，对孕后发生的一切都是陌生的，对将要发生的事情，有一种担心和恐惧。妈咪担心，怀的宝宝会不会有缺陷？是男还是女？逐渐还产生了依赖，希望姥姥能始终守护在身旁，为自己壮胆助威。

这是一个特殊的生命历程，妈妈常常会经历一些新的体验，这是一个特别需要“心理护理”的时期。在生男、生女问题上，姥姥大讲养女孩的好处，一再鼓励妈妈生个小萝莉，使妈咪消除了怀孕生子的恐惧。

如果天下只剩男人，找不到老婆，家庭、社会后患无穷！啊哦！虎虎雄才大略为国解忧，调节性别失衡因事制宜。为妈妈打气加油，支持妈妈生一个可爱的小丫头！嘿嘿！

“酸儿辣女”之说，可谓源远流长。其实，孕妈咪嗜酸或嗜辣，均属于正常的妊娠生理反应，胎儿的性别，是由性染色体决定的，仅以孕妇口味的变化，来判断胎儿的性别，是毫无科学根据。姥姥偷偷地告诉外孙：“酸儿辣女”，是和妈妈开玩笑的，嘿嘿！【比心】

姥姥向妈妈列举，养女孩的优越（且都是亲身经历）：随心打扮、满足少女时代的梦想、文静省心、贴心温暖、互诉衷肠、避免纷争……男多女少婚嫁比例失调，在光棍过剩的时代，条件再差，女孩都能嫁得出去！

姥姥帮妈妈，用心想象未来宝宝的模样：她应该淘气、活泼，机灵！一张粉雕玉琢的小脸上，高兴时，露出两个浅浅的小酒窝；凑巧，还有一对会说话深邃的大眼睛；小鼻子的下面，配上一张能说会道的小嘴巴……白皙的皮肤，衬着那精致的五官，她是花丛中的小蝴蝶、百合花中的蓓蕾，宛如一个婀娜多姿的小精灵。

现今的虎虎，还只是一个刚刚着落的“小芽儿”，妈妈可整天想象着宝宝的模样：“宝宝长得像爸爸，还是像妈妈？宝宝的性格，是什么样？宝宝将来，成为一个什么样的人……”

当这些想象中的画面一一出现，妈妈身上的每一个细胞，都变得兴奋而充满活力。

顿悟：妈咪的心理调节过程，其实就是胎教的过程。

妈妈今天发现了一件令人震惊的事情，那就是：妈咪的体重，长期滞留在 50.8 公斤上，妈妈犯迷糊："是因为我家的体重秤坏了呢，还是上限就是 50.8 公斤……"

有一种画面镜头，叫作"保持孕期健康体重"！我们母子低吟浅唱，在路上。

29.

谁的孕期不曾兵荒马乱?

2009年11月25日 星期三 10℃~19℃

多云 无持续风向 微风 孕8周 农历十月初九

月儿弯弯照九州，妈妈在依山城想凌洲；胡辣汤的心颤抖的手，姥爷您不回话虎虎就走!

昨天，电话里的妈妈，嗲声嗲气向姥爷示弱："爸爸呀!俺快不行咧！您女儿，成了油盐不进的天外来客啦。喝口水都要吐啊，居然吐的还是黑的。别说是胆汁，胃都要吐出来了耶！真叫一个惨烈哦！快来看看您闺女吧，顺便带来一锅'胡辣汤'，再带一大瓶家里的自来水……"怀念家乡的味道，那是妈妈永恒的记忆，抹不掉的!

姥爷果断请了假，带着家乡的味道，从河南来到依山城。显然，有此事情姥爷也是爱莫能助，走廊上，姥爷一支烟接着一支烟地抽……突然，扔了烟头，似乎有了主意。推开房门，姥爷一脸的慈爱沧桑，看了女儿半天，递过一支烟说："宝儿，要不你抽一支！"

虎虎卖力提醒：姥爷！这是非常非常使不得的!

姥爷凝重地："痛苦时，吸上一支烟，烟雾朦胧，掉眼泪，不会被别人发现，至少感觉你表现得还很坚强！”

姥姥粲然一笑，一语道破天机：“你黑我！还真以为，咱闺女把胆汁吐出来了啊？我给她吃了奥利奥！”哈哈！原来妈妈是虚张声势，装小可怜！喔……嚯嚯哈！

最近，虎虎发现，妈妈的身体变得很劳累，只想瘫在床上睡觉，每天都是非常缺觉的样子。虎虎赶紧翻资料查阅，书上说，这种嗜睡现象是正常的，是妈妈体内的孕激素分泌旺盛，是宝宝飞快发育，发给妈妈的信号。

即使休息得很好，倦意和呕吐也使妈妈感到思绪模糊、筋疲力尽。“我讨厌这样！书上说早晨会恶心，为什么我却一天到晚，都有这种感觉啊？”妈妈向姥姥抱怨。这时，外婆会强迫妈妈吃几片面包稍作缓解。当然，还让妈妈闭上眼睛，想象着可爱的宝宝。

孕 8 周，宝宝长到了葡萄大小，有 20 毫米长，各个不同的器官，开始忙碌地发育，特征开始明显。虎虎蜷缩成一团，皮肤像纸，血管清晰，是一个透明的小宝宝耶。手脚轻柔地活动，在羊水中四处游走……只因宝宝太小，妈妈察觉不到，哦哦哦……【心塞】

这期间，妈妈的胃、喉咙和口腔构成了一个刻着来复线的枪膛，甚至就是一具导弹发射井。每当昏天黑地呕吐结束，浑身像被剔了骨头的碎肉，瘫软在床上。妈妈今朝唯一想做的事情，就是减轻胃压，这种企图，成了完全不能被控制的本能了。

妈妈倒在沙发上，有气无力地：“如今，我心里只剩一个频道啦，可恨的是，还没有广告！”只见妈妈扯了扯嘴角“呵……哦……”皮笑肉没笑。虎虎倒是豪放、爽朗地：哈哈……手舞足蹈。

下午，姥爷去菜市场，买带鱼子的鱼，给妈妈补营养，“带鱼子的鱼”没买到，却带回来一个有趣的故事，讲给我们听。姥爷娓娓道来：“我到卖鱼摊位问老板，有没有带鱼子的鱼啊？老板说，你自己找找，肚子大的可能有鱼子。我说那不行，我要百分之百确定有子的鱼。结果老板回了句：‘要不你下晚上来吧，等我给这些鱼做过 B 超！’……”

姥爷故事没讲完，虎虎忘不了，姥姥抿着嘴，憋着笑的样子。姥爷看了姥姥一眼，越是来劲，抖狠说：“他吓唬我，走着瞧！只要他敢做，我就敢买！谁怕谁啊！呃……哼哼！”姥爷兴高采烈中不经意地回头，看见姥姥收起了笑容，姥爷：“呃，那谁，请不要用这种眼神看着我。”提起菜篮，姗姗走入厨房。

哑然！据说，女人的责任，就是引爆自己的男人，让他飞翔，咿呀呀哈……

一阵叮叮当当响，厨房里飘出来的葱花炝锅的香味儿，令虎虎无限销魂，心驰神往。姥爷动手能力很强，有一种让人踏实的感觉呢。

很快，精美的饭菜摆满餐桌。可妈妈，却还是吃啥都没胃口。到了晚上，妈妈实在饿得受不了了，一阵翻箱倒柜，找出来一袋方便面，对！最后妈妈就只吃了半袋方便面。片刻，又到卫生间吐了……

姥姥把生姜切碎，用热水冲泡，给妈妈做了一杯姜茶端了过来。研究显示，姜能够让胃感到舒服一些。

虎虎思路点拨：妈妈！怀孕，要用大海的胸怀面对；用科学的方法支配；用皇帝的御膳养胎；用清新的空气洗肺；用灿烂的阳光晒被；像懒猫一样安睡！【吧唧】

30.

嘟，幸福占线

2009年12月5日 星期六 5℃～11℃

阴～小雨 无持续风向 微风 孕9周 农历十月十九

吃过早饭，妈妈开车和姥姥一起回武汉度周末。车子刚开出小区，妈妈胃里就一阵翻江倒海，实在是撑不住了，赶紧一个急刹车停在路边，摇下窗户干呕……这时，一骑电动车的少年从旁边经过，一脸不相信地望着妈妈，嘴里嘟囔着："自己把自己给开晕车了，这是？"

妈妈擦了擦嘴角吐出来的黄水，翻了少年一眼，上来，继续开车，"等这小子出来了，要是不听话，我就一巴掌呼过去！"妈妈说得很敞亮。姥姥却不以为然："等宝宝出生了，你会发现，孕吐对于带小孩那些个事，压根算、不、上、事！"

孕9周，从现在开始虎虎可以称为"胎儿"了，虎虎现在的尺寸有25毫米，而且，宝宝许多部位都有所改变，咦？小尾巴不见了！现在宝宝所有的器官、肌肉、神经都开始工作，但妈妈的体形仍变化不大。

雨下得不是很大，打在车棚上，少了些许音乐般的音响。雨点显得有些羞涩，像是不愿意揭开盖头的新娘，又像是即将远赴天涯的游子。

宝宝不断地吞咽着羊水，肾脏也在忙个不停，宝宝恶搞，在妈妈肚子里偷偷小便，嘻嘻！

宝宝畅快地，一边喝羊水，一边把小便排到羊水中，喝饱了就不停地打嗝……尽管妈妈感觉不到，但腹壁会有节奏地轻微痉挛，就是这个信号告诉妈妈——宝宝正在打嗝。【俏皮】

窗外的冬雨，下得有些沉重，不太像虎虎的爽朗风格。可能冬天的雨就是这样吧，不宣泄，心事重重，默默担负着“雪”的责任……【小纠结】

回到家，爸爸热情相迎。妈妈急不可耐地，摸着自己的肚子，向爸爸一个劲地夸虎虎：“我们的孩子好聪明的，不管妈妈什么时候吃垃圾食品，宝宝就狠狠地把它踢出去……”还真不夸张，妈妈只要吃饼干、喝可乐就狂吐，虎虎忒能干，超级卖力！

这时，爸爸一脸沉醉地，搂着妈妈，揉揉她肚子，然后语调俏皮地：“这是我家宝宝的旅馆，在你这里借宿，你可得多多照顾哦。”

妈妈没胃口，全家迁就。妈妈爱吃大饼卷肉，姥姥不但在依山城做，就连回武汉也是大饼卷肉。

午饭，妈妈没吃几口，吐了……爸爸趴在妈妈的肚子上听了听，说：“宝宝说，每天吃大饼卷肉，不想再吃了。”妈妈立刻接茬：“是的，是的！宝宝告诉我，他明天想吃肯德基汉堡，要双份，宝宝说分给我一份。”妈妈嘻嘻一笑，给了老爸一个“你懂的”的眼神。

爸爸放下筷子，拉起妈妈就跑，很"霸道总裁"地说："干吗要等明天啊？现在，马上！"

本周，妈妈不断地往厕所跑，有时候是呕吐，有时候是小便。（额，为什么这两件事要一起说呢？）

好吧，虎虎告诉您，这事很正常，妈妈当前的子宫体积已增大，对膀胱造成了挤压。可不是虎虎危言耸听哦，妈妈到了孕晚期，大多不是在厕所就是在去厕所的路上。虎虎【高分贝】哈……哈哈哈！

晚上，小雨转阴，冬夜，少了几许热闹与活泼，却增添了几分宁静与安然。室内，爸爸趴在妈妈的肚子上，对着虎虎吹气，边吹边说："宝宝，爸爸给你供暖了！记得交暖气费噢！"然后，爸爸给虎虎唱歌做音乐胎教，歌词大意是："我们是害虫，我们是害虫……"虎虎嘴角，挂着一抹邪异的微笑，听着爸爸唱给宝宝的歌谣。

妈妈推开爸爸，赶快往卫生间跑。爸爸一唱妈妈就吐，爸爸一唱妈妈就吐……老爸："宝宝，看见没？你妈这节奏，是打击老爸！"【受不了】虎虎好冷，求被窝！

夜深了，夜静得连街上人们偶尔的脚步声都能听得到。虎虎，躺在妈妈腹中，妈咪温柔地抚摸着，语气充满爱意："宝宝，你好！见到爸爸了，高兴吗？爸爸、妈妈爱你哦！宝宝，妈妈要睡觉了，你睡爸爸、妈妈中间好不好……"满满的母爱，也许多年以后，它们成了虎虎温暖的回忆。

31.

一朵娇艳欲滴的奇葩（转载妈妈日记）

2009年12月6日 星期日 5℃~11℃

阴 无持续风向 微风 孕9周 农历十月二十

武汉的早晨是热气腾腾的，这热气弥漫在热干面的浓香中，萦绕在黄鹤楼的飞檐上，飘荡在长江水的清波里，老公开车到老字号——蔡林记。热干面就一个字“香”！如果说东北人都是活雷锋，那么武汉人就是都爱吃热干面咯。【卖萌】

过早回来，我买了不少CD，有音乐，也有英语，都是给宝宝胎教用的，一张一张试听忙得不亦乐乎。老公不理解，就劝道：“宝儿，我看你还是好好休息吧！等宝宝长大后，再给他报兴趣班也不迟。”我连忙摆手说：“那不一样。”“怎么不一样？”老公问道。我说：“最起码，现在宝宝不能逃课！”

老公似笑非笑地看着我：“胎教？只要有我在，老爸给宝宝免费唱歌听。”我告诉老公：“人家正常的宝宝，在妈妈肚子里，手都是来回活动的，只有我们家的宝宝，是双手捂着耳朵的。”老公一副受害者的模样：“我是唱得有多难听。”【绝望】

老公关掉CD机，啥都不让我干，就连CD掉地上了都不让我捡，我就嫌老公太“事儿”：“万一哪天，我看见地上一沓钱，我捡还是不捡？”老公神回复：“先踩住了，然后给我打电话，你现在可是我们家宝贝，可不能有啥闪失。”我故意冷冷回他一句：“我觉着肚子里的才是你们家宝贝，我就是一宝盒。”

老公大笑：“走啦，宝盒，不是想吃山楂吗？咱们买去！”结果老板不卖给我们，说怀孕了不能吃山楂，会引起宫缩，还动员挨着他的好几个商贩，别卖给我们，特暖心。暖心的事还有，本来我们办公室有几个男民警烟瘾非常大，自从我怀孕之后，他们一有空就集体消失。后来问他们干吗去了，才知道，他们一起去厕所吸烟了，十分感动。

我故意地捧着肚子在路上走，哪怕肚子里的宝宝才九周。我就想要告诉全世界——我怀孕了！老公却说我“飘了”！才不是呢，我这不是炫耀，还用努力找借口吗？我就是要告诉大家，别撞到我！【没劲】

在超市新买了一瓶孕产妇专用沐浴露，有紫草、忍冬植物芳香依依相伴，持久留香。老公扯着嗓子喊：“宝儿，你还要洗多久啊，都一个多小时了，在里面干吗呢？”

世界最美的莫过于水了，徜徉其中，时而无瑕温暖，时而灵动可人……静静聆听那水的声音，充满了立体与层次之美。我关小了水流，风趣地回道：“沐浴露太香了，我想多洗会，腌入味。”只听其嘿嘿一笑：“得，你先腌着，我去买几条鱼给宝宝补补脑，我怕智商遗传你的。”

走出那被白蒙蒙的水汽笼罩着的浴室，我对老公说：“看到别人的文身都好酷好酷的！我突然也想要文一个呢。”老公：“那你说你想文啥样的吧？”我：“我想在小肚子上文一朵三叶草，你看怎么样？”老公惊讶地答道：“不可以，不可以的！再过俩月，你肚子上的就不是三叶草了，该是电风扇！……”

老公不但幽默，而且很聪明。比如，参加同学聚会，同学问他现在（工作）管多少人？这个问题其实挺尴尬的，如果照实回答的话，会让人觉得很装。我老公巧妙回答：“儿子出生就多管一个人。”瞬间觉得我老公很机智。

再比如，刚刚，躺在床上睡不着觉，老公轻轻叹了口气，慢悠悠地：“请黄漪涵同学打开课本，翻到第二课，我们今天讲运动与力的作用……”然后，然后我就呼噜噜……

32.

虎虎为自己代言

2009 年 12 月 11 日 星期五 -1℃ ~ 9℃

多云 无持续风向 微风 孕 10 周 农历十月廿五

12 月，一年中最后的月份。依山城，没有北国的寒冷，倒还是会觉得冷气入侵。天刚蒙蒙亮，万物都在沉睡，唯虎虎独醒。蠕动、翻转……观察周围的环境。继而，高高举起双手，打个长长的呵欠，伸伸懒腰……虎虎已经开始活动了（虽然妈妈还感觉不到），在宝宝的水世界里，像鱼儿一样游。

孕 10 周，宝宝的身长达到 40 毫米，体重 10 克重，从形状和大小来说，都像一个扁豆荚。手指和脚趾清晰可见，耳朵的塑造工作已经完成，生殖器官开始发育，胎盘已经成熟。味觉芽也开始形成，胃已经被放置到正常位置，宝宝在为自己，离开母体后，吃奶做准备了。

数九寒天，整个世界成了只大冰箱，山冷得颤抖，河冻得僵硬，空气也要凝固。一大早，妈妈却非常非常想吃冰激凌！据说这种强烈的愿望，是由荷尔蒙变化引起的。而且，因为时时恶心，凉的东西吃下去，能让妈妈舒服一些。

妈妈静静地坐在飘窗上，默默地看着窗外，体会着吃下去的冰激凌，那凉沁沁的感觉……姥姥想阻止妈妈别吃那么多，可又不忍心。

于是，姥姥面对爱女，只好改变策略。上前抚摸着妈妈肚子，给虎虎说：“伢咪，造业，宝宝是不是感觉很冷？一定要扛住，这只不过是一场短暂的暴风雪……”姥姥这么夸张，妈妈有些不好意思，只好把还有一半的冰激凌放进冰箱里。

将者，智、信、仁、勇、严也。【大拇指】

妈妈把冰激凌放好，转身，那一双大眼睛清澈异常，脸色像春天明朗的晴空……妈妈嬉皮笑脸地，凑近趴在餐桌上的姥姥：“姆妈，您家外孙踢我，保守估计，嗯嗯，一定是小屁孩，想吃草莓了，要不，您去买点？”妈妈眨巴着眼睛，歪着脑袋，试探地打量着姥姥。

姥姥笑盈盈地，明知故问：“信了你的邪！你是怎么知道的？还不到三个月呢，应该感觉不到胎动吧。”妈妈很笃定：“我是谁啊，我是妈妈呀！我们母子连心，我感应到啦！”姥姥推开面前的热干面，吃着梅子问酸甜：“那你想吃不？”妈妈故意做出痛苦表情，连连摇头：“哦，不不不，我才不想吃呢！难吃死了！”说完，情不自禁地咽了下口水。

哈哈……姥姥暗笑，看穿妈妈鬼蜮伎俩：“好吧！为了宝宝让你受点委屈！草莓，现在应该是时令水果吧，待妈妈上网‘百度’一下，孕妇能否吃草莓。”

虎虎知识补充站：酸味食物，可促进肠道中铁质的吸收，对母亲和胎儿都有益。对此，育婴专家指出，草莓是补酸佳品，孕妇可以吃。特别是胎儿的骨骼发育，需要大量矿物质，但钙盐要沉积而形成骨骼，离不开酸味食物的协助。

实验还发现，给孕妇注射葡萄糖，胎儿的心脏跳动频率增加，这是因为，胎儿通过血液，感受到了葡萄糖的味道。此时，妈妈应摄入品种繁多、营养丰富的食品，让虎虎感受甜、酸多种味道，这就是味觉胎教，姥姥，您应该懂的！

草莓，并没有特别惊人的形状和特征，但是，它有着甜美的滋味。用淡盐水浸泡过的草莓，一下子变得丰满起来，水灵、可爱，宛如一颗颗神奇的红宝石，就算不吃，看着也是舒服的。

妈妈吃得津津有味，虎虎张开小嘴，贪婪地接住一滴一滴的甜酸水……开胃极了！那香甜的汁水流遍全身。妈妈微微翘起的嘴角挂着喜悦，笑意写在脸上，洋溢着满足。

妈妈挠头，嘿嘿一笑："宝宝原来是一个小吃货呢，哈！呵呵……"对！宝宝就是"小吃货"，虎虎为自己代言！哦耶！

33.

一切都是浮云不必当真

2009 年 12 月 20 日 星期日 1℃~ 10℃

多云 无持续风向 微风 孕 11 周 农历十一月初五

早上 7 点，武汉人的一天，从一碗热干面开始。“过早了冇？”“冇！”“克七热干面？”“走咧！再加个服子酒！”

妈妈调休了几天，昨天晚上，爸爸接妈妈、姥姥回武汉，为下周五去妇幼保健医院做第一次产检。关于怀孕这档子事儿，带给妈妈的新鲜感，慢慢消退，妈咪开始接受自己，是一个一切正常的“孕妇”这个事实，状态良好，渐入佳境。

这时的街边还过早，除了热干面，姥姥还要了份汤包。妈妈饮食方面，基本上只吃些水果、素食还勉强。咬了一口汤包，就又开始犯恶心。姥姥打趣说：“你这孩子，怀的该不会是那唐三藏吧？”【偷笑】妈妈胖了，一个小胖妞诞生啦！

孕 11 周，是宝宝生长的关键一周，身高增长一倍，成长速度在本周越发惊人，虎虎已经完全成形了。此时，宝宝身长已经达到 60 毫米，体重 14 克。借助多普勒仪器，可以听到，虎虎心脏快速跳动的声音，妈妈称之为——快速奔跑的小马！

中午，爸爸有应酬，在饭店招待结束才回来。进家拉着妈妈去卧室，满脸幽怨："客人吃饭我付钱，当着那么多领导的面，我竟从裤兜里，带出一只特卡通的袜子掉桌上，再偏点，就要掉进盘子里了……你说！宝儿，你的袜子，怎么会在我兜里啊？"哈哈……的笑声，属于外放式，好爽朗！妈妈笑成了内伤。

虎虎家，有台神奇的洗衣机，洗衣服时，愣是把妈妈的一只袜子，搅进了老爸的裤兜里……笑翻了吧，请自备绷带！

爸爸摆摆手，非常慷慨："算了！算了！不提了，再说还有什么用啊？人，已经丢啦！"妈妈瞬间满眼疼爱，给爸爸赔着笑脸："老公，我给你下载了一款坑爹游戏，就是完全不按常理出牌的那种。"人家老爸不领情，一脸严肃地："真要我玩啊？那行，反正现在胎教，我对着咱家宝宝玩，等他出生了，就坑爹吧！"嘘！于是，爸爸默默地把游戏删除了。

鹅鹅……的笑声，属于吸气式，虎虎笑岔气了，等宝宝缓缓再笑吧！

一阵醉人的快乐，浸透虎虎心。心情好，做做操，吸吮、吞咽、踢腿、甩胳膊……连打几个哈欠显神威，闻到饭香，嗯？还偷抹了下口水【馋哭了】……千真万确，全凭实力，都是虎虎干的！

华灯初上的夜晚，喧闹了一天的江城，开始了夜间的繁华。霓虹灯下、人行道旁，随处可见匆匆赶路的身影；酒店商场、公园广场，到处是休闲消遣的人群，色彩缤纷的灯饰，把这座都市装扮得妖娆多姿。

不远处的广场上，碰到一个小萝莉，在冲她的妈妈"尖叫"

使性子……爸爸感慨："女孩子也不好管嘛！"还是妈妈爽快："不好管就打喽，我家孩子生出来，就这样教育，嘎嘎嘎……"爸爸也跟着起哄："那是你打，还是我打呀？"妈妈索性把坏人做到底算了："你要是不愿意打，就我打呗！"爸爸阴笑道："我愿意！要不然，咱们来个男女混合双打！哈哈……"妈妈突然感觉玩笑开大咧："完了，完了！这一闹，我们的宝宝，指定不敢出来啦……"

爸爸耶！妈妈耶！药不医假病，酒不解真愁！哎哟！托福澳门回归10周年，给宝宝个安慰吧！【嘟嘴求亲亲】

外地人说，天上九头鸟，地上湖北佬。武汉人说，那是因为武汉人聪慧过人；外地人说，武汉人说话好凶。武汉人说，那是因为武汉人性格直爽。

34.

听说，幸福很简单

2009 年 12 月 25 日 星期五 −2℃ ~ 11℃

晴 ~ 多云 无持续风向 微风 孕 12 周 农历十一月初十 圣诞节

可喜可贺，孕早期在本周就要结束了。仅仅 70 多天的时间，虎虎已初具人形，成长的关键器官，也将在两周内完成。往后的日子，妈妈发生流产的机会相应减小，虎虎稳稳地在“地球”上扎下根。

虎虎当前，是表情多变的卖萌宝宝，皱眉、微笑、玩手指和脚趾，更爱卖力地啜啜吸吮大拇指……虎虎每天都在忙碌地运动着，时而踢腿，时而舒展身姿，看上去好像在跳水上芭蕾，哈哈……

今天，妈妈正式开始，进行第一次产检，全面系统的体格检查。爸爸开车到湖北省妇幼保健医院，至于外出穿什么外套，俩人产生了分歧。爸爸考虑，穿呢绒大衣比较正式；妈妈则要求爸爸穿短款皮夹克，阳光帅气。甲乙双方各执己见，唇枪舌剑，绝不让对手占了便宜。

最后妈妈出主意：“老办法，投票表决！”

爸爸、妈妈谈恋爱期间，不管遇到什么事情有争议时，都采取投票的方法解决问题。当然了，结果总是不相上下。但是，自从妈妈怀上宝宝，再投票的时候，爸爸总是输……爸爸：“她怀孕了，跟我说她有两票！”

现在，家里所有的事情，妈妈就强烈要求投票决定。这倒没什么，关键是，每次投票结果，都是 2:1，爸爸不同意，妈妈就拍着肚子，很豪迈地说：“问问你家宝贝，行不行！”虎虎，也是醉了，醉了！

夫妻，当磨合到一定程度的时候，你会发现，就像齿轮的咬合一样，紧密地贴合在一起。一方会有齿尖，而另一方这边，会缩回去一点点。这样，夫妻之间，就会毫无缝隙地黏在一起。男人的责任，就是让自己的女人幸福。

昨天爸爸战友聚会，带妈妈一起参加。朋友取笑爸爸：“怎么结婚了还那么腻？”爸爸讪讪地笑着回复：“结婚前，很多男生都想追她，有很多男生会对她好，我只有对她更好，才能追到她。”爸爸满怀深情地看了一眼，晶亮的眸子，缓慢游动的妈咪，继续：“结婚后，对我老婆好的男生，越来越少，我只有对她更好，才能不让她失落。”爸爸回答的是那么自然，那么流畅，似乎早有准备。说完，所有在场的朋友都沉默了，没有嘲笑，只有敬佩！

医院，妈妈从透视仪器的屏幕上，看到虎虎模糊的形状，妈咪禁不住流泪——一个多么完美的宝宝啊，虽然体重只有 18 克，还只有 7 厘米长。

医院给妈妈办理“孕妇健康手册”，为日后医师做各项产检时，依据手册内记载的检查项目，分别进行并做记录。

今天，从整体上，观察宝宝的发育、活动状态，筛查 NT 值等潜在染色体指标情况……检查结果，一切正常！

晚上，暖融融的客厅，妈妈侧卧沙发上看电视，鼻子里好像有东西，于是忍不住用手去摆弄……爸爸见状，急了，连忙用手捂着妈妈的肚脐眼：“宝宝乖，千万别往上看，千万不要学你妈咪。”姥姥和妈妈——齐“噗”！结果，爸爸被妈妈一脚踹到一边，还收获一句：“去！”

遭妈妈踹的老爸不生气，依然对着妈妈肚子，贱兮兮地：“宝宝，你的窗户（指妈妈肚脐眼）紧闭，什么时候拉开窗帘，让老爸看看你呀？”噗！原谅虎虎没忍住，等宝宝笑会儿，再给老爸回复。

妈妈摇头，脸上却挂着被宠的满足与幸福。

睡前，老爸给虎虎唱首歌开始胎教，爸爸用手指在妈咪肚子上敲打，半天没声音，妈妈疑惑：“怎么不开始？”爸爸回答：“我在给宝宝发电报，我一唱歌你就吐，我哪还敢唱啊！”突然，虎虎脑海中，自动想起“猪八戒背媳妇”的背景音乐……

夜，一丝微弱的光线从窗口透进室内，在地板上洒下了几许清辉。

35.

冬天来了，春天还会远吗

2010年1月4日 星期一 -3℃~6℃ 多云~阴 无持续风向微风 孕13周（孕中期第1周） 农历十一月二十

虎虎进入孕13周，表示妈妈已经度过了最危险的孕早期。而宝宝，也从“临时工”转正啦。此时的宝宝，已经完全成形，身长有76毫米，体重24克，比上周稍有增加。对外界的不良刺激，不再异常敏感，变得越来越皮实。

从本周开始，宝宝即将进入快速增长的阶段，正是需要妈妈供给充足养分的时候。

妈妈最近喜欢上了喝粥……中午姥姥做的南瓜粥喝了一碗，午睡时躺床上，低调地嘚瑟：“姆妈，感觉宝宝在踢我呢，您说是不是粥喝多了，淹着宝宝了？”姥姥瞥了妈妈一眼，扔了一句:“嘎巴子！系统检测到,你脑子有问题,需要重启！”

听听，听听！这哪像母女，分明是闺密。妈妈和姥姥，大于朋友关系，相互依存，又相互独立。

现在的虎虎，味蕾、声带已经长成。妈妈吃下肚子的美味通过血液、胎盘进入羊水中，宝宝的味蕾已发育成熟，虎虎能够闻到和品尝到来自母亲的食物营养。母亲的饮食，会影响宝宝未来的食物偏好。由于美味分子十分容易扩散，如果妈妈拒绝某一类食物的话，宝宝将来也会对这些食物产生抵触情绪。

妈妈的肚子，能看出轻微的突起——虽然隔着衣服。妈咪头发上，出现一层奇异的光泽，皮肤变得平滑而且柔嫩。如果说，前面几周的变化只是皮毛，那么进入孕中期，妈妈的身材明显改变咯！腰粗了、肚皮撑大了，还长了纹，实现从小女人到成熟女人的蜕变。这是成长的滋味，伴随着痛，更满载着爱……

当妈妈在惊叹胸部变大的时候，虎虎的小脖子，已经能撑起自己的小脑袋了。最重要的是，宝宝会把小耳朵，贴在妈妈的肚皮上，通过皮肤振动，“偷听”妈妈说话啦，胎教，妈妈准备开始做了！

妈妈依然忍受着痛苦的孕吐反应，除了恶心呕吐之外，还出现口中发酸、头痛、肩膀僵硬、腰痛、倦怠、焦躁等状况。

妈妈很坚毅，学会了调节自己。小口喝水，尝试着喝一些含有葡萄糖的运动饮料，帮助补充流失的电解质。遇到不顺心的事，转移注意力，到附近草木茂盛的宁静小路上散步、想一想未来小宝宝的模样、听听自己中意的乐曲、翻翻自己喜爱的书籍……

通过 13 周的怀孕历程，妈妈像晒裂的葫芦——开了窍。妈妈觉醒：“风潮过了世界在！想想灰太狼，我现在这点苦又算得了什么！”豁然，妈妈的眼神像董存瑞一样视死如归。

虽然孕育的过程有些辛苦，但体验创造生命很温暖，除了妈妈谁也无法体会。有了这种幸福感作为动力，妈妈为了虎虎心甘情愿下“地狱”！

妈妈日记：不就是喝杯咖啡没加糖，品了苦滋味吗。“爱”是一种意志，经历磨难，是为了更好地创造生命。过程以痛吻我，我要报之以歌。吃烧饼还要赔唾沫呢！不经历磨难，怎么可以随随便便成“妈”！

虎虎的眼眶一丝灼热，忘了想给妈妈说什么……

明日小寒，一年最冷小寒起，平心静气性别急，蕴床休眠知温暖，梅花笑迎春有期。

36.

哥，称霸天下

2010 年 1 月 12 日 星期二 3℃ ~ 6℃

阴 无持续风向 微风 孕 14 周 农历十一月廿八

虎虎的生长速度超快哦，此时，身长已经 90 毫米，重达 36 克，五官依稀可见，已经能完全区分宝宝的性别了呢。从本周开始，运动开始变得协调，B 超下，可清晰地看到宝宝的活动，不过妈妈还是感觉不到。【没劲】

虎虎已经稳稳地定居在妈妈的肚子里，基本上别人一眼就能认出是孕妈咪。妈妈迎来了女王的全盛时期，享受着各种各样的优厚待遇……早孕反应也消失了，蓬勃的食欲终于回来了。虎虎喊话：妈妈，每餐尽量要多吃点喔，连着之前没胃口的那些，也一起吃回来吧！嘿嘿！

今天，妈妈听到宝宝的心跳了耶！大夫把一只像麦克风一样的仪器放在妈咪的腹部，把另一头给妈妈听。妈妈说："那声音，听起来像一匹马在喘息……"大夫一脸真相地说："而且，这'喘息'是以每分钟 150 次的频率。"

虎虎皱着眉，听完这段轻松对话，立刻做个鬼脸做回应。咦？这是宝宝自己的手吗？这根"绳子"（脐带）是谁家丢这儿的，让虎虎玩会儿，可不可以……

玩儿着玩儿着，虎虎开始“发神经”，开始学习“吸功大法”。哎哟哟！千万别想错了哦，这里的“发神经”，说的是宝宝的神经系统开始工作啦！并且，在练习吸气和呼气，为以后的“冲关”——和妈妈见面做准备。

从医院回来，经过邻居李哥家，听到夫妻两个在吵架。妈妈敲开房门，过去劝架。

李嫂一把鼻涕一把泪，给妈妈诉苦：“要不是因为儿子，我早不想跟他过了。”李哥大咧咧地：“我正想说这句话呢，被你给抢先了。”他们儿子敖武，在一旁哭：“你们都说是因为我，才勉强凑合在一起的，那你们离婚吧！”李哥跟李嫂愣住了……

好啦，现在，李哥跟李嫂，不用妈妈劝了，两人统一战线，开始双打敖武，妈妈拦都拦不住……虎虎：奥利给！多叫几个人一起揍！【喝彩】宝宝看热闹不嫌事大，嚯嚯嚯，哈哈哈……

回来吧，写正事儿。当妈妈知道自己怀上了宝宝，各种证件办理随即也提上了日程。首先，要办的是“准生证”，国家同意你能生育的一个凭证。有了准生证，证实法律允许，你生孩子是合法的。

一个新建立的家庭，想要一个小宝宝，并不是想象中那么随便。你在充分准备好备孕环节的同时，还要充分准备好办理准生证。无论这个过程有多么麻烦，请不要随意抱怨，毕竟，有一个新的生命即将来到这个世界。

准生证，在生虎虎、上户口时都要用到，妈妈要在宝宝出生前把它办好。虎虎曾经不断地提醒妈妈，切记！别让虎虎为这事焦心劳虑，宝宝拜托您！

期盼一证的心情，谁人能懂，嗯？今天，妈妈终于拿到了“准生证”啦！妈咪摸摸肚子，低调地嘚瑟：“宝宝，妈妈可以没有后顾之忧地生下你！”

宝宝心花怒放，就像穿新衣、戴新帽、过新年、放鞭炮一样……咿嘻嘻！【跳跳】

平时虎虎泰然自若地待在妈妈肚子里，自从拿到“准生证”这刻起，虎虎的神经，比弹棉弓上的牛筋还绷得紧，心里头就像米老鼠踩转轮，一直旋转……旋转。凡事预则立，虎虎必须筹划，一定要让小小秤砣，压千斤重量！

有了“准生证”，虎虎出生没问题！

上户口没问题！

上学没问题！

放学也没问题！

推测吃饭，不成问题！

上厕所……这个就更不用说了！嚯嚯！

结婚没问题吧！

生孩子应该也没问题！

……

然后，然后……这“准生证”还能干点啥呢？虎虎绞尽脑汁，殚精竭虑！

哦，嚯嚯！刚刚才发现，宝宝是不是想多啦！想远啦！

虎虎警示自己：思虑过多，就会失去做人的乐趣，毁了自己！哈哈……【笑哭】

上午 7 点，中国最大搜索引擎“百度”遭黑客攻击，大面积故障。此招一出，宝宝立刻反弹，终极反弹！黑客任何抵抗无效。虎虎保住了自己的重要信息机密！【不住地鼓掌】

37.

虎虎再一次的放任委屈

2010 年 1 月 13 日 星期三 2℃ ~ 7℃

阴 ~ 小雪 无持续风向 微风 孕 15 周 农历十一月廿九

一年有 12 个月，每个月度都有不同的景色，而虎虎，最喜欢 1 月里下雪时的景象。你伫立于那雪花纷飞，好像只身来到了一个幽雅恬静的、童话般的世界。松的浓郁，雪的冰香，给人一种凉莹莹的抚慰。

早晨，雪中，饼摊前，一位老奶奶，一直在摊位前看着，看了很久，最终……也许是因为饼太贵，也许是因为舍不得……老奶奶选择了离开。她弓着腰，一脸慈爱的沧桑，很容易让虎虎看出，她，饱经风霜。

刚好，妈妈也在等着买煎饼。付了钱，提起买来的一袋，赶紧追了上去，把手里的饼，硬塞给老奶奶。老奶奶一直坚持不要，妈妈特意提高声音告诉她："没花几个钱，别介意，拿着，天冷回家吧！"老人满含热泪接过饼，颤抖地握着妈妈的手，一直感恩："谢谢，谢谢！"这是一位有尊严的老人，愿被生活善待。

虎虎一直相信，再小的光芒，也能温暖人心。一切都在过滤，一切都在升华，连虎虎的心灵也在净化，变得纯洁而又美丽。我爱冬天里的一切，所有的气息里，都透着一股冬天特有的香甜。只要你用心去感受这个可爱的季节，其实冬天也是个温暖的世界。

虎虎在妈妈腹中，已经安居15周。现在的生长速度很快，远远超过了前几周。身长已经达到11厘米，体重也达到60克。虎虎所有的主要器官，都已经出现，虎虎的心灵已经开始形成，能够感受到快乐和哀愁。

本周妈妈的骨盆，已经装不下虎虎，宝宝随着子宫一起逃出，在妈妈的肚脐下，有明显的凸痕，您摸一下，那就是虎虎的“小房子”，嘿嘿！来，来来！别走，握爪。虎虎吸吮着自己的大拇指，眯起眼睛，问：怎么啦？没听到啊？您这样的态度，是会被姥姥揍哭！

虎虎的现状记录完毕，接下来宝宝记载而今的妈咪。

妈妈！我的警察妈妈！小腹已经微微隆起，身着警服，佩戴肩章、警号、胸徽；内着制式衬衣……妈妈把那火的热烈和水的柔婉，恰到好处地融合在了一起。这是妈妈生命中，最美丽的时刻！是警营里盛开的一朵铿锵玫瑰！

然而，妈妈为了给虎虎一个宽松的生长环境，依照人民警察警容风纪管理办法，昨天，向上一级组织递交“换便装”申请。

当前，妈妈和宝宝所需氧气增多，呼吸通气量也增加，妈妈再着常服警装的话，会直接影响呼吸运动，以及身体的血液循环，甚至会引起下肢静脉曲张，限制虎虎的活动。

今天公安处批准妈妈的请求，上班允许着便衣。妈妈把制式高跟皮鞋，换成了柔软的平底鞋，穿上了姥姥买的可爱孕妇防辐射服。

看到脱掉戎装更妩媚的母亲，乐得虎虎在妈妈肚子里又是拍手，又是跺脚，还外加俩跟头！哈哈……遗憾的是，妈妈全神贯注在工作，虎虎的行为没有被重视，好沮丧！

若有若无的胎动，妈妈不认为是胎动，视为蝴蝶扇动了几下翅膀。我倒！咣当！

38.

做母亲真好！

2010 年 1 月 16 日 星期六 -1℃ ~ 7℃

阴 ~ 多云 无持续风向 微风 孕 15 周 农历十二月初二

昨天下午，妈妈开车回武汉。

这是一个严冬，寂静的早晨，爸爸一早去单位值班了。虎虎被姥姥播放的胎教歌曲《铃儿响叮当》唤醒，姥姥是不是在暗示宝宝别贪睡啊？宝宝睁开了惺忪的眼睛，打了个哈欠，伸了伸懒腰，习惯性地到处逛逛……最近，宝宝一直陪妈妈上下班，虎虎早已养成了和妈妈同步作息的好习惯。

虎虎像一条小鱼，在妈妈肚子里翻滚游动……一下把妈妈吓着了！本能地往后一跳，躲开了！之后狂笑不止，这往哪儿能躲得开哦？虎虎心想：这个老妈，宝宝以后怎么对付呀？

妈妈终于感觉到了，感觉到虎虎传来的生命信号，兴奋地大叫："妈！不得了啦！胎动啦！""真的吗？"姥姥从厨房跑过来，边解围裙边问。妈妈脸上泛起了一层红晕，一双大眼睛眨了眨，深深地吞了一口气，很腼腆地对姥姥一笑，认定这就是宝宝发出的信号。

“一股甜丝丝的感觉！”妈妈身上，每一根汗毛都有跳动的欢畅，激动的心情，虎虎已经不能用浅薄的语言来表述。姥姥笑靥如花，听着妈妈复读机似的喊着：“胎动了，胎动了！”姥姥的幸福，一点一点地洋溢。

这是妈妈第一次感觉宝宝的存在，这不是幻觉！这就是传说中的“胎动”，妈妈无比兴奋地：“怎么来得这么早？来得这么早！看来宝宝是迫不及待地想要表现自己，嘻嘻……”

妈妈冷静下来，用手轻轻地抚摸一下腹部，宝宝马上伸了伸胳膊作为回应。“是的！是的！宝宝在动！有只温柔的小手，在轻轻抚摸我！”妈妈惊喜得又一次叫了起来，满脸含笑，那红润的脸上，闪着动人的光彩。

奇妙的“第一次胎动”，这是一个让所有孕妈妈，都非常期待的时刻。这一刻的感觉，也成为妈妈怀虎虎过程中的一个纪念意义的里程碑。使妈妈真正领略到——自己肚子里确实有一个“小人儿”存在，咯咯……

“快打电话告诉爸爸！”姥姥眼里闪耀欢乐的火花，就好像吃了美味佳肴，虽已吃完，却余味无穷。

随着初次胎动的到来，代表妈妈和胎宝宝已经建立了更亲密和直接的联系。胎动，会让孕妈咪更明显和真实地感受到，做妈妈的幸福和甜蜜！

妈妈掀开睡衣，更清晰地感受，那来自肚子里的舞蹈。似鱼儿吐泡泡，在妈妈肚子里，出溜过来出溜过去；似蝴蝶，扇动着美丽的翅膀；似水流，静默滑过肌肤……尽管恶心、疲劳症状消耗了妈妈的大部分精力，但随着宝宝的生长，胎动的出现，妈妈便与宝宝建立起一种温暖的养育关系。

妈妈柔柔地和宝宝说："宝贝，妈妈给你讲故事，想听的话就游过来。"妈妈的话声刚落，宝宝就游过来啦，用柔软的小身体，轻轻地触碰着妈妈的手臂……

妈妈居然流泪了："真的好神奇！我忍不住想象宝宝的模样，现在的他，一定像条小小的美人鱼，在温暖的羊水世界，吃饱喝足睡好后，好奇地游到这里看看，游到那里瞧瞧，伸伸胳膊，踢踢腿，做个鬼脸，吓唬谁……"

吃过早餐，妈妈能感觉得到，吃饱喝足后的宝宝在打嗝，妈妈快乐地："瞧宝宝那点出息！"（打嗝，是呼吸的先兆）宝宝在妈妈肚子里的动静越来越频繁，妈妈摸哪，宝宝就游到哪，有时候，还伸着小手和妈妈击掌，哈哈！笑死个人呢，胎动无所不在。

晚上洗漱完毕，姥姥会打开音乐，以舒缓、悠扬的乐曲为背景，给妈妈和宝宝玩耍的时间。妈妈半躺在床上，放松了心情，用手轻抚腹内宝宝，唱歌、讲故事……宝宝立即就会有回应，用小爪子轻轻地挠妈妈肚皮，弄得妈妈喜洋洋的。

每一次胎动，虎虎用心体会，都有和妈妈相融的感觉；每一次胎动，更激发了母爱的衍生……做母亲真好！

39.

淡淡地升华

2010年1月17日 星期日 -3℃~7℃

阴~中雪 无持续风向 微风 孕15周 农历十二月初三

天空中的雪花不停地飘落，整个城市被温柔的雪包围着。这是一个惬意的早晨，妈妈周日休息，赖在床上。刚刚诞生的黎明，如同刚出壳的小鸡，在这浓浓的泼洒中颤了一颤；雪，似披着烈烈的酒气上升，将一种无限的醉意，朝床上的母子酣畅地播散开去……

一阵暖风从虎虎脸上拂过，宝宝慢慢爬起，活动了一下身体，然后就开始了工作。别以为虎虎只游泳啥都不干哦，宝宝在羊水中游泳的时候，通过羊水的传声功能，细数妈妈的心跳，听着那一首一首唱给虎虎有节奏的"歌曲"。

妈妈喜滋滋地斜靠在床头，温柔地抚摸腹中的虎虎，满怀爱意绵言细语："每天早晨，妈妈和宝宝，一起听优美而舒缓的胎教音乐，让宝宝在平和而欢快的氛围中，开始新一天的成长。从今后啊，妈妈终于可以，用'小牛'指定的方式和宝宝交流了，啵耶！"

虎虎睡醒，就开始"闹腾"，妥妥的一个运动健将！小碎步向前缩，撅着小屁股用力蹬，身体向后滑——“母胎版蛙泳”，动作很标准嘛。不行，刚才的一个动作还不太够标准，再来一次！不过，力气好像还是太小了，算了，休息休息再说。妈妈大声喊：“妈！肚子里小鱼又在游呢！宝宝是不是饿啦？”

姥姥放下刚买来的果蔬，跑进卧室，然后露出慈祥的笑容：“饿了也不能吃饭，要空腹做第二次产检呢，告诉宝宝，忍一会儿！”

上午，第二次产检，遗憾的是，爸爸这周双休值班，妈妈只有姥姥陪。

姥姥身穿香芋紫收腰长款羽绒服，脚蹬中跟高筒皮靴。这种穿搭，对姥姥的身高，起到了明显的延伸作用。因此，穿起来十分显瘦显高，且大气有气场。

正准备去医院，临出门的时候，姥姥突然想起来忘记带唇膏。于是，姥姥从平时放唇膏的地方，拿起一个圆柱体的小东西，往包包里一塞，关上门，和妈妈走了。

到了妇幼保健医院，姥姥拦住往产检室走的妈妈：“等你妈再涂下唇膏。”于是，姥姥右手从包里捞出唇膏，左手顺势拔盖子。一拔，没拔动，再一摸，怎么还有个小凸起？还挺纳闷，怎么会有凸起，放在手心里仔细瞧……哎哟！你猜，姥姥带的是个啥？五号电池！

那些忙着美丽的女人，她们每一刻都在保养自己的身心、经营自己的形象。她们永远衣装动人、笑容灿烂，不畏年龄，她们没有时间变老。

特别让虎虎感动的是，产检医生做产检前，她都会先搓搓双手，让手暖和起来再帮妈妈检查。虽然下意识的一个动作，就让宝宝觉得，有她在我放心！

大夫让妈妈鼓气，妈咪气鼓得有些慢，大夫拍拍妈妈肚子笑着说：“黄漪涵，让你肚子鼓气，谁让你嘴巴鼓气啦，卖什么萌啊！”你能体会那种想笑又不敢笑的痛苦吗？然而，然而妈妈早已笑得不成样子了……大夫就像挑西瓜一样，在妈妈肚子上敲一敲，边敲边看显示屏上虎虎的情况。B超的原理，是用超声波穿透人体，当声波遇到人体组织时会产生反射波，通过计算反射波成像。

嘿嘿！常规产检结束，医生给妈妈、虎虎一个满分！雪花，像一个个可爱的小精灵，在云端漫步、飞舞；又像一朵朵蒲公英种子，在空中旋转、升腾。

40.

雪花落得满地倾城

2010 年 1 月 17 日 星期日 −3℃ ~ 7℃

阴 ~ 中雪 无持续风向 微风 孕 15 周 农历十二月初三

这周，气温坐上滑梯，一个劲儿地往下溜，也溜出了成果，早晨，释放一小时鹅毛大雪。然而还没等大家回过神，雪就匆匆结束了。

午后，雪，就这么悄悄地又来了！妈妈陪姥姥，来理发店烫头发。我们走进漫天飞舞、碎碎的雪花里，有一点点朦胧的醉意，身边的景物，安静、舒适地享受着雪花温柔的拥抱，武汉的冬天，浪漫而唯美。

暖融融的理发店，老板热情地接待了我们。徒弟给姥姥细心地洗头发，洗完后，用毛巾将头发按揉至八成干，交给师傅上卷发杠。师傅戴上手套涂抹药水，然后给上好药水的头发进行额外加热，这段时间，需要半个小时以上，师傅外面有事，打声招呼就出去了。

这时，店里来了个小伙子，因雪天，店内门厅有水渍，小伙子进门就摔倒在地上，说时迟，那时快，只见他手一撑，脚一踮，猛地爬了起来！

请问，是直接笑，还是走流程？宝宝控制不住，笑了……虎虎：叔叔，你这样萌，会笑死好多人的，哈哈……

宝宝高兴起来挡不住，拉着脐带荡秋千……妈妈偷偷地摁着肚子，悄悄喊："哦！哦！打住！打住！"

徒弟见客人从地上爬起来，慌忙站起来满脸堆笑："大哥，剪头发啊？"听口音像是广西人。客人拍掉身上沾的脏东西，一个白眼翻过来："来这儿，不剪头发，吃饭啊？"徒弟也是反应蛮敏捷的，注视着客人，面带笑容热情地，用手示意："里面请！"

客人满意地躺下洗头，洗好头，坐到升降椅子上，围好围裙，徒弟恭恭敬敬地问："大哥，您要剪什么样的发型？"客人彪悍回答："剪潮流一点的！"徒弟贱兮兮地跟客人说："好的，我剪头发，就是比较酷的啊，开始了，头低一下……"

徒弟拿起推子，从耳朵后面推到鬓角，把这一路的头发都推掉，然后放下推子，依旧坐门口迎宾。客人等了老半天，不见徒弟有动静，遂问："什么情况？怎么不剪了？"徒弟挠挠头，嘿嘿一笑："老板出去有事了，我怕您跑掉，我……我先铲（剪）一下，管他三七二十一，先下手为强……"两人，干起来了……

姥姥顶着一头的卷发杠，爽朗地大笑起来，一边笑，一边拍着徒弟的肩膀："如果你能在客人头顶铲一下，就更酷了！哈哈……"妈妈按住腹部，歇斯底里哈哈大笑："你这是拿生命为老板工作啊！哈哈……"

纷纷飘落的雪花，不管那人间的悲喜，寂静地洒落，寂静地重叠，漠然地堆积，在茫茫的天地间，连连绵绵，无休无止，绵延着一个个飘雪的神话。

41.

姐是真的惆怅了（转载妈妈日记）

2010年1月18日 星期一 −2℃～4℃

阴 无持续风向 微风 孕15周 农历十二月初四

真希望美好的事情，都能像长胖一样简单！每天我的口头禅：“老公，你家孩子想吃鸡腿……姆妈，您外孙想吃那个大虾。”

妈妈现在，能吃能睡体重猛增，邻居有个讨厌鬼，他说他真心看不下去。妈妈我“怼”了他一句：“你一个把饭变成屎的人，哪里来的勇气，笑话一个把饭变成生命的人！”即便本仙女怀了孕，依然是人群中最亮丽的风景，四肢纤细、面容姣好，毫无违和感。【嘚瑟】

入夜，爸爸不知从哪儿得知的经验，要给肚子里的宝宝播放安胎歌，刚开始听着还行，你能知道十分钟后，妈妈睡着了，虎虎还在妈妈肚子里倒腾……

妈妈发现，宝宝在晚上的时候非常地活跃。原因，首先是妈妈在吃完饭之后，血糖增加，宝宝就有了充足的营养，对于胎儿来说，在肚子里面有吃有喝，肯定快活，因此就比较嗨皮了。我问老公：“鹤扬，你说，咱们家孩子天天在忙什么？”老公说：“可能在装修房子……”

这会儿宝宝活动，妈妈判断是贝儿吃饱喝足在和自己玩耍。于是妈妈轻轻抚摸并按压肚子……宝宝很喜欢和妈妈这样的互动。

而之前宝宝有时候的活动……彼一时也，此一时也，岂可同哉？那是宝宝觉得不舒服，手脚乱动来反抗。妈妈赶紧审视一下自己，是不是压到了肚皮，快速改变自己的姿势，使自己和贝儿都舒服。

哎嘿嘿！妈妈当前的肚子雄起雌伏，并伴随着羊水晃动的咕噜声，还伴有肚皮轻微的张力……这是宝宝维持一个姿势久了，感觉比较累，想要翻一下身。妈妈可小心着呢，唯恐压着肚子，适当地把肚皮松一松，让我的宝宝舒服地翻个身。哇喔！宝宝翻过身来之后，肚子立刻恢复了平静，嘻嘻……

夜半，3 点多妈妈肚子有点疼，4 点以后疼得厉害了，两三分钟一次，我赶紧把老公叫醒，感觉有点饿，让老公给拿了几个小面包。吃完小面包，结果肚子不疼了，感情是宝宝饿了。

而后，妈妈的肚皮发生规律性的跳动，这就是贝儿在练习打嗝。这时候的胎动就像心跳一样，非常规律。感觉到了贝儿在打嗝，妈妈就轻轻抚摸自己的肚子，缓解宝宝的这种情况。这样持续了十几分钟，打嗝就慢慢停止了。

终于可以安心睡了，可又做了一个梦，梦到自己生了！从怀孕到现在，家人一直都在猜是男孩还是女孩，那妈妈赶紧看看是男是女吧。哎呀，居然打了马赛克！

床头柜上的手机，被蹭掉地板上“嘭”的一声，接着妈妈的肚子猛地震动一下，之后恢复了平静。这是突然而来的声响，让贝儿受到了刺激，宝宝告诉妈妈你害怕。妈妈赶紧捡起手机，轻轻抚摸肚子安抚宝宝情绪……

宅在妈妈肚子里的宝宝不捣蛋，好似八旬的老人不起夜，说给谁听谁都不信。

42.

小手冰凉，无力假装坚强（上）

2010年1月20日 星期三 −3℃～2℃ 阴

无持续风向～北风微风 4～5级 孕16周 大寒 农历十二月初六

大寒节气，今天最低气温低至冰点，湖北大部分地区，将迎来雨夹雪天气，依山城，最大风力达4～5级，这次冷空气是动真格的了。大风、降温、持续降雨……最近湖北的小伙伴们，感受到冷空气的诚意了吗？

数九寒天，冰封千里，整个世界成了一只大冰箱，山冷得在颤抖，河冻得僵硬了，虎虎感受到透骨的奇寒。偏偏在这恶劣的天气，妈妈不乖乖地待在办公室处理内勤，悍然不顾有孕在身，涉足户外？这年头，不顾风雨的人，只有快递员和外卖小哥。妈妈难道在上案件，出现场？不可能！自从妈妈怀了宝宝，公安处的领导、同事抑强扶弱，关怀备至。

虎虎明悉：女警有不同于男警的负担；女警有不同于男警的麻烦。但，女警，没有因为家庭、生理因素而失去生机；女警，没有因为柔弱，而退出阵地。她们凭骄人业绩，连续创造出办案传奇！

妈妈耶！这种“户外运动”还是别了吧！如果真有案件

需要侦查，您也把虎虎搁家里，这么残酷的环境宝宝可不适宜！这周，虎虎的耳结构开始形成，能够捕获到子宫内外的声音。所以，虎虎能识别母亲的声音，至于心跳、吃饭、呼吸、走路、交谈、锻炼、消化等行为产生的声音，都能够被虎虎听到，并作出反应。这也解释了，为什么宝宝总是十分喜欢喧闹的噪声。

妈妈说："世界那么大，带宝宝出去转转！""转转？"您也找个风和日丽好天气啊，宝宝不高兴，快哭了。【硬撑】虎虎身长虽然超过 12 厘米，体重也达 110 克，可是，虎虎还只是一个未出生的宝宝啊！您，您，您这样，还是亲妈吗？拉黑吧，以后漂流瓶联系。

凛冽的寒风中，虎虎渐渐感觉到，妈妈并不是一个人在行动，好像周围有叔叔还有阿姨……仿佛妈妈行进在队伍里。一路上，虎虎搂紧妈妈，提心吊胆，一双眼睛，像雷达似的四下搜寻……

依山城的风，真的很有杀伤力，前几天，东北的同学来看妈妈，刚来两天："依山城的天气真好，最冷也就零下三四度。"结果第三天，冻得回东北避寒去了。她说："东北的风，也就吹吹皮肤，吹吹肉。你们依山城的风，那简直就是 B 超、X 光，直接吹内脏，吹骨头里！"

北风呜呜地叫着，枯草落叶，满天飞扬，黄尘蒙蒙，混沌一片，简直分辨不出何处是天，何处是地，呼啸的狂风像鞭子一样，一下一下地往妈妈身上抽……妈妈一行人，有时坐车，有时步行，他们跋涉在遥远的旅途……哎哟妈呀！这会儿好像到达了目的地。

虎虎刚刚平静下来，想伸个懒腰缓缓劲，就听到耳边两声清脆的枪声——啪！啪！吓得虎虎把伸出去的四肢缩了回来。宝宝知道这是“七七”式手枪发出的子弹声，俺在妈妈办公室的“保险柜”里见到过，是妈咪告诉宝宝的，不违规！妈妈还给虎虎泄露了一个小秘密：手枪射出的子弹，击中人的要害，必死无疑！

虎虎还没缓过神，又是几声——啪！啪！这声音震耳欲聋，它喧嚣地回荡着，低沉地笼罩在空旷的上空……心惊肉颤，魂飞魄散，好恐怖哦！

虎虎以日为年，觉得自己像是在走钢丝，怕栽下；又像买彩票，就怕不能中彩……宝宝的心被拎得悬到半空了，像是老虎爪上的小鸟，被恐惧捉弄着没有了安宁。

虎虎心里害怕极了，搜索枯肠，暗自思量：是不是坏人来了？我能抵挡得了吗？手无缚鸡之力，身无飞檐走壁之功，是坐以待擒，还是奋起反击？宝宝把身子缩成一团，紧紧地拉着脐带，不停地打着哆嗦，四肢冰冷，双眼紧闭【快哭了】，好像是沉了船的水手，在雾蒙蒙的天边，遥遥寻找白帆的踪迹——《包法利夫人》。

老话说：过了大寒，又是一年。大寒是冬天的尾巴，春天的预期，它是四季流转、循环往复的一个节点。大寒，坚冰深处春水生，它是黎明前的黑夜，曙光即将到来。

亲亲！请看下集——揭秘。

43.

小手冰凉，无力假装坚强（下）

2010年1月20日 星期三 -3℃~2℃ 阴

无持续风向~北风微风 4~5级 孕16周 大寒 农历十二月初六

机遇和挑战并存，成功需要机遇，前进必临挑战。古人说：“天将降大任于是人也，必先苦其心志，劳其筋骨，饿其体肤，空乏其身，行拂乱其所为。”安下心来，磨炼自己的心性，提高自己的才干。从长计议，虎虎以坚强的毅力，克服生理上的稚嫩，像一座青铜塑成的雕像，昂首挺胸顽强地屹立在妈妈肚子里，熬过了一下午的惊悚时光。

晚上，妈妈给虎虎做抚摸胎教，任凭妈咪怎么喊宝宝，虎虎全然不搭理！虎虎过的大多是积极的情绪生活，不满意时当然也会发点小脾气。

“妈妈！今天我们公安处全体民警到‘靶场’射击，从下午到现在，宝宝怎么没有动静，会不会吓到宝宝了？宝宝会不会出了问题？”妈妈忐忑不安地斜靠在沙发上，愁眉锁眼地在和姥姥琢磨瞎估计。

这时，胎教机悠扬的音乐响起，对于稳定虎虎的情绪非常有帮助，宝宝是天生的抽象派大师，感知能力绝对不是您能揣测的。哈哈！妈妈！别紧张，请放松，不要草木皆兵！其实宝宝比您想象的要强壮和坚强得多，“宝宝”没有问题！

虎虎只想告诉妈妈：宝宝在“生气”，胎儿是有“人格”的！

提到人格，好像应该是很深奥、很有内涵的话题。说胎儿也有人格，是不是有点牵强呢？其实不是这样的，美国神经学家布米尼克·芭芭拉研究胎儿的大脑后，发现胎儿具有意识的初步状态。

虎虎羽毛未丰，也会闹情绪。妈妈的生活、工作概况，要讲给宝宝听，防微杜渐、有备无患，甚至有时还能助妈妈一臂之力，呱呱……左看右看，现在的虎虎真不简单呢！

风从虎，云从龙。虎虎和妈妈心有灵犀，明晰了事情的庐山面目，宝宝瞬间转嗔为喜！

虎虎：哎哟！我的个娘耶，几个小时没动怎么会这么累呢！待俺活动活动筋骨。开我东阁门，坐我西阁床，脱我战时袍，着我旧时衣。

这周，宝宝耳朵里的各种结构已经形成，虎虎可以开始探测到些许声音了。研究人员认为胎宝宝也能像新生儿一样学习和记忆，因此，在婴儿出生之前可以让我们接触更多的声音。

宝宝可以听见外面的声音，但虎虎最喜欢的、听得最多的还是妈妈的声音。原因很简单，宝宝听到的所有外界的声音，都是先通过空气，再通过子宫传播进来的；可是妈妈的声音，是直接通过身体和骨骼在体内回荡，并且这个过程中声音还会被放大。

妈妈接收到来自虎虎的信号，眉开眼笑，高兴地大声唱起："小白兔穿花衣，年年春天来这里……"姥姥听到这儿，扑哧一声笑了，就像石子投进池水，脸上漾着欢乐的涟漪。

44.

给快乐做道加法

2010 年 1 月 30 日 星期六 0℃ ~ 6℃

阴 ~ 雨夹雪 无持续风向 微风 孕 17 周 农历十二月十六

可以说，整个孕期最有意思的阶段从现在开始了，现在是胎教的最佳时期，妈妈的教育计划从现在开始！

虎虎现在看上去像一只梨子，身长 13 厘米，体重 150 克。非常地顽皮，特别喜欢用手抓脐带，而且抓得特别紧的那种，紧到只有少量氧气输送，自己要窒息，嘻嘻……别着急，宝宝不会做得太过分，知道保护自己。另外，宝宝的肺功能也开始工作了，循环系统和尿道，完全进入正常的工作状态。妈妈今天，停止服用坚持半年多的“叶酸”。

孕 17 周，大夫说这个时候，梨子大的虎虎，有了属于自己独一无二的指纹，“指纹”代表着宝宝的独立个体身份，对宝宝来说，特别重要呢。

全家总动员！爸爸预订了四张“温泉度假村”的票。姥姥、姥爷、爸爸、妈妈还有虎虎，一共五口人就只四张票，妈妈！您是不想让谁去啊？可千万别是虎虎！妈妈微笑轻抚宝宝，绵言细语报告虎虎机密：“现在，宝宝身高还不到买票标准——

免费！”哈哈！虎虎真是捡了一个大便宜！

冬，就像一位美丽的公主，高贵、矜持。她舞动着神奇的面纱，送来阵阵凛冽的寒气，软卧车厢里，却春回大地。拥有一个自己的宝宝，这个梦想，似乎曾经遥远过。但现在，宝宝与妈妈互动，宝宝就近在妈妈体内，“一步不遥”。

虎虎的胳膊、腿都发育完成，而且“武艺”日益精湛，会使用双节棍——哼哼哈嘿！虎虎开始进入散打界，每天不停地旋转、翻筋斗、扎马步……练功夫。妈妈把这些说成是没有套路的“乱踢一通”。造成妈妈感觉有误的原因，是那羊水缓冲了宝宝激烈的运动，妈妈才感觉动静还不是太大，乱七八糟不成体统。【超想哭】

虎虎吃软不吃硬，就喜欢听夸奖，妈妈语气温柔了许多：“宝宝，你好啊！好勤快的宝宝耶！睡醒了就练武功，可别闪了老腰……”么么哒！虎虎就喜欢听，妈妈一本正经地胡说八道！

对面下铺，来了一个小伙子，看起来是大学生模样。他一落座，马上从包里掏出一本巨厚课本以及题册和笔袋，毫不犹豫地趴在茶几上，埋头做起题来。看起来，必须在这火车上有所收获，那副抓紧时间的样子，很让人感动。

妈妈轻轻拍了拍肚子里的虎虎说：“宝宝，学着点，这就是你以后学习应该有的样子。”学习其实很有魔力，能让一个人全神贯注。

大约十分钟后，小伙子就睡得嘴都张开了，能把课本塞进去那种。妈妈赶快捂着肚子，不让宝宝看，自己也假装，

没发现对面铺上的学生，嘻嘻！【捂脸】

下车的时候，妈妈走至车厢1号中铺旁，只见一位哥们，正一脸屌样地光着身子，趴在被窝里，警察一旁做笔录，被旅客围观。好有喜感！

原来，这哥们一坐火车就睡觉，而且还喜欢全身上下只留条内裤。当一觉醒来，裤子、行李、电话和钱包全部被偷走……谈笑自若的哥们：“哎！挥一挥衣袖，不带走一片云彩！”哎哟……满车厢的哄笑声啊，妈妈笑得直不起腰……虎虎：妈妈，您腰坏了？别赖宝宝，可不是俺撞的！

其实，短途旅行，也是一种很好的胎教，妈咪感到心旷神怡，宝宝也会从中受益。

45.

穿着“皮衣”泡温泉

2010年1月30日 星期六 0℃～6℃

阴～雨夹雪 无持续风向 微风 孕17周 农历十二月十六

妈妈换好泳衣，肚皮微微鼓起，皮肤白皙身材圆润，头发光泽，眼睛也神采奕奕！爸爸邪恶地笑妈妈：“有了杨贵妃的仪态呢！”老爸这绝对是在夸老婆。于是，妈妈气定神闲地回应：“这就是孕味，懂吗？”啊——咦！妈妈现在能吃能睡，气色好得出奇！

千变万化的雪花，还夹杂着少许雨，有时像片片花瓣飘飘荡荡；有时像缕缕柳絮轻歌曼舞；有时又像朵朵杨花前拥后挤。啧啧，好惬意！

我们随人群缓缓前行，蓦地，温泉就呈现我们面前，一行人欢快地脱掉浴袍走进池中，把自己完完全全地浸在泉水中，享受着温泉带来的暖意。

温泉终年喷涌，晶莹澄澈，可饮可浴。水只有齐腰深，温滑清澈，让人忘却凡尘俗事。渐渐地，妈妈闭上了眼睛，以冥想的心情，缓缓地，深呼吸数次，真正释放了身心。慢慢地，额头就汗津津的了，全身暖洋洋的。浸泡在温泉中，仿佛是神仙，腾云驾雾，美极了。妈妈放松，宝宝自然也春风得意。

高能预警，非战斗人员请撤离。虎虎精力充沛，开始“健身”了。宝宝像一只悠闲的小海马，四处游动，漫无目的，没有什么姿势可言，随遇而安，随心所欲……母子间，有着非常奇妙的心电感应，当宝宝觉得愉快的时候，妈妈也一定能感受得到的。

果不其然，妈妈立竿见影、笑逐颜开，大声唱着喜欢的歌曲，作为响应：“两只老虎！两只老虎！谈恋爱，谈恋爱，两只都是男孩，两只都是男孩，真奇怪，真奇怪……”妈妈把山寨发挥到了极致，真是肯德基中的战斗机！【憋住不笑】

在大自然中，呼吸着新鲜空气，妈妈有规则的子宫收缩，对虎虎来说，是最快活的皮肤刺激，同时促进了宝宝的脑部发育。

牛奶泡浴、啤酒加料浴、玫瑰花浴、薰衣草泉、人参泉药浴……应有尽有，妈妈有兴致，逐一享受。天上飘着软糯的雪，泡着温泉，冬天完美了呢。

外面飘着雪花，天气真有些冷，大厅里，有一对夫妻，老婆有些胖，内穿白色高领毛衣，外穿黑色羽绒服，脖子里系了个红围巾，老公一个劲地扯她那条红围巾，老婆很不解地问：“干吗？”老公很有气势地一挥手：“胖子！记住！不要围红色的围巾！不然你会很像 QQ 的！”老婆愤然答曰：“你给老娘正常点！老子一套军体拳，教你做人！快把围巾给我！”夫妻打打闹闹，一路追了出去……

在虎虎看来，水能煮粥，亦能洗碗。围巾不但保暖、防晒，其实围巾还是一味“中药”。功效一：预防感冒，告别大蒜；功效二：脖子露得少，颈椎病不扰；功效三：围巾围得好，腰背不烦恼。而且，网上盛传一种说法，合理地搭配一条围巾，相当于加了一件衣服，在寒冷的日子，可是咱们必备的保暖物品。嘿嘿！长知识不！

虎虎拉起脐带，绕到脖子上当围巾，糟了！玩过头了，下次一定要小心，妈妈说过，脐带只能荡秋千。【没劲】

路灯下打车，旁边有一社会大哥模样的人，在我们前面等车……等了好久，终于过来一辆出租车，妈妈和那大哥同时摆手，出租车司机绕过那大哥，直接让我们上车，然后绝尘而去。出租车师傅握着方向盘目不斜视，嘴里却飘出一句：“你们冻坏了吧，我看那小子穿着貂抗冻，再让他冻会儿……”

冬天，像一位可敬的严师，它像保温瓶一样，外冷心暖。妈妈别忘了，回家做胎教时，一定要告诉虎虎，温泉这个地方有多美丽。

46.

勿以萌小而不卖

2010年2月2日 星期二 -1℃~5℃

阴 北风~无持续风向 3~4级微风 孕17周 农历十二月十九

这个早春的2月，尽管感觉还有寒意，但春，已不觉间，挤进了季节的门槛，带着微温，漾开了人们脸上的笑意。早晨，一些不知名的鸟儿，站在摇曳不定的树枝上，昂着头，抖着翅膀，争相卖弄着歌喉，悦耳的歌声似行云流水，在枝条上滚着，跑着……

妈妈该起床上班啦！虎虎摸摸自己的脸蛋，伸个懒腰，打个呵欠，然后把小脚丫扳过来，放在嘴里，吧唧吧唧啃来啃去……虎虎在妈妈肚子里，频繁地变换姿势、做着各种小动作，忙着呢。【龇牙】

妈妈被虎虎骚扰，睡卧不宁，辗转反侧。忍无可忍，按着腹部冲着姥姥大声喊："妈！宝宝踢我！他还让人睡觉不！今天领导安排，10点有任务，还能再睡会儿。"最后妈妈还嘟囔一句："这么捣蛋，我看不是汉子，也是女汉子！"

虎虎微笑，做鬼脸，张开小手，在妈妈腰的两边轻轻滑动……"哎呀！姆妈！宝宝在给我撒娇，在拥抱我耶！"妈妈又在大声喊。

妈妈的感觉，好细腻哦！

托浮着身体的羊水，成为虎虎口中，进进出出、吞咽玩耍的玩具，就像吹泡泡那样，有无穷乐趣。虎虎吸吮着手指，自娱自乐，肆无忌惮地卖萌给妈咪看。

虎虎在经历这些小小的精彩瞬间，已经一步一步地在为出生做准备。

怀孕之后，妈妈有个最好的借口去做个吃货了，不然，会影响到肚里宝宝的健康。而且，姥姥说宝宝饿了会踢腾。大人饿了，自己知道找东西吃，那还未出生的宝宝饿了，怎么办？妈妈抚着肚子说："宝宝别踢喽，妈妈这就去吃饭。"宝宝乱踢腾，正是在提醒妈妈——虎虎饿了！

妈妈和姥姥出去过早，结账，服务员："七十八，给七十五吧！"妈妈一听急了："我们都老顾客了，应该优惠，给你七十算了。"最后只掏了七十给服务员。姥姥一直夸妈妈："现在会过日子了呢。"虎虎的奶粉、尿不湿，都是从妈妈牙缝里省出来的，好幸福的感觉，嘻嘻……

孕妈妈和肚子里的宝宝，营养是一体的，虎虎是通过脐带得到妈妈输送的营养，当妈妈感觉饿的时候，宝宝肯定也饿了，这时就要赶紧补充营养，给予宝宝的生长发育。孕初期还不怎么明显，而这一阶段，妈妈会经常感觉到饿，因为，这时期的宝宝，生长发育逐渐加快，需要的营养也多，为了不长胖，妈妈选择少食多餐。

妈妈每天都很认真地进行抚摸胎教，用体语让虎虎感受母爱。妈咪每晚都要按时用手轻轻拍三下腹部，告诉虎虎“上课了”！然后，一边放音乐，一边抚摸宝宝……这时，虎虎就会随着音乐，有节奏地踢蹬着小腿作出回应。

妈妈！您家虎虎的眼睛，虽说还在紧闭着，但变大了哦！宝宝不仅能听见妈妈的心跳，还能听见妈咪体外的声音。最重要的是，当有人惹到您，虎虎一个箭步冲在前，一个扫堂腿过去，上勾拳下勾拳，外加一封眼拳……【抠鼻】妈妈，是不是，有着一股震慑人心的力量，这力量，是虎虎从地层的深处发出来的，沉闷而威严，嘿嘿哈！

妈妈注意到，此时的宝宝，小胸脯一鼓一鼓的。妈妈，别怕，这是虎虎在呼吸，不是在生气（目前还没有人惹妈妈）。但这时，吸入呼出的不是空气，而是羊水耶。

匪夷所思吧！人，呼吸过程是指，人体吸入自然界之清气，呼出体内浊气，出入交换，是吐故纳新的过程。生活中，我们有太多的无奈，无力去改变。更可怕的是，慢慢地，虎虎连要改变的想法，都没有了。【草率了】

47.

谁高调了“爱”

2010年2月3日 星期三 1℃～8℃

多云 无持续风向 微风 孕18周 农历十二月二十

闲来无事，虎虎把时间拨回几个月前，寻找一段记忆。

虎虎是“421家庭”的宝宝，那可谓：千顷地上一独苗啊！典型的家庭结构，导致了虎虎的特殊身份。出生后的“1”由谁来带，对“2”和“4”来说，就是一件极其值得重视的事情。研究表明，其实，跟宝宝相处是很有讲究的，一味耗时间是不够的，数量不能代表一切，最重要的是，要有质量地相处。它是一项系统性的“家教”育儿工程。

屡次三番家庭扩大会议，民主、集中，民主、民主、再集中……集思广益，深思熟虑，第三次家庭会议一致通过，“工程项目”由大学文化、从事机关工作的——姥姥，协助实行。

明确姥姥职责，不仅要承担宝宝的饮食起居，而且要给宝宝无私的爱、科学的爱……尤为重要的是，担负起示范者、教育者的使命……姥姥和父母一样，作为宝宝的“第一任老师”，不仅仅是对宝宝的照顾，更重要的是，对宝宝性格影响和心理品质的培养，起着至关重要的作用。

姥姥是一个热爱学习、努力上进的女人。有人曾问杨澜："女人的老去，是从她着急嫁人开始吗？"杨澜说："当然不是，一个女人的老去，是从她停止学习成长的时候。"姥姥看上去年轻、活力，唯一的秘诀就是不断地学习，不断地提升自己，永远地活在希望和美好里。正因为姥姥热爱学习，才在日积月累中，把智慧积淀于心，灵魂得到了温养，对生活不苟且，对人生不随意。

我们每个人，都会怀着本能去"爱"，做一位自然的"家长"。但一种成熟的"爱"，是必须经过学习，才能发展起来的，而且，需要随着宝宝的成长而成长。就连家政服务，都要接受岗位训练，"姥姥"这一"职业"，不是仅靠后天的努力就能获得的技能。

大伙都会为了谋生和事业的发展，去做长期刻苦的准备。但不是每个人，都能为了孩子的教育，去做细致而认真的努力。职场都有考核标准，但家庭教育，只能等孩子长大看结果。工作可以重来，孩子成长的岁月，是不可逆转的。

姥姥为了女儿、外孙，欣然接受了任务。在如何带好虎虎这个题目上，却抓耳挠腮，手足无措。妈妈是姥姥的独生女儿，带大小时候的妈妈，是妈妈的奶奶一手完成。怎样才能把虎虎照顾得周全又聪明，姥姥可真的是不明所以。

不负众望，不辱使命。姥姥主动了解和接受"家教"，从电脑、书本、生活中找诀窍。姥姥向专业人士咨询，流连电脑前、书店内，与丰富育儿经验的亲家婆婆互相交流酌盈剂虚……调整观念，正确理解家教的科学含义。姥姥近乎贪娄地利用各种渠道，摄取育儿营养，储备知识，用科学先进的教育理念来武装自己，如同一只饥饿的小羊，闯进芳草嫩绿的草地。

书山有路勤为径，学海无涯苦作舟。姥姥决定，做一名拥有“上岗证”的姥姥！在虎虎出生后，给予实质性的帮助。

喔……虎虎长长地舒了口气，这一刻，不伟大，不忧患众生，不肩负使命；这一刻，高枕安卧，闭上眼睛，睡个好觉。虎虎的明天计划，有勤能补拙、只争朝夕的姥姥来履行。虎虎和妈妈，只管哼着清新欢快的小曲，无忧无虑过这个孕期！嗽耶！呵呵……哈哈！

48.

今夜，安然入睡

2010年2月4日 星期四 0℃~7℃

多云~阴 无持续风向 微风 立春 孕18周 农历十二月廿一

妈妈经历过孕早期的食欲不振；也经历过孕早期妊娠反应大的难受劲儿。而现在，对自己的胃口感到吃惊。家人都把妈妈视为重点保护对象，各种美味源源不断地送到嘴边。吃，原来可以这么肆无忌惮，不用考虑身材、减肥……怀孕，原来是件这么美好的事情。

宝宝身长14厘米，体重190克。妈妈借助听诊器，听到了宝宝的心音，那真是一种令妈妈沉醉的感受。妈妈曾经为怀孕后身体的笨拙而情绪低落过，但宝宝健康的心音，让妈妈倍感欣慰。对于18周的宝宝来说，“房子”非常大，有足够的空间，任由虎虎活跃。

这时的虎虎，对不同的声音，会有不同的反应，宝宝最喜欢妈妈、姥姥的说话声，还有小鸟的鸣叫和风吹风铃……

爸爸妈妈夫妻两地分居，“胎教”，姥姥必须参与。姥姥在大量吸收育儿养分的同时，兼学儿童歌曲。外婆首选“唱歌”与外孙进行感情上的交流。

平时，由于宝宝的特殊环境与位置，虎虎“听”到的声音，大部分是母体传来的，宝宝熟悉妈妈说话和唱歌的声音，就像熟悉妈妈的心音一样；姥姥对虎虎说话、唱歌，其声音能传给外孙，虽然不如母亲那样直接，但也能起到良好的作用。医生证实，虎虎在妈妈、姥姥清晰、缓慢、满怀爱意的声音下，显示仪表上的心跳速度，有加快的反应。

今日立春，莫忘了，一年之计在于春。阳光、风、绿色……在白雪与严寒、萧瑟与孤寂之后，春天，仿佛长夜初醒般地来了。

夜，是如此寂静，虎虎和妈妈窝在绵软的被窝里，电脑里播放的《摇篮曲》，温存、亲切、安宁。曲调平静、徐缓、优美，充满母亲对孩子未来的热诚期待。妈妈随着音乐，轻轻地抚摸腹部，姥姥坐在床边，随着曲子浅唱歌词……如诗如画的场景，如痴如醉的虎虎，让自己沉醉于其中不能自抑。

“摇篮曲”是世界上许多民族都有的，愉悦胎儿、安抚胎儿、催胎儿入眠的歌曲。给胎儿唱摇篮曲，是一种很好的传统胎教方法。姥姥的歌声暖暖的，宛然动听……许久后，虎虎发现，这美妙绝伦的声音，发自于姥姥的心底。

曾有一位妈妈，在怀孕期，非常喜欢听一张唱片的音乐，几乎每天都要听这段音乐，但她生产后再未听过。当她的孩子 7 岁时，偶然听到这张唱片，顿时兴奋地跑到母亲面前，说：他非常喜欢这段音乐。

已有证据表明，“音乐胎教”，胎儿能学习，并且，在婴儿的时候，再回忆一遍。虎虎不挑剔音乐的类型和风格，只对经常听到的音乐感兴趣。在母体中经常听到的音乐，应该也是出生后虎虎喜欢的音乐。

虎虎会记得胎儿时姥姥的歌声，这歌声为宝宝提供了重要的记忆。等虎虎出生后，姥姥，您一定要再唱《摇篮曲》给外孙听，闻到其声，宝宝会停止哭啼。

所以，姥姥！如果您有时间的话，最好抚摸着虎虎唱歌，这样不仅会使您的外孙日后拥有出色的语言能力，还能在未曾谋面的祖孙之间，架起一座心灵上的“爱”之天路。

49.

别致的柔情

2010年2月5日 星期五 0℃~7℃

多云~阴 无持续风向 微风 孕18周 农历十二月廿二

明天是中国传统节日——小年。小年意味着人们开始准备年货，丰丰足足过个好年。表示新年要有新气象，表达了中国劳动人民一种辞旧迎新、迎祥纳福的美好愿望。

姥姥在公寓搞卫生，淘汰了一个之前别人留下的旧衣柜。妈妈到物业找了个大叔来处理。大叔把衣柜挪到门外，用蹩脚的普通话说："20块钱吧。"然后，妈妈和大叔对视了几秒，都等着对方给钱。好尴尬啊，谁该付钱？姥姥解围，掏了20块钱给大叔，大叔这才背起旧衣柜下楼。给他钱啊！【呆愣】

姥姥摆摆手，似笑非笑地："算了，算得了个什么事，别管谁给谁钱，搬走垃圾就行。"来电话啦，快递小哥："找不着哪栋楼？"姥姥便左左右右，南南北北的，给他说了一大通……20分钟后，快递小哥又打来电话："按照你的指挥，我回到快递站了。"

哈哈……姥姥是极其没有方向感，缺乏空间想象和联想能力，即使看着地图，也找不到北的那种全能路痴，家人给姥姥起了个可爱的绰号：撒手没。

妈妈接过电话，也不比姥姥好多少，呜囔呜囔地瞎指挥。哈哈……虎虎捶胸大笑，宝宝最喜欢这对母女指点江山的样子。

浓得化不开的夜色，像一位丹青妙手，把一切都涂上了神秘的色彩。洗漱过后，柔和的灯光下，妈妈躺在床上，开始给虎虎做胎教，20分钟结束，虎虎意犹未尽，极其活跃不肯睡觉。往往这个时候，姥姥就会坐在妈妈身边，抚摸妈咪腹部，给宝宝做按摩。均衡、严谨的莫扎特音乐为背景，姥姥和虎虎开始了轻柔、亲切的交流。这是一种积极有益的胎教手段，姥姥您可是匹夫有责，势在必行！

姥姥和虎虎的谈话内容很随意，姥姥语感自然、语言简练、语气亲切、语调适中，轻柔地和虎虎聊了一些生活话题。

“宝宝！你好吗？我是家家！虽然现在，宝贝不知道家家的模样，但无须置疑，外孙就是家家的至爱、至亲的第三代骨肉！伢崃，小爪在哪儿呢？伸过来给家家握握手吧！哎呀！坑爹啊！这是臭脚丫，好臭！哈哈……”虎虎咯咯地笑起来，笑得很开心。宝宝在和姥姥捉迷藏，不让姥姥逮住。

虎虎告诉姥姥，大孙表情极其丰富，小脑袋一晃一晃地，表示：宝宝不答应，宝宝不高兴，宝宝要吃肉肉……立刻，现在，先嘟嘴卖个萌。哇啊啊啊！姥姥肯定是被大孙萌到了，宝宝都听到了外婆的笑声。宝宝再给您吐吐舌头、扮个鬼脸！姥姥，您可认识这个宝宝是谁？【媚眼横飞】

姥姥的话语，轻轻飘飘仍在继续：“伢崃！切记！在妈妈吃饭的时候,咱可不能睡觉啊,打个盹儿,会少抢一块肉的!妈妈在跟前，家家不好明说，宝贝是一个智慧的伢，一定懂得家家暗藏有玄机！”呀呀呼！大孙懂！姥姥是油画里卷国画，话中有话（画中有画），顾全大局!

姥姥爱抚的手，停顿了一下，虎虎听到姥姥和妈妈，叽叽咕咕说了几句，于是姥姥对虎虎说：“家家要给宝宝说的话太多太多，可妈妈工作了一天，这会儿要睡觉了，家家不再和宝宝嘀哆(啰唆之义),你乖乖地和妈妈一块睡,好不好?家家明天再和宝宝夸天（聊天）！”

姥姥的亲切呼唤，对虎虎来说，是非常重要的。如同大地渗出的泉水，清清亮亮，自自然然，没有泡沫，也没有喧哗，甜如浸蜜，让虎虎倍感舒适，心旷神怡。虎虎恋恋不舍地和姥姥道了“晚安”，闭上眼睛，安逸地蜷缩在妈妈肚子里……

50.

没有结局的新闻联播

2010 年 2 月 10 日 星期三 1℃ ~ 5℃

多云 无持续风向 微风 孕 19 周 农历十二月廿七

公安处照顾有孕在身的妈妈，“春节”破例放了六天假。爸爸惜时如金，昨天，连夜派车接妈妈、姥姥回武汉。对了，还有虎虎呢！那是必需的！嘻嘻……虎虎和妈妈、姥姥眉开眼笑一起回家！与此同时，爷爷、奶奶也从老家凤兮镇来武汉团聚。

爸爸洗好的床单，在阳台晾衣架上迎风招展，像是成排的节日彩旗，在欢迎虎虎和妈咪。从孕育虎虎那一刻起，爸爸就给自己施加了许多压力。妈妈不在身边的时候，发疯一样地努力工作。爸爸知道，他一定要给虎虎一个富足、安定的家。

妻儿老小回家，爸爸主动承担起全部家务，给妈妈创造安静、舒适、整洁的良好环境，保证妈妈有充足的休息和睡眠。“爱子先爱妻”嘛，这话就是有道理！妈妈时时体会到爸爸的爱、家庭的温暖，让虎虎在温馨的氛围健康长大。

一大早，爸爸开车带妈妈到湖北省妇幼保健医院做第三次产检。让宝妈吐槽的就是检查过程。昨天晚上 8 点后，妈妈就没再吃任何食物了，要在今天早晨空腹状况去抽血。检查的时候，要在 5 分钟内喝掉浓度很高的 250 毫升葡萄糖水，喝完后，还要两次抽血。让妈妈更无语的是，听说如果检查结果有异常，还需要重新来一遍。

千恩万谢，虎虎一关一关顺利通过，宝宝很健康，妈妈辛苦啦！妈妈问爸爸："鹤扬，你有没有注意到？宝宝第一张声波图是倾斜 45 度角。那仰望 45 度角的忧伤，每个人都有一张如此的非主流照。难道咱们的宝宝 45 度角仰望子宫，才不至于被羊水呛到？"没错，虎虎快被淹到。【卖惨】

中午，爸爸大显身手，你看他站在灶边，系着围裙，卷起衣袖，端着炒菜锅上下翻动……干起活来干净利索，稳扎稳打像带兵打仗，嘻嘻……哈！

俗话说：三百六十行，行行出状元。这满餐桌的美食交响乐……就是中华料理的精髓！妈妈！听虎虎的，放下筷子，起身，拱手！让虎虎给爸爸说一句：爸爸！孩儿真是小看您啦！咯咯……

慵懒的午后，调皮的阳光，不安分地跃上窗台，轻巧地挤入绿色的百叶窗，偷偷探窥那熟睡的妈咪。呢喃的呓语，让它哧哧地笑弯了腰，一不留神，忘形地滑落跌碎一地。哈哈！虎虎看得见，阳光如此顽皮！

妈妈每天都在固定的时间给虎虎播放优美的音乐。每次，宝宝都会很快安静下来，认真聆听，享受悦耳的旋律……但音乐一停，虎虎就开始不耐烦。

今天，爸爸要与虎虎开个“玩笑”。到了胎教时间，故意不给宝宝听音乐，虎虎心气不顺，便在妈妈肚子里移山倒海……妈妈受不了啦，爸爸这才赶紧传输音乐给宝宝听，并懊悔地对虎虎说：“宝宝！今天发生的故事，仅仅是个玩笑，爸爸心存太多太多的悔意，一个信息送去爸爸的道歉，亲爱的宝宝，因为爸爸太在乎你！”

话已至此，虎虎马上平静下来，好吧，得放手时须放手，得饶人处且饶人。爸爸！孩儿每天惩罚您，按时播放音乐给宝宝听，不得中断！不得偷懒！我都不信了您……

夜，是如此寂静，电视里播放的绵绵音乐，使虎虎柔软的内心，滋生更多的甜蜜。爸爸为妈妈在“电动冲浪足浴盆”里，加了适量的热水……

爸爸作为“一家之主”，从丈夫升级到父亲，在即将成为父亲的时候，在思想、行动上都有一个飞跃；在性格、修养方面都有大大提升。父亲，在家庭里所担负的职责和任务较为繁重，一个成熟的父亲，对虎虎的疼爱，应该不亚于未来的母亲。

今天，温哥华冬奥会上，中国国家男子足球队在东亚四强赛中，以3:0大胜韩国队，结束了在国际A级赛事中，32年不胜韩国队的历史。在这里，宝宝安安静静地，给爸爸送去祝福，奉上承诺，让孩儿：为爸爸，洒一路健康，祈一生平安！日后，爸爸肩上的压力，宝宝愿为您分担！虎虎，雄起！

51.

后来居上的小样儿

2010年2月13日 星期六 3℃~6℃

小雨 无持续风向 微风 孕19周 农历除夕

贴春联，穿花袄，迎春接福财神到。紧赶急行到除夕，老远闻得隔壁宴香溢。

今天邻居周默叔叔过生日。临近中午，爸爸、妈妈过去为朋友庆祝，爸爸把礼物递给叔叔，一屁股坐在沙发上："周默，好巧啊！生日刚好在大年三十，又过年又过生日，真喜庆。"李槑阿姨热情地拉妈妈坐下，幽幽道："这不是巧合，是人为的……"妈妈一脸狐疑："还有这事？"周默叔叔笨拙地解释："本来我妈预产期还差几天，她去医院，非让医生把我剖了出来，说赶上年三十生日，可以省一挂鞭炮……省一挂鞭炮……"妈妈下意识地挠挠头："啊唷！亲妈，妥妥的！"

虎虎家，住在部队大院的营职高层楼，一梯三户16-01号是我们；中间户对着电梯的16-02号，是周默叔叔和李槑阿姨夫妇住，阿姨也怀有小宝宝，看上去，周家宝宝和虎虎是同岁，要大上几个月。

妈妈剥开茶几上的丑橘，和阿姨愉快地聊天，虎虎在妈妈肚子里，可是在不停地刷着存在感。先是“山丘隆起”型；后是“波浪滚滚”型……有时候动作大了，会踢到妈妈肚子，是不是很暴力咧？妈妈已经在心里默默地举起了拖鞋。

妈妈放下水果，停止聊天，柔柔地抚摩肚皮，轻言细语问：“宝贝！怎么啦？什么事让你生气？”刚开始，宝宝还不理解妈妈的意思，但妈咪不断重复，渐渐地，虎虎就感受到了浓浓的爱意，就此打住，再挥舞拳脚时格外注意。

李槑阿姨张大了嘴，一脸震惊：“漪涵，我家宝宝，怎么没有你家的欢腾？”妈妈满脸的幸福：“我们家的是人来疯，不好意思，告辞，回家收拾宝宝去，嘻嘻……”

妈妈出了邻居家的门，顺便到楼下便利店，想再买两箱奶回来。唉，现在有些人啊，总是仗着别人喜欢，什么事都做得出来！回老家过年可以理解，回家相亲虎虎也可以接受。但是，大哥你一个便利店，就因为这个停业，是不是轻率了点啊？便利店门口小纸条上写着：“停业一天回家哄老婆”。

这样疼老婆的男人，虎虎建议批量生产，全国发放，免费领取！哈哈……

晚上，妈妈给奶奶封了一个大红包，奶奶接过红包喜笑颜开，则少不了旁敲侧击一句：“我们凤兮镇，隔壁家的，比你们还小呢，都有二宝了。”妈妈给姥姥也发了一个同款大红包，姥姥倒直言不讳：“我不能收，收了，我就不好意思催你们生娃了！”妈妈挺了挺肚子：“我这不是在生吗？”姥姥、奶奶异口同声：“一个？哪够啊！”

新闻上看到的，在一家电器店外，一名男子企图将 2 岁小孩拐走，5 岁哥哥反应过来后，立马丢掉手里的玩具，追上去将弟弟拽了回来。哥哥一定拥有神力，好厉害，虎虎膜拜！虎虎支持两位老人的观点，生了虎虎，妈妈再给宝宝生一个哥哥比较好。

妈妈假装满含委屈："呜呜……她们，她们……不按常理出牌，导演卡一下，我不演了，我要回家！"

今天是除夕，相传，中国古时候，有一种叫夕的怪兽，经常吞食牲畜伤害人命。是一个叫"年"的孩子，把夕兽撵走。之后，人们为了驱赶"夕"，大家纷纷都去拜会年，也就是现在的"拜年"，把大胖小子年的图，贴在门口或窗前，叫年画，年除掉夕的这一天，叫作除夕。

除夕到，祭祖先，有啥心愿都实现，虎年吉祥！

52.

夜场，“嗨”起！

2010年2月13日 星期六 3℃～6℃

小雨 无持续风向 微风 孕19周 农历除夕

除夕，又称大年夜，是农历一年最后一天的晚上。“除夕”有旧岁到次夕而除，明日即另换新岁的意思。除夕对中国人来说是极为重要的，除旧迎新。

厨房里，姥爷、爷爷掌勺，姥姥、奶奶打下手。姥爷，快捷而灵巧地挪动着身子，同时操作四五样菜。从后边望去，那样子，不禁使人想起，印度打击乐的演奏者。爷爷，敏捷又有节奏地在菜板上飞快地切着什么东西，又从电冰箱里取出什么盛上，一回手，又把用过的锅洗好……每一个动作都准确，两人相互配合，恰到好处。

大年夜，丰盛的年菜摆满一桌，阖家团聚，围坐桌旁。虎虎心头的充实感，真是难以言表。全家既享受满桌的佳肴盛馔，也享受那份除旧迎新、相聚快乐的气氛。

桌上有大菜、冷盆、热炒、点心……最少不了的一是火锅，二是鱼。火锅沸煮，热气腾腾，温馨撩人，说明日子红红火火；“鱼”和“余”谐音，是象征“吉庆有余”，也喻示“年年有余”。

最后一道是甜食，祝福往后的日子甜甜蜜蜜。

通过餐桌上的年夜饭，宝宝已经知道，全家接下来这一周的伙食了，嘻嘻……【笑着活下去】

大年三十的夜晚，街上行人稀少，树木悄悄地站着，偶尔有车辆，往回家的方向疾驶……街道两旁，林立的住宅楼里，时常有一串串笑声飘出……这是一个幽情的夜晚：安详、和谐、幸福。

奶奶“趁热吃、趁热喝”的观念，已经深入了骨髓，餐桌上不停地催促。在奶奶看来，吃热的、喝热的不仅进到胃里暖暖的，还有助于保护肠胃。但事实恰恰相反，热食会损伤器官。

虎虎好担心，妈妈如果吃下去太热的东西，会不会把宝宝的头发烫卷？虎虎拍拍妈妈肚子，温馨提示：捞出的火锅菜，放在盘子里晾一会儿再吃；刚沏好的茶，不要急于贪图品茗的快感。

爸爸递给妈妈的瓶装果汁，妈咪一直拿着不喝，过了好久，爸爸关心询问：“怎么不喝呢？”妈妈尴尬地说：“我拧不开嘛，就不想喝了。”爸爸深情地看着妈妈，缓缓道：“傻瓜，我递给你的时候，就帮你拧开过了，我怎么可能把没拧开的果汁给你呢？”

虎虎好感动，爸爸平常大大咧咧的，但在很多小事情上，对妈妈体贴入微。虎虎觉得，妈妈被爱呢。

平时姥爷不怎么喝酒，今天，姥姥向姥爷举杯：“如果不喝酒，杨贵妃之名又怎能千古而不朽！”爸爸向姥爷举杯：

“如果不喝酒，李玉和哪来的浑身是胆雄赳赳！”妈妈向姥爷举杯：“如果不喝酒，杨子荣哪能甘洒热血写春秋！”

微醺之中的姥爷、爷爷，已经感受到了酒精带来的神经刺激，此时两位老人，像极了诗人，一副提笔就能写诗的样子。

爷爷：“过去岁月不可追，未来日子你别催。莫愁身外七八事，且尽眼前两三杯。”

姥爷：“没事喝杯酒，有闲下盘棋。醉里乾坤大，输赢都不急！”

顽皮的虎虎，也要有动作应景不是嘛，乐得在妈妈肚子里，跟头三连翻，撒泡尿洗洗脸……然后，然后，再尝尝羊水的味道足不足，嗯，还不错，多喝两口……九环宝带光照地，不如留君双颊红。

浅醉的虎虎，身体发热，脑袋发沉，红红的脸蛋，迷离的眼神：宝宝要跟虎年的小虎一起往前走了；牛年的小牛，再见！呼呼……

53.

走在春暖花开处

2010 年 2 月 14 日 星期日 2℃ ~ 5℃

阴 无持续风向 微风 孕 19 周 农历春节

“当！当！”新年的钟声刚刚敲响，随着一声爆竹的脆响，揭开新春佳节正式的序幕。

听到鞭炮响，爸爸第一反应是从沙发上弹起，扑在同在沙发上看“春晚”的妈妈身上，嘴里一个劲地安慰：“老婆不怕！宝宝不怕！有老公在！有爸爸在呢！”爸爸突如其来的举动，逗乐了全家。妈妈力图推开老爸：“你能不能不这么幼稚！”

爸爸轻轻把妈妈手拿开，轻柔抚摸妈妈腹内的虎虎：“宝宝！看来妈妈没吓到哈，因为人家是警察，呵呵！但是，爸爸一定要心疼一下宝宝喽，毕竟宝宝只有甜瓜那么大，嘻嘻！”爸爸语调和蔼，言语、行动溢满浓浓的爱意。

“宝宝！咱不看电视，听爸爸给你讲故事，好不好？”爸爸清了清嗓子，“宝贝！你是一个聪明的孩子，一定要认真听哦，对你长大有用处。从前啊，花园里有三只蝴蝶，一只是红色的，一只是黄色的，一只是白色的……这个故事讲的是……”爸爸用诗一般的语言，童话一般的意境，给虎虎讲述着，一段优美动人的小故事。

爸爸开始讲故事的时候，语气很轻柔，然后逐渐提高了语调，让虎虎感受到了，爸爸的情绪递进。爸爸以十分认真、冷静、理智和客观的态度进行胎教。科学、灵活、有趣地，使虎虎感受到被父亲爱的滋味。

爸爸！虎虎对您的声音很敏感，唤起宝宝的热情。宝宝喜欢您，深厚中低频调的声音；宝宝喜欢您，有力的大手抚摸孩儿。爸爸是一座山峰，伟岸！和爸爸在一起安全！

妈妈！别吃醋，虎虎就是更爱老爸的声音。老爸低沉且富有磁性的声音，当初，是不是成功俘获了您的心？没错，这种声音，也更能使虎虎感到高兴。

生活中，人们会看到这样的现象，一些婴儿，即使不熟悉的女性逗，他也会微笑，而父亲逗反而会哭，别说其他的男性了。这正是，孩子从胎儿期，到出生后的一段时间，对男性的声音不熟悉造成的。为了消除孩子对父亲的疏离感，爸爸应该积极参与到胎教工作中来。

妈妈别了孕早期的种种不适，也没有孕后期胎宝宝增大时带来的活动上的不便。现在妈妈处于比较舒服的阶段，而且能感受胎儿的运动，妈妈很有成就感。

本周宝宝身长 15 厘米，体重 220 克，最大的变化就是，感觉器官开始按照区域，迅速地发展。脑部，分管触觉、味觉、嗅觉、视觉和听觉等神经细胞正在分化。

这周的虎虎，十个小手指上，长出了娇嫩的指甲。哦，那出生的时候，指甲是不是一定要剪了啊？虎虎非常担心，宝宝会不会抓伤妈妈，会不会抓伤自己？哑然！

每年除夕，人们为庆贺吉祥的来临，纷纷换新衣戴新帽，家家贴红对联、燃放爆竹；户户烛火通明、守更待岁。初一一大早，还要走亲串友道喜问好，这风俗越传越广，成了中国民间最隆重的传统节日“过年”。

酒醉的爷爷，被鞭炮声嘣醒，从床上一骨碌爬起来，要给爸爸发压岁钱，老爸不好意思地推托：“都这么大了，明年给您孙子吧。”爷爷把钱，直接扔爸爸面前，说：“过年压个岁，过完年还我！”亲爷爷啊！哦嚯嚯……然后，倒头又睡了。

压岁钱，其实不是“钱”，而是铸成钱币形状的辟邪品。传说古时候，有一种身黑手白的小妖，名字叫“祟”，每年除夕夜里出来害人，压岁钱就是专门用来吓走这货的。

这个牛年已经结束，但不曾结束的是，虎虎心底幸福的涌动。望向明天，宝宝看见，幸福随着每一片阳光在闪耀。转身，开始快乐地写日记，幸福地微笑。

54.

小拇指的约定

2010 年 2 月 15 日 星期一 2℃ ~ 5℃

阴 无持续风向 北风 3 ~ 4 级 孕 19 周 农历正月初二

大年初二祭财神，回娘家，都是一种很有特色的中国岁时风俗。妈妈的主要娘家人都在虎虎家呢，如果今天去朋友家，会吃闭门羹的，天气也不怎么好，干脆就猫在家里。

中国是个文明古国，历代传下来的习俗很多，尤其是正月里——新一年开始的这个月，习俗尤其多。正月初一，不能动用扫帚，不倒垃圾。哈哈……今天奶奶才启动扫帚，清理垃圾。

妈妈主动请缨，裹紧了羽绒服下楼倒垃圾。说出来您可能不信，淘气的北风吹着口哨，妈妈追着垃圾桶，跑了两公里，愣是没追上。虎虎心说：妈妈，跑不过咱就回家吧。结果，我们都没到家呢，垃圾桶先跑回来了！哈哈……您不信？反正宝宝信！

虎虎温馨提醒：大风天气，千万别出门，被吹走或者吹不走，都会很尴尬的！

姥姥端出来一筐卖相一般、味道不怎么甜的桂圆。妈妈抱怨："不太好吃呢。"姥姥收起了笑容，难过写在脸上，眼角泛起泪花："除夕上午，我去扁担山扫墓，看到路旁卖桂圆的那个老奶奶，像极了你外婆，不管三七二十一，我把一筐全买下了……"瞬间，室内安静了下来。

姥姥的父母，几年前先后都去世了，只有一个哥哥在上海落了户。姥姥有很多深情和思念，都没办法说出口，哭过之后，不是说忘记就能忘记的。可能时间能缓，但那些刻骨的爱，也许这一辈子，都记在姥姥心头。

祭祖和迷信没有任何关系。孝是中华文化的根，敬是中华文化之本，千百年来，中华文化，依此二字生生不息，源远流长，海纳百川。

晚上，妈妈悠闲自得地倚在沙发上看电视，爸爸嬉皮笑脸地靠了过去……虎虎听到爸爸的声音，立刻活跃兴奋起来，"主动"要求和爸爸一起玩儿。让宝宝先翻个身，然后再用小脚踢踢妈妈肚皮……妈妈大叫："宝宝踢我！"爸爸迅速转头，随即把温暖的大手伸了过来，惊喜："宝宝是在找爸爸！"爸爸！您懂我！虎虎与爸爸心有灵犀。

"乖孩子，爸爸就在旁边，你想和爸爸玩是吗？"爸爸搬来一把椅子，正襟危坐，对着很配合靠在沙发上的妈妈，然后轻轻拍拍妈咪肚子，温柔一声："宝宝，上课啦！"

"宝宝！爸爸语文不太好，背诗不是长项，爸爸教你数学怎么样啊？"爸爸用平静的语调，开始与虎虎对话。随着话题内容的展开，爸爸用手指在妈妈肚子上画圆圈，画了一个，又画一个，爸爸告诉宝宝，一个圆加一个圆是两个圆，这两个圆圆的红苹果，味道还有点酸甜。爸爸将具体的、立体感的形象，用三维要素导入胎教中，说得虎虎垂涎欲滴……咦——嘘！

最后，爸爸干脆把嘴贴在妈妈的腹部，与虎虎“聊”了起来。爸爸真的把宝宝当作一个真真切切就在眼前的孩子，叽里咕噜地说着我们父子俩的悄悄话……

看我干吗？看黑板！美国的优生学家认为：胎儿最喜欢听爸爸的声音，更需要爸爸的爱抚。胎宝宝出生后，再听到爸爸的呼唤，就会感到熟悉和亲切，在新环境不会感到紧张和不安，有利于婴幼儿心理上尽快适应，并可促进语言能力的发展。胎教需要有感情的父亲，以热忱的态度对待胎儿，这样，胎儿才能感受到父亲成熟、理智的教诲。

爸爸！虎虎只想告诉您，胎教给俺启动“高数”都不成问题，不用担心宝宝听不懂，其实，宝宝是可以，像南郭先生吹竽，不懂装懂的！噗……咔咔！

爸爸温柔的话语感染着宝宝，那份深深的爱意，宝宝是能感受得到的。爸爸！请您等待，有那么一天，虎虎迈着轻盈的脚步，带着小精灵般的可爱，投入您的怀里！

55.

一个用眼泪述说的孩子

2010 年 2 月 16 日 星期二 0℃ ~ 6℃

小雨 北风 3 ~ 4 级 孕 19 周 农历正月初三

春运,就是有工作的地方,没有家;有家的地方,没有工作。他乡容不下灵魂,故乡安放不了肉身,肉体和灵魂互相绞撕,便有了春运。最让人感到措手不及的是:常光顾的小店,紧闭的大门上,张贴着春节放假通知,而妈妈,还要上班,赶回小城……

妈妈不仅是虎虎的妈妈,还是一名人民的警察。警察职责是:维护国家安全,维护社会治安……春节期间,铁路警察肩上的担子,更是沉甸甸。初三,妈妈假期已到期,必须今天 8 点准时归队。

妈妈天不亮就起了床,带着虎虎,告别那弥漫着芳香的家。爸爸一声不响地低头帮我们整理着行李……背包满盈盈的,装满了爸爸的牵挂。

如此一个爸爸,与虎虎结缘一生,用他厚实的臂膀,护着一个家,撑起一片天;他张开爱的羽翼,呵护宝宝成长。因为爸爸希望,虎虎也应该有——巨人的肩。

车要开了，妈妈挥手告别，爸爸用一种极为亲切的目光，注视着妈妈。虎虎看到了，那双无语的凝眸，在诉说着无尽的留恋……原来，难过是这样啊，虎虎催眠自己，告诉自己，有重逢！然而，不争气的泪水，还是流了出来……宝宝多想轻轻地喊一声："爸爸……"

哪有岁月静好，是他们为我们负重前行，虎虎从心眼里感恩，今天，把所有的"赞"都给警察和军人！

相逢又告别，归帆又离岸。一声喇叭响，跌落在旷野……离开家，虎虎哭了！

研究者们，在研究吸烟与摄入可卡因对于胎儿影响的时候，通过记录与播放母亲肚子里发出的声音，意外地发现了，似乎有宝宝张嘴哭泣的现象，甚至看到了胎儿的下巴颤动的图像，是真的，胎儿会哭！

一场冬雨，在晨曦未现时降落，因为别离，虎虎忽略了今天的寒冷，只记得，冬雨拍打车窗的身影；只记得，冬雨模糊视野的无奈。没有心情去感受冬雨的轻盈和挥洒；没有在意，冬雨湿润空气和净化尘埃的清新。

姥爷开车雨中行驶，妈妈坐在副驾驶位，突然惊讶地听见，腹中的虎虎一强一弱地啼哭声，哭声有力，特别响亮，是大声抽泣的哭啼。

科学家发现：胎儿虽然尚未问世，却能通过晃动脑袋、手臂、身体以及踢脚动作，来表达自己的感情。胎儿也会动脑筋，出生前不久的胎儿，脑电图所显示的脑电波，与新生儿的脑电波是惊人地相似。因此，虎虎在感受到母亲情绪和身体的影响时，哭也就不稀奇。

途中，爸爸打来电话：“老婆！替我照顾好宝宝！照顾好自己！”

回味着爸爸那质朴的话，悲伤情绪快速消除。虽然父母两地分居，并从事着保家卫国的特殊职业，爸爸没有机会亲自照顾我们，但那朴实的橄榄绿情怀，那父爱，顺着无线电波，跑进了宝宝的心房，为我们母子诠释——男儿深情。爸爸抛出的那根亲情缆绳，无形中，牢牢地系在虎虎的心上。

虎虎没有华丽的词语来形容爸爸；没有动听的歌声来赞美爸爸；虎虎有的是：一个兵娃娃，对军人的真诚尊敬！

56.

心情大好一路蓝

2010 年 2 月 18 日 星期四 −1℃ ~ 8℃

阴 ~ 多云 无持续风向 微风 孕 20 周 农历正月初五

昨天，姥爷开车，载着妈妈、姥姥还有腹中的小外孙，一起来到母亲工作的地点——偏僻的依山城。大过年的，举家团圆，姥爷牵挂妈妈的冷暖，担心妈妈的安危，关注妈妈的孕育，在意妈妈的悲欢……所以，特向单位请假，与女儿相陪一段时间，过了元宵节再回河南。

早晨，姥姥醒来，突然想起中午要吃饺子，家里没醋了，让姥爷去买，姥爷也不敢吱声，穿好衣服就出门买去了……5点多，天还没亮啊……

姥爷在市委机关工作，上知天文地理，下知鸡毛蒜皮。姥爷真实、有胸怀、敢为、具风度、勇于冒险……爱运动，善交际……棒棒哒！

姥爷爱姥姥，更爱妈妈。每次路过菜市场，姥爷都会忽然牵住妈妈的手，一脸认真地说："我去买条鱼炖给你吃。""我去买只鸡炒给你吃。"或者，"我去买螃蟹，清蒸给你吃……"哈哈……大约在姥爷的脑海里，给妈妈吃各种好东西，就应该是最直接的“爱”！姥爷不仅体谅、博爱，还具备诙谐、幽默，非常好玩。

姥爷的父爱，没有史诗般的感人心魄处，也没有风卷大海的鲸波逆转。姥爷的父爱，深沉无语，洗去铅华雕饰，留下清新自然。是女儿心灵彷徨无依时最温暖的港湾。

2月，春风吻融了冻土，沉睡一冬的小草，在立春的节气苏醒，揉着惺忪的眼睛，悄悄地把头探出地面，用“野火烧不尽，春风吹又生”的顽强，默默地诠释生命力的坚韧与强大。

虎虎今天进入孕育20周，虎虎能够睁开眼睛，看到外界进入的光线，身长16厘米，体重250克，四肢已发育良好，头发也在迅速地生长。

虎虎在羊膜囊中撒尿，在13周到16周的时候达到了最高峰。而到这一周的时候，羊水中已经基本上都是尿液了。妈妈不但坐视不救，还落井下石地对虎虎：“干杯吧，宝宝！”

孕育虎虎的路程，妈妈已经走了一半，妈咪的腹部已经明显隆起。妈妈摸着肚子，一顿吧啦吧啦：“宝贝，等你出生了，长大点，妈妈就让你学习琴棋书画，培养你文艺气质，还要让你学习功夫，强身健体，惩恶扬善，还要……”姥爷赶紧打断：“别这样，会吓到宝宝的。”

妈妈抽出点时间，姥姥、姥爷陪着一起去了医院，家人很想知道，虎虎是女还是男。但是，大夫忽略……继续忽略，还一个劲地对着妈妈，呵呵……傻笑！

疑惑，飘走……电梯阿姨，盯着妈妈看了半天，肯定地告诉妈咪说：“你会有个女娃，怀孕了还这么漂亮，女孩打扮妈！”妈妈讪笑说：“哇哦！我的直觉居然错了？女孩？怎么这么捣蛋！”哎咿呀！虎虎让妈妈走的是——拧巴路线。

虎虎的感官飞快发育，现在宝宝看上去滑溜溜的，眼睛可以动了，虽然还是只能闭着眼。瞧，虎虎正闭目养神，“听声辨妈”呢！嘘！妈妈要小心点哟，不要打扰到虎虎的清修哦，宝宝在用自己的小耳朵，辨别外界的动静，时刻关注妈妈，带虎虎去哪儿玩，呀呀！

哦？原来妈妈下班了，在家休息看电视。虎虎听到温哥华冬奥会，短道速滑女子500米决赛，中国女运动员王濛，以43秒048夺冠，实现两连冠，创造了中国冬奥会历史。怒赞！宝宝的回应方式就是——活跃得变本加厉！踢腿、双腿交叉、后仰、屈体、伸腰、翻滚……嚯嚯！虎虎简直就是冬奥运动员，在腹中，远比你想象的要活跃很多，动作不但灵活，而且越发协调呢。

晚饭后，姥姥胎教音乐是《凤凰传奇》，虎虎随机跟着节拍“嗨”起来……姥爷则给大孙儿唱：“咱们工人有力量，嘿！有力量！……”虎虎不小心被击中笑点，在妈妈肚子里先来10分钟倒立，然后再加30个前滚翻……妈妈的肚子，明显地一抽一抽地，忒有节奏感。

虎虎的胎动越来越频繁，妈妈也经常不断地跟宝宝互动，讲故事、放舒缓的钢琴曲子给宝宝听……虎虎徜徉在满满爱意的亲情里；徜徉在书与音乐的海洋里。

57.

把你留在左心房（转载爸爸日记）

2010 年 2 月 24 日 星期三 3℃ ~ 8℃

阴 ~ 阵雨 无持续风向 ~ 北风 3 ~ 4 级 孕 21 周 农历正月十一

爸爸下了班，把礼物塞进挎包，第一时间冲下楼，军车火速载着爸爸，朝妈妈工作方位挺进。爸爸此刻满脑袋电影，画面出现妈妈严厉批评爸爸的样子："你这个老公是怎么当的？还想不想干啊？"哈哈！今天是妈妈 25 岁生日，怀着宝宝好辛苦，无论刮风还是下雨，爸爸都不能怠慢了妈咪！

宝宝的听觉功能，已经完全建立，妈妈的说话声，完全可以传递给虎虎，胸腔的轻微振动，都会惊吓到宝宝。所以，爸爸特别担心妈妈生气，希望能给咱宝宝一个良好的刺激印记，所以俺来啦！

这个阶段，妈妈的胃口相当好，在家里，成了众星捧月的对象，备受关怀和照顾。妈妈体重增加了 5 公斤，已经分不出，哪里是腰，哪里是肚子。这一时期，周围很多熟悉的人对妈妈说："哎呀，漪涵胖了不少了耶！"妈妈会装腔作势一下："还不都是被宝宝害的！"然后抚摸着肚皮乐呵呵，满脸都是做妈妈的自豪，胖并快乐着！

生日宴后，去购物。妈妈以前的内裤、内衣、外套、裤子、鞋子统统穿不下了，爸爸:“老板！背带裤、孕妇裙、托腹裤……还有，凡是孕妇穿的、用的，统统一样来两件！”妈妈来了一个疯狂大“败家”！老爸付完钱，我的眼前一黑啊……

啥是两口子？就是可以像朋友一样开玩笑，可以像孩子一样玩游戏。两口子，一起生活，从年轻到古稀。两口子，不离不弃，从艰难到富裕。

爸爸陪着妈妈散散步，路上，妈妈要求老爸给宝宝唱歌曲，特别强调：“严禁跑调！”爸爸一曲唱完……沉默中……沉默中……妈妈忍不住，问：“怎么不唱了？”爸爸担心，唱歌会引起你们母子不适，很无奈地回了句：“正在缓冲……嗯，正在缓冲……”妈妈无比豪迈地摆摆手：“嗐！你唱这歌，跑曲、跑调、跑感觉……建议别唱啦！”爸爸轻装上阵：“好啊！好啊！咱们回去‘打地鼠’吧！”

虎虎家“打地鼠”由来：一天，妈妈在和宝宝互动，哪里突出，妈妈就拍拍哪里，被老爸窥到，来了句：“你们在玩打地鼠啊！”

呵呵！脑壳疼！虎虎就是那饭桌上的抹布——尝尽了酸甜苦辣。安静点，那哥们儿正在忧郁中。

宝宝已经21周了，小乳牙已经开始在腭骨内形成，体重不断增加，达到了298克，身长17厘米。身上覆盖了一层白色的、滑腻的胎脂，宝宝现在，非常非常爱动。但虎虎已经有了固定的活动和睡眠周期。令人愁的是，冯家宝宝的活跃期，是在晚上。任性！顽皮！【好气哦】

半夜，妈妈把老爸推醒，喃喃道：“你家宝宝要喝水，叫我帮他转告一下……”喝毕，转身在被窝里放了个屁，老爸：“亲爱的！说好的响屁不臭呢？”妈妈扑哧一笑：“找你宝宝去，他说放就放了，我拦都拦不住啊！”宝宝啊！你记住，妈妈是怎样百般蹂躏你老爸的！【快哭了】

2月21日，“犀利哥”，源自蜂鸟网上传的一组照片和视频，而迅速走红。虎虎也学会“自恋”啦！经常抚摸自己的小脸蛋，照镜子似的自言自语：“哪里来的这么漂亮的宝宝啊！”还顺便吸吮手指卖个萌！宝宝是想让爸爸瞧瞧，我家的宝宝长得有多帅、有多萌，算不算一个“犀利弟”！呀嘿嘿！还温馨提醒老爸，宝宝最近很忙，别老出现在虎虎的梦里！哈哈……

妈妈肚子越来越大，行动变得缓慢而笨重。最后，老爸叮咛：老婆，切记！退一步海阔天空，慢一步宝宝平安。

58.

手里没王就不放单

2010年3月6日 星期六 3℃~9℃

阴 无持续风向 微风 惊蛰 孕22周 农历正月廿一

"到了惊蛰,春天总算坐稳了它的江山。"今天,惊蛰节气,以一个惊天动地的壮举,把冬天残余的气息,涤荡得干干净净,她转身打开了春天的栅栏,让所有的生命都意气风发。总觉得,关于二十四节气的命名,惊蛰一词是最具气势的,它凝聚着"力拔山兮气盖世"的力量。

虎虎孕育22周,体重已有350克,身长19厘米。宝宝现在有汗腺了耶,眉毛和眼睑清晰可辨;很频繁地在羊水里改变着姿势。【调皮】

妈妈闲下来的时候,必定选择一些有趣的儿童名著,绘声绘色地反复朗读;还精心挑选一些胎教音乐,经常播放给宝宝听……妈妈打开多次听到的音乐,虎虎就有回响,挥挥拳,踢踢脚,手舞足蹈的……熟悉的音乐,给宝宝带来安全感嘛。

随着子宫的增大,妈妈身体的重心发生了变化,突出的腹部使重心前移,为了保持平衡,妈咪不得不挺起肚子走路。妈妈肚脐被顶出来了,体重一周长一斤,妈妈,已经是一个

孕味十足的准妈妈啦。【大拇指】

大学毕业后的妈妈，穿上了藏青色的警服，在庄严的警徽下，许下铁骨铮铮誓言：从警一日，保人民安宁一天！

当饮尽冬的酷寒、夏的炙热，才在不经意间体会到了，警察的无奈和心酸。警察的生活里，没有悠闲；警察的爱情中，没有花前月下。选择了警服，就意味着选择了责任；选择了警察，就意味着选择了奉献。春运，历来是国人心中的痛，警察妈妈，身怀六甲，一直战斗在第一线。

妈妈说，昨天她很担心，因为维护杂乱的旅客秩序，突然感到腹部剧痛……姥姥立刻带妈妈去医院，医生建议：减少平日的活动量，避免过度劳累，或体力上的负荷。因此，孕妇在妊娠期的活动量是否适中，可是大事一件！春运已近尾声，今天，领导批准妈妈回去休养两天。

现在，虎虎很聪明地分辨出来自外界和妈妈身体内部的不同声音。感谢领导体贴——敬礼！

这个阶段的宝宝，四肢已经发育较好，而个头并不很大，妈妈的子宫里，不会觉得狭窄，对宝宝来说就像大海，可以自由自在。所以，四肢可以自由伸展，经常性地一顿“手划脚踢”。【又淘气了】

食物中的钙元素，不能全部被妈妈吸收，为了保证宝宝能够健康成长，妈咪需要吃优质的钙剂，从中补充钙元素。妈妈从孕 14 周开始，就在合适的时候，给自己进行补钙了，这样能够保持钙元素的数值维持在正常范围。

是夜，爸爸急切地想给虎虎说话：“宝宝，你好！我是好人！我是你老爸！离开这段日子，千万不能把爹地给忘记喽啊！”突然，爸爸压低声音说：“宝宝，你摸摸你两腿中间，摸到了吗？你是小男生吗？是，你就动一下。”妈妈瞬间凌乱，笑喷！高潮是，虎虎还很配合地动了一下……妈妈惊呼：“你们这是父唱子随吗？”

爸爸高兴惨了！温柔地继续对话：“宝宝，想不想吃冰激凌啊？想的话就踢一下，没动静……”爸爸挑衅地：“宝宝，要不抽根烟吧！”猛然，爸爸、妈妈看到，肚子里的虎虎狠狠地踢了一脚……哦哈咿耶！生活就像便便，虎虎如屎壳郎一般，颓废地沉醉。【吐舌】

惊蛰，最高真谛有两种大修行。其中一种是，时机不到，学会蛰伏。人为什么需要蛰伏？一为保存自己，二为等待时机。这是一个将出世入世合一的节气。像虎虎这种人，除了蛰伏，也没其他办法。【媚眼横飞】

59.

哥，良好的气质

2010年3月13日 星期六 4℃~15℃

多云 无持续风向 微风 孕23周 农历正月廿八

温和的阳光，泻了满城的春色，杨柳依依，桃花灼灼。陌上，油菜花绽开了娇小的容颜，和着春风的节拍，翩翩起舞，仿若诉说春的晴暖。

昨天妈妈开车回武汉，今天上午做第四次产检。爸爸打开车门："漪涵，你先上车吧，副驾驶都收拾干净了，我去打杯热水去。"妈妈一看真干净，美滋滋地光着脚丫子就上车了……于是，人到了医院，鞋留在了车库……【憋住不笑】傻和怀孕，真的没啥关系，憋不住了，还是笑吧，嚯嚯嚯嚯哈哈哈……

孕育23周的虎虎，看起来已经很像一个微型宝宝了，身长20厘米，体重450克。视网膜已形成，具备了微弱的视觉。虎虎身材越来越匀称，越来越火辣了，虽说现在看上去皮肤是皱巴巴的，放心，以后长脂肪了会撑起来的。胎动次数有所增加，并更加明显。

妈妈，体重在稳定增加，每周增重半斤，成了一个彻头彻尾的“大肚婆”，嚯嚯嚯嚯哈哈哈！

检查宝宝的心跳，是孕期一项很重要的检查，妈妈特意在宝宝闹腾最欢实的时候来检查胎心。可是，电子屏幕上，胎儿心跳情况不正常。

啊啊啊……嗷嗷嗷……虎虎掩口大笑，这时候的恶作剧，故意“矜持”起来了，就是不配合，不想遂你意。

妈妈略有歉意：“本来在家的时候，还是很闹腾的啊，一路上，也一刻没消停呢，怎么，怎么就是进了这个产检室，忽然，忽然就安静下来了呢……”妈妈很尴尬。

而后，妈妈拍拍腹内宝宝，鼓舞性一句话：“乖，宝宝！动起来，和妈妈一起做游戏咯！”这一下，激发了虎虎动力，瞬间，原地满血复活，先金鸡独立，后大鹏展翅。虎虎暗自发力，一阵流星拳打了上来……实力开挂，完全不知疲倦。再踢一个漂亮的无影脚，让家人看看，宝宝的大长腿！

妈妈听到了！听到了十分有力的宝宝心跳的声音。妈妈说：“宝宝的心跳声，是那种像火车‘哐哧哐哧’的声音。”

爸爸听到了！听到了十分有力的宝宝心跳的声音。爸爸说：“宝宝的心跳，‘踢踏踢踏’像马蹄声。”

姥姥听到了！听到了十分有力的宝宝心跳的声音。姥姥说：“宝宝的心跳像敲鼓一样，咚咚咚……”

哈哈……各种声音，医生汇成一种声音：“发育成形，拳头大小，翻身打滚，表现良好！哎哟！宝宝打嗝呢，是不是吃撑了？哈哈……”

宝宝发育飞快，妈妈胃口变得极好。这是因为虎虎也在吃，所以才能发育得好。就虎虎这臭脾气，大吃大喝，狼吞虎咽，不打嗝才是没天理！嘻嘻……

产检出来，妈妈到妇产科住院部体验一下。一个男人，在妇产科病房楼道里踱来踱去，看上去已经好久了。只见，手术门缓缓打开，一个护士满脸笑容地走到他跟前："先生，你太太生了，一个女孩。"那男人高兴得快要飞了起来："太好了！"护士惊讶："您喜欢女孩？"那男人："是的！这样，她将来就不必像我刚才这样，等在门外遭这份罪！"

言者无意，听者有心，这句话正触着虎虎的"隐痛"，要想保持平静，是不可能了。宝宝急吼吼地想知道，到底自己是男，还是女？姥姥、妈妈又特别讲究，买什么样颜色的衣服，打扮宝宝？是的，到了该给宝宝绸缪卧室和衣物、取名字的时候了。一家人急切地想知道，于是又约了一次彩超想碰碰运气。

60.

哥的霸气收不住

2010年3月13日 星期六 4℃~15℃

多云 无持续风向 微风 孕23周 农历正月廿八

家人该怎样套路医生呢？是问衣服该准备粉色，还是蓝色吗？还是干脆直接问，是X还是Y呢？嘻！肯定虎虎想多了，医生只会告诉你，男女都一样！

下午，一家人一同进四维彩超室。做彩超的时候，都能很清楚地看到胎儿的样貌。

为了减少彩超时不必要的干扰，让图像更清晰，医生给妈妈皮肤上涂了适量的耦合剂。屋内静悄悄，彩超诊断探头在妈妈下腹部位，划拉过来……划拉过去……搞得虎虎很不是滋味。别怪宝宝不配合哦，做鬼脸、耍性子、捂着小脸，不让医生瞧，还使出浑身解数踢仪器，捣乱！然后，给医生一个后背，自己体会！【一个挑事的微笑】

家人盼着四维彩超，希望能看到自家宝宝的样子。这可是一家人的第一次“见面”，是很有意义的哟。惊不惊喜？意不意外？虎虎根本就不领情，看到的只是宝宝的小屁屁。没办法，医生为了照到宝宝的正面照，只能让妈妈到走廊溜达溜达，等宝宝翻了身再做检查。

溜达一圈，再溜达一圈……妈妈重新躺下，屏幕上还是撅着一个“臭屁屁”。您看那屁屁，无比庄重、大气、有福相。不仅时尚，造型简洁，还非常严肃，不苟言笑；稍加扭动，便是风情万种……哦哈咿呀哦！【耍贱卖萌】

医生摘下口罩，晶亮的眸子缓慢游移……“你们的孩子很健康！至于性别，暂时留个悬念吧”。

妈妈穿好衣服，笑嘻嘻地走到医生跟前，委婉地问道：“大夫！我们现在，需要准备宝宝出生后的衣物，您看我是买蓝色衣服好呢，还是买粉色衣服好呢？”医生嘎嘎乐道：“都可以啊，兵娃娃嘛，买绿色的也行啊！哈哈哈……”医生！您是要闹哪样啊？“要不！买纯纯的颜色吧，挺可爱的！”

走廊上，妈妈整理检查资料，挨妈妈一起的有位奶奶，看到四维彩超单子，问妈妈：“查这么贵的一个 B 超干吗？”妈妈说：“贵也要查啊，宝宝有任何缺陷都能看得到的……”奶奶震惊地说：“这么发达？缺心眼也能查出来吗？”但是……奶奶转过头，那么认真地看着妈妈，是什么意思？真实，应该有泪点。

走出医院，一家人挤在墙角叽叽咕咕，分析医生那句“纯纯颜色”的含义。爸爸说：“难道医生暗示我们，怀的是个女孩？”妈妈小声说：“不可能啊，我怎么觉得宝宝那么调皮，像是男孩呢？”姥姥说话很有权威性：“我不信神、不信鬼，就相信科学！‘女美娘，男丑母’，宝儿，你怀的，的确应该是个丫头！姥姥就是喜欢小妞妞，就女孩吧！”

这个时候的虎虎，声带开始发挥功用，各种反射机能也逐渐形成，清醒的时间越来越长，特别喜欢听来自外界谈话的声音。晕死！姥姥您这是在选玩具哪？虎虎虚伪地“嚯嚯！”两声。

社会上传播甚广，说胎儿性别，可以让准妈妈的容貌发生不同变化，有“女美娘，男丑母”之说，怀孕后的妈妈，的确皮肤更加柔嫩、光鲜、靓丽。

宝宝也有自己的看法：生姑娘有什么不好？就算用点卫生巾，也能救活一批卫生巾厂呢！嘻嘻……话说过来，虎虎可不是什么时候都是女生的，有时候，很有可能还是男生！咿呀呀……哈哈……虎虎此刻，只想做一只慵懒的小猫，偶尔挠挠耳朵，眯着眼睛，噘起嘴。

人生最大的乐趣在于：宝宝没有正式出生前，是什么性别的“孩”都有可能。

回去的路上，虎虎在妈妈的肚子里翻腾，用小胳膊肘、小脚丫顶妈咪的肚皮……此时，妈妈轻轻敲打鼓起的位置，虎虎懂事地立即缩回去……虎虎想：刚刚做彩超时，宝宝捣蛋得有些过了头，妈妈是不是在生宝宝的气？还是在逗宝宝？过了会儿，虎虎再悄悄来试探，这个小游戏，让虎虎很感兴趣，哈哈……

3月的风，柔柔拂面，和煦爽心。3月的天空，不离不弃，若即若离，让人亲近。3月的阳光，温和不燥，使人透心地舒坦。

61.

虎虎！虎虎！我是贝儿

2010 年 3 月 13 日 星期六 4℃ ~ 15℃

多云 无持续风向 微风 孕 23 周 农历正月廿八

夜幕降临，不知是有人搅动了江城，撒落了满天星斗；还是地上的江水，升到了天上，变成了繁星争辉的银河？妈妈脚下，仿佛踩着一朵快乐的云，一首接着一首地唱着歌曲，歌名分别是：我是谁、忘了我是谁、你是谁、忘了你是谁……

哎妈妈呀！虎虎听了大笑，一则以喜，一则以惧。拍拍脑门问自己：我是谁？宝宝？不对！你以为就虎虎傻啊！我懂，这是对婴幼儿的统称，宝宝，是倚赖父母，永远长不大的孩子。虎虎有感情洁癖，不能独有的，不要！

唉！虎虎已很久很久，没给自个儿一点时间，安静地思考问题啦。总是觉得好忙好忙，是真的好忙吗，还是为置身事外、等闲视之找托词？

而今，虎虎盘腿依着脐带坐在那儿，左手撑着下巴，右手放在嘴里，紧锁的双眉难以分离。【操碎心】妈妈，给您的“女儿”起个悦耳的乳名吧！经常呼唤，能引起条件反射，咱们母女“对话”更为便利。虎虎运筹帷幄之中，向家人发起倡议。

虚位以待，仰观俯察。虎虎有视觉，真的不骗您！而且，这一时期是非常活跃的！

起乳名，现实中，绝大多数年轻的父母，都是等宝宝出生以后，根据宝宝性别的不同，给宝宝起名字。其实，从有益于宝宝智力发育的角度讲，当胎儿长到五六个月的时候，就可以取一个乳名先叫着。这是因为，发育到五六个月的胎儿，听觉器官的发育已基本成熟，并与神经系统反射建立了联系，这时给宝宝起个乳名，并经常呼唤，有益于胎教。

当爸爸、妈妈每次搭话的时候，先叫一下宝宝的乳名，就会比较容易建立与双方之间的信息交流。以后宝宝在听到呼唤自己乳名时，也会表现得非常熟悉，且会产生一种特殊的安全感。妈妈的心跳、呼吸、胃内振水声及说话、唱歌、播放音乐声，都逃不脱胎儿的耳朵，更何况是呼唤宝宝的名字呢。

上午，姥姥的手指不小心被小刀划了一道浅浅的血痕，妈妈为姥姥包了创可贴。这会儿，最令虎虎担心的事情还是发生了。刚刚，姥姥买回了一大盒创可贴……看来，姥姥的伤势，要比宝宝想象的严重得多！请允许虎虎做一个悲伤的表情。

姥姥收好创可贴，默默地、喜洋洋地坐到妈妈身旁，朝我们母女莞尔一笑，拉起妈妈手道："猫耳朵，我的姑娘昵称叫'宝儿'，你的姑娘昵称叫'贝儿'如何呢？'贝儿'是我们家的独二代，按国家生育政策，你们夫妇还可以再生二胎，二孩无论是男还是女，起名'蛋儿'，我们家也就有了‘三宝’咧！‘宝、贝、蛋’！哈哈……”

姥姥顾盼自得，沾沾自喜。话音刚落，立刻得到全家人的附和接应。“这名字起得好！这名字起得妙！”从此，妈妈肚子里的宝宝，乳名就正式命名为“贝儿”啦！高兴时，您还可以把“贝儿”演变成“小贝儿”。嘿嘿！好灵活洒脱哦！

家家！虎虎不是奉承您，贝儿向天保证！宝宝是说实话来的！家家！您是哪来的灵感喔？把骨肉相连母女的名字，巧妙地联系在了一起。顺水推舟，大孙就赖上您呢，虎虎的学名，非您莫属！舍您谁取？

虎虎用耳朵，记住了姥姥的声音；用眼睛，记住了姥姥的点点滴滴；用心，记住了姥姥的一切。家家！宝宝爱您，晚安！

62.

疯狂在这个春季

2010 年 3 月 14 日 星期日 9℃～16℃

多云～小雨 无持续风向 微风 孕 23 周 农历正月廿九

起个早，点击崭新的日历，翻开新的日记，收拾一下心情，给自己一个希望。

今天一大早，爸爸拿出听诊器，趴妈妈肚子上听胎心音。想准确地听到胎心音，就让妈妈摸摸虎虎在肚子的哪个位置。爸爸哪里知道啊，虎虎缩在安静的角落，在学习……妈妈摸了一圈没摸到，给爸爸爆语："贝儿没在家，出去了……出去了……"

丑话说前头哈，要是你们再影响虎虎学习，宝宝就和你们一起玩！来来，敲黑板，画重点！

孕期，如果准妈妈常常设想宝宝的美好形象，即使是相貌平平的父母，也能生出非常漂亮的宝宝，这叫"联想胎教"。用想象来塑造理想中的宝宝，无论是性格还是模样。母亲通过意念，转化渗透于胎儿的身心感受中，通过自己与胎儿在心理和生理上的相通，将这种信息传递给了胎儿，从而影响着胎儿的发育成长。

有人说，人，这一辈子，一定要有个女儿，不然你的人生不完整。爸爸、妈妈，憧憬！憧憬有个女儿的样，宝宝模样的“哥德巴赫猜想”。

妈妈：“如果我有一个女儿，我会把她装扮成芭比娃娃，今天泡泡裙、明天碎花连衣裙；我会给她留着长发，还有齐刘海儿，用彩色的丝带，给她系各种各样的花蝴蝶；我会给她穿牛仔小短裤、小短裙，乳白色的长筒袜，黑色精美小皮靴……”

爸爸：“如果我有一个女儿，我会把她捧在掌心，扛在肩上；我会让她开心地唱歌、跳舞、画画；我会容忍她在我的面前任意撒娇；休闲时，我会带她去赏月、爬树、游泳、蹦迪、看花、拔草……”

妈妈：“如果我有一个女儿，我会带她去报名形体舞蹈班；我会亲手教她琴棋书画，从小陶冶她的书香气质，让她的言谈举止温文尔雅。”

爸爸：“如果我有一个女儿，我会在她长大的每一天都陪着她，扮演她的同学、老师、玩伴、道具……我最愿意做她的保护神，让她的每个梦都是甜甜的。”

妈妈：“春天，我带她到户外，和气喘吁吁的小燕子一起，为春天的光彩增添生机。”

爸爸：“夏天，我会在雨天带她去踩水，玩泥巴。”

妈妈：“秋天，我带她走在满是落叶的石板上，听着脚下沙沙响。”

爸爸：“冬天，我把她裹成一个小豆包，和她打雪仗，在飘雪的户外嬉戏玩耍！”

妈妈：女儿会给妈妈买护肤品，当她看到妈妈眼角的皱纹时；女儿会给妈妈买包包，当她看见妈妈出门两手空空时；女儿会给爸妈买各种保健品，当她看见爸妈身体虚弱时；总之，当女儿买任何东西的时候，都会想到家里的爸妈，是否也需要？

然后，然后……父母对视了一下，“然后她长大，嫁人啦！而我们，却哭成了泪人儿……”妈妈这几句话节奏紧凑，音阶很高，好像铁锅上炒蚕豆，都是一个一个蹦出来的。

爸爸：在光棍过剩的时代，女孩子即使条件差，也不愁嫁。都说“嫁出去的女儿，泼出去的水”，可这水，再怎么样都会一直围绕在父母身边流淌……

妈妈在构想宝宝形象的时候，处于一种美好的意境中，情绪是极好的，把这种美好的情绪和体验传递给虎虎，使虎虎也感受到了美。从而促使体内具有美容作用的激素增多，这些激素利于胎儿面部器官的结构组合和皮肤发育，从而塑造出孕妈妈理想中的宝贝儿。

半小时前，姥姥问：“猫胡子，咱家那把美工刀在哪？我要用，就是你上次把手割破的那把。”妈妈答：“电视柜抽屉里。”

刚刚，妈妈问：“姆妈，那把美工刀找到了吗？”姥姥答：“找到了……那什么，宝儿，你赶紧给我找个邦迪！”虎虎：妈妈，赶紧拿邦迪去啊，再不去，伤口愈合啦！

都不用亲子鉴定，这一定是亲生母女。哦啦啦，上阵父子兵！妈妈给姥姥贴好邦迪，爸爸开车，送我们回依山城。3 月的小雨，3 月的微风，从虎虎的脸上，轻轻地走过。

63.

闭眼呼吸，阳光素描出微笑

2010 年 3 月 20 日 星期六 5℃～13℃

多云～晴 无持续风向 微风 孕 24 周 农历二月初五

春分时节，人们开始踏青。春风十里，莫负春光莫负卿。老爸！准备好，一起去旅行吧！这是妈咪最适宜出游的时机。

出行前，妈妈征求医生的意见，根据大夫的检查结果及建议，合理地安排了行程。妈咪选择真正轻松、休闲的旅游线为主，武汉周边自驾游，游遍所有适合的景区！昨晚，爸爸开车来依山城，说好的，今天自驾游，郊外采摘草莓。

早晨，妈妈站在床边喊爸爸起床，老爸有一下没一下地，撩着妈妈的睡衣，硬是不起。妈咪一怒之下，撩起睡衣，扯着嗓子喊："想看女儿，我就让你看个够！"谁知老爸一副沙哑晨腔，直接来一句："我跟宝宝捉迷藏，不行啊？"好吧，您赢了，捉迷藏……亏老爸想得出！

每天的早餐，竟然让虎虎看得津津有味。没有华丽的摆盘、文艺范儿的滤镜，但菜式多样，营养均衡。姥姥双手间升腾起的，是最真实的人间烟火气。

妈妈经常会感觉到饿，姥姥说，因为不止妈妈一个人在消耗能量，还有虎虎！有时候，虎虎在晚上闹腾得厉害，那是因为宝宝饿了，想用这种方式，来提醒妈妈该吃东西了。在宝宝补充到足够的能量后，就会安安静静地去休息。摘草莓，姥姥在后备厢里，塞了好多小点心之类的零食，随时保证妈妈不会饿肚子。

路上，细心的妈妈注意到，刚上车，虎虎闹腾的时候，有事忙，没有在意，然后宝宝就一直睡，格外地安静。妈妈担心："贝儿是不是饿过头了啊，我得赶快补充营养，别让宝宝营养流失。"姥姥的小点心，派上了用场。【大拇指】

现在虎虎有睡眠和觉醒周期，醒着时，胎动就多，胎动的幅度也大。睡觉时，就显得很安静，即便有胎动，妈妈也感觉不到啊。

"莫道行人早，更有早行人。"听，小鸟迎着清晨第一缕阳光，呼吸着新鲜芳香的空气，在树杈枝头有的欢呼雀跃，有的追逐打闹，有的梳理羽毛……真是热闹。

虎虎被吵醒了，用小手戳妈妈肚皮，妈妈立刻捂着肚子笑："贝儿，睡醒了啊，不是饿的吧？来，和妈妈做游戏。"虎虎给妈妈挠痒痒，逗妈妈开心……妈妈一脸笑容，宠溺地拍了一下腹部，温柔地说："我亲爱的女儿，真是妈妈的贴身小棉袄，虽调皮，但懂事，从小便如此！"虎虎，360° 无死角地——好开心哦！

虎虎感觉时间过得飞快，一眨眼的工夫，孕期已经过去一多半了。24 周时的虎虎，体重已有 500 克，身长 25 厘米，开始充满妈妈的整个子宫，虎虎的领地在不断扩大。身体的比例也慢慢匀称起来，肺部也正在努力发育。肺，是发育最晚的一个器官了，有点拖后腿呢，嘻嘻！

车上，虎虎除了听舒缓宁静的乐曲之外，还很喜欢妈妈亲自哼歌给宝宝听。爸爸关了音乐，妈妈用柔和的声调哼唱轻松的歌曲，虎虎在静静地听，从而达到母子心灵相通，爱子心音的谐振，这称为“哼歌谐振法”。

妈妈有意识地播下艺术的种子，让虎虎从宜人的歌声中，接收爱的信息，感受到妈咪轻松欢愉的心情。妈妈居然还说唱结合，用童话般的语言，把看到的春天景象，描述给虎宝宝听。虎虎边听，边联想小燕子飞舞的情景……

车子开出城区，不远处，成群的鸭儿，在小溪里嬉戏，几只大公鸡满山跑。岸边，牛儿正懒洋洋地摇着尾巴吃着草，休闲的钓鱼人，手拿鱼竿，不知是在钓鱼，还是在欣赏风景的美丽……

刚到田边，一阵草莓的清香扑鼻而来，真是使人垂涎欲滴。哇！这一望无际的田地……妈妈马上伸手去摘，一颗两颗……瞧！草莓小的像鸡心，大的像桃子，上面有一粒粒棕色的“芝麻”点嵌着，下面还有几瓣嫩绿的小叶子托着，多像一盏盏红彤彤的小灯笼！

草莓园里的妈妈高兴地反复大声唱着：“我在马路边捡到一分钱……捡到一分钱……捡到一分钱……”人的开心理由多了去，关怀孕什么事！

如果说惊蛰吹响了万物生长的号角，那么春分则带着融融的和风暖阳滋润着回春的大地。南园春半踏青时，风和闻马嘶。青梅如豆柳如眉，日长蝴蝶飞。惠风和畅，蝶飞燕舞，荡罢秋千梦周公，好不惬意。

64.

多可笑的可笑

2010 年 3 月 28 日 星期日 10℃ ~ 25℃

晴 ~ 多云 无持续风向 微风 孕 25 周 农历二月十三

一位老农，沐浴着明媚的春光，嘴里衔着烟卷，以牛为伴，在田埂上踱来踱去，时不时地蹲下来，轻轻地抚摸着嫩绿的油菜……脸上挂着不经意的微笑，嘴里叨叨着听不大清的话语。

你看，树儿发芽了，叶儿吐绿了，小草偷偷地钻出地面，慌慌忙忙地伸叶爬蔓，不多时就覆盖了田埂……虎虎和爸爸、妈妈踏青。离城虽近，却离喧嚣很远，春天的乡村，很美！

妈妈一边观赏乡间野趣，一边沿着山间小路采摘野菜……一派闲适情致。虎虎像睡着了，静静地沉沦在宁静的梦里……

记录一下孕 25 周的虎虎，体重稳定增加，已有 570 克了，身长 28 厘米。在妈妈的肚子里，宝宝已经占据了相当多的空间，开始充满整个子宫。虎虎的味蕾正在形成，你知道吗？宝宝也有偏好甜食的特点呢。【卖萌】

在偏僻的小路，妈妈和爸爸的一段对话，吵醒了虎虎，嗅到泥土的气息。妈妈四下瞅瞅，喊："老公！你在哪啊？"爸爸很土豪地鄙视了妈妈一下，回话："就在马路对面啊！"

妈妈一脸惊悚地问："老公！那你过来接我好不好？"爸爸轻描淡写地："你自己过马路吧，这里路上没车没人。"妈妈撒娇外加装委屈："老公！那你就不怕人贩子把你老婆、孩子拐跑啊？"爸爸一脸坏笑："你连走偏僻小路，都要人搀扶，人贩子会看上你？"

哦嘞嘞！有一种幸福叫作——我已经怀了宝宝。

晚，留宿农家，这个时间，正是妈妈每天给虎虎听音乐的时段。而今，妈妈却在跟农家大嫂兴致勃勃唠家常……没有听到音乐的虎虎，小嘴朝天噘，翻江倒海瞎闹腾……妈咪只好赶快一边轻柔抚摸腹部，一边柔声细语："贝儿，妈咪在农家，不能陪宝宝一起听音乐，等明天咱们回了家，就给你听啊，还把今天的补回来。乖，听话！"哦！我们内部讨论一下……算了！虎虎不计较！于是，和风细雨温文尔雅……

爸爸在一旁终于忍不住了，过来摸着妈妈的肚子说："贝儿呀，快领着你娘睡觉去吧！"然后小颤音："可怜的宝宝啊，又在你妈那里受委屈了！"直接就把农妇笑歪了！

虎虎来这里后第一次睁开眼睛，打量着这个极其标准的农舍……爸爸找来手电筒，光线在妈妈肚皮上移动（这是光照胎教，给予胎儿一定的光照刺激，以促进胎儿视网膜光感细胞的功能发育）。呵呵，虎虎"怕羞"了，用自己的小手挡住光线，左扭扭，右扭扭，指头缝里再瞅瞅，咯咯……躲避光照，玩得真带劲。

爸爸："这周，贝儿的视力系统发育，应该已经相对成熟了，借助光线贝儿就能看得见了呢。"妈妈美滋滋地腆着肚子，手指肚脐给爸爸看："不知贝儿能看见这个窗口吗？宝宝可以在这里打饭吃，我们的孩子肯定最爱吃面。你看老公，这里吃面最合适，递进去一根，宝宝在里面一吸溜，就进去了……"妈妈一席话，顿时虎虎五官大震啊，宝宝还就吼了，您能把我咋样？【别扭】

虎虎的鼻孔已经张开，妈妈从肚脐眼喂面条，不怕戳进宝宝鼻孔里啊！【翻白眼】虎虎口腔和嘴唇的神经，也越来越敏感，宝宝不吃面，只喝无味羊水，因为，现在宝宝不能吃盐！咋就不懂！【又翻了一个大白眼】

遥望炊烟，一丝纠结，跟着炊烟在空中舞动，一切计较，都在炊烟的扩散下，逃得无影无踪。夜色渐暗，心缓缓平静，不知不觉，虎虎已经入梦。

2010 年 3 月 29 日 星期一 11℃～26℃

晴～多云 无持续风向 微风 孕 25 周 农历二月十四

今天，柔软的晨光洒落，小村庄懒洋洋地睁开双眼。老爸前厅跑到后厅，欣喜若狂，奔走相告："宝宝踢我了！宝宝踢我了！哈哈……"虎虎疑惑，飘走……

原来，昨晚山里有点冷，爸爸、妈妈相互依偎，爱的方程式永不落幕，虎虎在妈咪肚子里欢蹦乱跳，不小心踢到老爸肚子，看爸爸那神气劲，感觉仿佛虎虎在他的肚子里。

爸爸！也许似乎大概是，然而未必不见得。虎虎高分贝地，唔哈哈哈哈……

65.
太多的忘不了

2010年4月5日 星期一 12℃~23℃

多云 无持续风向 微风 清明 孕26周 农历二月廿一

年年清明春草生，岁岁哀思已故人，如何忘记你身影，如同忘记我名姓。从来不需要想起，永远都不会忘记，万物皆洁齐而清明，不随岁月减一分。举国同悲日，全民奋进时。

生者寻根，姥姥给天堂的亲人，送上美丽的鲜花，留下祝福。有人烟处，必有血脉传承。难怪有人说，清明节，就是中国的感恩节。这种难得的经历，让虎虎慢慢知晓了血脉的延续，懂得了生命一代代传承的使命，体味了责任、礼义和感恩。

我是谁，从哪来，到哪去？这是哲学的三大终极之问。虎虎来自父母，父母来自祖父母，祖祖辈辈，总会有根，总归有源。开枝散叶。枝再繁，叶再茂，扎向大地的根，只有一处。这就是融入血脉中的眷念，是虎虎的来处。

孕育26周，虎虎的体重800克，身长32厘米，坐高22厘米，妈妈能够清楚地触摸到宝宝的肢体。皮下脂肪开始出现，开始有了呼吸动作。虎虎的听觉器官在本周发育成熟，基本上跟出生时候一模一样了。听力系统完全形成，对声音越来越感兴趣，越来越好奇，每每随着播放的胎教音乐声，在妈妈腹内翩翩起舞。

早上，妈妈想吃棒棒糖了，只是怎么也想不起来叫什么名字。拍拍身边的爸爸："快帮我想一下，那个棒棒糖叫珠穆朗玛，还是喜马拉雅来着？"老爸弱弱地说："你说的是阿尔卑斯吧？家里没拆包装的有二斤。"爸爸从食品柜里取出棒棒糖，剥开填进妈妈嘴里。

然后把耳朵贴在妈妈的腹部，听虎虎的心跳声，跟宝宝说说话，满足虎虎的好奇心理，帮助宝宝的耳朵发育。【吧唧】"贝儿，贝儿，你是爸爸妈妈的棒棒糖，天天尝到甜甜的滋味。一点点融化成美丽，悄悄流入心脾，缓缓体会，幸福是如此容易。"【惬意得很哪】

我国传统的清明节，国家规定放假三天祭祖扫墓，今天妈妈在武汉家里休假。

突然接到公安处电话，妈妈以为有紧急任务，立刻警铃在心，利剑在弦，预备冲锋到一线……

哎哟喂！我亲爱的妈咪！请放松，勿紧张，那是组干科科长打来的："黄漪涵，恭喜！你已被组织正式批准为中国共产党党员！请你在上班后，交付2010年以来的党费。此致！完毕。"我的个娘耶！庆祝一下自己！虎虎被荣幸地成为中国共产党党员的"女儿"！噼里啪啦……噼里啪啦……嘭！

党的光辉，照耀前方，像一颗种子，播种在中华大地广袤的土地上，茂盛繁衍，长成了中华民族的参天大树；像一团星火，传播在中华民族伟大人民的心坎里，代代相传，形成了浩瀚无垠的燎原之势！

66.

久住深宫怎知樱花美

2010 年 4 月 5 日 星期一 12℃ ~ 23℃

多云 无持续风向 微风 清明 孕 26 周 农历二月廿一

之前，虎虎多次建议妈妈，不要跟爸爸一个被窝了，天天晚上，要起来给老爸盖好几次被子。妈妈肚子越来越大，床上的空间越来越小，自己一个被窝，怎么躺都舒服，爸爸在旁边多少有些碍事了呢。妈妈担心爸爸会碰到宝宝，自己老休息不好。

当然，昨晚，妈妈就把老爸发配到另一个被窝了。直到今天早晨，虎虎才发现，老爸自己一个被窝，从来不踢被子，一晚上盖得好好的。虎虎想了又想，难道以前都是妈妈把爸爸被子卷跑的？【操不完的心】

此情此景，妈妈嘴角轻扬，笑容在腮边漾起一圈圈美丽的涟漪，素日孕育中的沉重与疲惫全清空了。满脸桃花怒放，一发不可收。

冬去春来，天气渐暖。太阳一咧嘴，各种鲜花也就跟着笑，桃花、梨花……当然，“樱花”是春日里的主角。国内的城市中，樱花最有名的，莫过于武汉了，而武汉的樱花，最负盛名的莫过于武大的樱花。

每年三四月，武汉大学的樱花大道，就变成花的海洋。每一个树丫都是粉红的，树挨着树，枝连着枝，就连空气中也弥漫着春天的气息。看那飘飘撒撒的花瓣，仿佛五彩斑斓的好心情。累了，便在夹道两旁的樱花树下席地而坐，一面闲谈，一边赏樱，陶情适性，写意至极。

坐在草地上，望着天边的白云，闻着泥土的芬芳，听着小鸟的歌唱，妈妈的身心自然放松下来，哼着儿时最喜欢的儿歌，随着节拍抚摸着腹中的宝宝，虎虎突然发现，这样才是最好的胎教。

诗家清景在新春，绿柳才黄半未匀。若待上林花似锦，出门俱是看花人。

爸爸小心翼翼地，一手搀扶起妈妈，一手抚触虎虎，神采飞扬地问："有人吗！哦，在家啊，贝儿！快醒醒！看樱花咯！嘻嘻！哈哈……"

妈妈的肚子，看起来像是被塞进了一个大足球，从怀宝宝开始到现在，妈妈已经重了 20 斤了。虎虎力气越来越大，妈妈赏个樱花，时刻能感受到，宝宝达人"拳打脚踢"的中国功夫。【偷笑】对于妈妈来说，这是一种最幸福的体验，时刻都能感觉到，有一个小人儿，和自己陪伴在一起，这种感觉，老爸是无法体会到的。

虽然，虎虎在妈妈的肚子里面，不可能看到外界事物，但宝宝可以通过妈妈的视觉，间接感受外在世界。所以，妈妈最近频繁地到大自然观赏自然风光，这些都加强了对虎虎的视觉刺激，这叫“视觉胎教”。现在，虎虎大脑开始迅速发育，此时正是胎教的冲刺期。

妈妈说心情好，虎虎说没烦恼；

妈妈说风景好，虎虎说没想到；

妈妈说一切都那么自然，虎虎说正如我所料！

武大樱花大道，妈妈载言载笑……

哈哈……嘿！

春天是值得盼望的。阳光曼妙，如音乐弥漫在春天的每一个角落；阳光飘舞，看得见它金色的小翅膀……妈妈邀请虎虎一起到户外，体验和风轻抚，阳光如瀑布般倾泻而下，把一切都淹没在妈妈柔软的怀里。

67.

兄弟，好样的！（上）

2010 年 4 月 10 日 星期六 16℃ ~ 22℃

多云 无持续风向 微风 孕 27 周 农历二月廿六

还记得怀孕初期的感受吗？是不是曾经暗自感慨过：天啊，要怀孕 10 个月啊，这么长时间，日子可怎么过？现在的妈妈，一定不会有这种感觉了吧，是不是觉得，时间一晃就过去了呢？转眼就27周啦！27周的虎虎，体重已有900克了，身长已达到 38 厘米，坐高为 24 厘米了耶。

虎虎长胖了，眼睛一眨一眨的，好活跃，可爱极了。宝宝现在特别爱睡，但睡眠周期是有规律的哦，所以，妈妈不用担心虎虎会熬夜哟。

睡觉的时候，妈妈蜷着身体，躺在爸爸身后，虎虎就会冷不防，狠狠地踢爸爸一脚。哈哈……虎虎这样大的动静，让爸爸真实地感觉到宝宝的存在。以前，对这方面没有切身体验的父亲来说，虎虎好像只是看不见的一缕微风。【坏笑】

爸爸坦白："大夫说，贝儿现在已经能听到我的声音了，而且，在她出生后，还能记得我的声音。我想，贝儿有没有盘算着要去买两个耳塞呢，在老爸给宝宝唱催眠曲的时候使用，哈哈……我实在是对自己的歌声没有信心啊。”然后自嘲地“呵呵”两声。

妊娠第六、第七个月，是最适宜孕妈咪短途旅行的时机。这时期，胎盘相对稳固，胎儿也渐渐安定，离生产还有一段时间，身体还比较便于活动。因而，父母抽出时间，选择今天好天气，爸爸开车带姥姥、妈妈还有虎虎，麻城看杜鹃，享受外出度假的乐趣。

麻城杜鹃的花期，一般在 4 月中下旬到 5 月中旬，我们之所以提前行动，为的是避开高峰期，错峰出游正当时。

我们一行四人，驾车行进在蜿蜒的山路，呼吸着，暗香浮动的清新空气；观赏那，芳香碧绿的花草丛林；聆听着，山间百鸟婉转吟唱……随时享受着阳光雨露。妈妈说：“这是在给贝儿嗅觉胎教。”是的，虎虎喜欢新鲜的空气，因为这样的气体中负离子丰富，能促进多种神经传达物质的合成，有利于宝宝大脑发育。

我们一路跟随绿色，一起寻找春天。而龟峰山，就好像是春天的萌芽，悄悄诞生。

车内，妈妈大大的肚子，有时，会像波浪一样地滚动；有时，会鼓起一个小山丘，这山丘，还此起彼伏……那是虎虎在妈妈肚子里，无事生非，兴风作浪，马步转弓步，撅屁股生威！紧接着，顺势一个照面直踢，身轻如燕，腾空再踢……再踢……

山路羊肠，埋没在浓荫中，乱石穿空，大山深处无人影……姥姥第一次走进大山，提心吊胆：“这山里有没有土匪啊？

距‘龟峰山’还有多远呀？几满（什么时候）能到啊？”姥姥迷迷糊糊地站在自己完全无法掌握的位置，有些懊悔了……

司机老爸，看了看铺在前挡风玻璃下的地图，全神贯注，直视前方，简述一句：“还有很远！”嗯哼！这不正应了那句，望山跑死马啊！

吃饱了，吮吸着小手，美美地打个嗝。声音来源于虎虎：家家！在您不害怕的时候，去斗牛，这不算什么；在您害怕的时候，不去斗牛，也不算什么；只有在您害怕的时候，“还”去斗牛，这才算什么！才算是真正的了不得！

姥姥！挺起胸，跟着虎虎向前冲！冬天来都来了，春天还会远吗？姥姥！您要相信虎虎的话，但千万不要当真！嚯嚯！哈……

68.

兄弟，好样的！（中）

2010年4月10日 星期六 16℃~22℃

多云 无持续风向 微风 孕27周 农历二月廿六

开车走在这崎岖不平、蜿蜒盘旋的山路上，还真有点惴惴不安、心惊肉跳。暖风吹拂，虎虎眼皮儿有点儿倦。也许是山太重吧，把路压得缠缠绵绵，还是梦难以实现？怎么将虎虎心撩拨得这么不安？

正在虎虎朦朦胧胧时，陡然车子颠簸了几下……只听姥姥、妈妈大声惊呼："小心！悬崖！"妈妈立即搂紧腹内的宝宝，生怕虎虎跌落山崖……河里鱼多水不清，山里石多路不平啊！

世界上最远的距离，不是天涯海角，也不是生离死别，而是虎虎身在祖国，却不知道，妈妈肚皮外的祖国，发生了什么！

虎虎害怕极了，连大气都不敢出，心怦怦直跳，仿佛有小兔子在心中蹦；还感觉有只灾难秃鹫，在天空振翅鸣叫，随时都有可能砸到我们车顶。您不知道，虎虎有多害怕！怕宝宝还能走得出去吗？就算走得出去，外面会不会藏匿妖魔鬼怪，把虎虎吃了啊……宝宝好怕哦！呜呜……妈妈！

在胎儿孕育的过程中，其个人的性格、气质特点，就已萌芽，包括爱、憎、忧、惧等不同情感。胎儿在子宫里，不仅有感觉，而且能对母亲相当细微的情绪、情感波动，作出敏感的反应。

虎虎吓得手心淌汗，脚掌、头皮都发麻，全身飙虚汗。小手不停地抠妈妈肚皮，不然，就打太极拳……偷偷抹把眼泪，毫无灵魂地鼓掌，不住地鼓掌……虎虎涕泪俱下，如临深渊，用这种无奈的行为缓解不安。

听大人们说，不管多大的事，咬咬牙就过去了，看来虎虎是要买假牙喽。心灵鸡汤说："很多时候，人只有先狠狠脆弱一次，才懂得该如何坚强。"但，虎虎讨厌这些，不符合年龄，而必须去面对的经历！

大量的研究表明，胎儿，并不是传统儿科学描述的那种消极的、无思维的小东西。胎儿在妊娠 5 周起，就能对刺激作出反应；8 周时，能做出许多诸如蹬脚、摇头等动作，来表示他的喜好和厌恶。

当虎虎不快的感觉逐渐加深时，宝宝就踢妈妈的肚子，以行动拼命向母亲诉说不满。

荷花结子心连心，妈妈和宝宝，有着非常奇妙的心电感应。妈妈感受到了虎虎焦躁不安的情绪，就轻轻抚摩肚皮，轻拍虎虎撅起来的小屁股，慢声细语："贝儿！怎么啦？什么事，让我贝儿不高兴？是不是刚才路况不好，让宝宝受了委屈？不怕！有妈妈在呢！没事了！现在危险已解除……我的孩子，妈妈看到了'龟峰山'上那一片苍翠墨绿！贝儿！请系好安全带，和妈妈一起爬上去！”

爸爸！淡定！悬崖勒马，化险为夷。把舵的不慌，乘船的才能稳当。哎哟喂！风潮过了世界在——一切恢复平静。

经历了险象环生、惊心动魄，姥姥嗓子眼儿像是被什么东西塞住，无力地瘫倒在座椅上，气若游丝地说：“好后悔！我不该在宝儿怀孕时，提议来山窝窝……”

爸爸在倾心驾驶，却避免不了发表一场演说：“时光如果可以回流，我一定不会再犯错误；带老婆孩子上山，应该开一辆‘越野’！”渐渐地，虎虎从大人们说话的语气中，感触到家人有多疼爱我。宝宝的接受能力，完全取决于家人的关怀备至、体贴入微的程度。啦啦啦！

车内，爸爸打开舒伯特的小提琴《小夜曲》，音色优美悦耳、节奏平和柔缓，令虎虎想象无边……轻松、悠扬、带有诗情画意的胎教音乐，起到了镇静作用。在音乐的节奏和意境中，虎虎随音乐呼吸，随音乐走进宁静的山谷……那么美，那么幽……

虎虎爱在旷野看朝阳，爱听风吹来的方向。与虎虎无关的事都遗忘，像小树一样生长，嘻嘻……虎虎飙速给了妈咪一个吻，那感觉，就像新闻联播一样。这是妈妈的同期声：“哈哈……天下太平，安然无恙！”

69.

兄弟，好样的！（下）

2010年4月10日 星期六 16℃~22℃

多云 无持续风向 微风 孕27周 农历二月廿六

无须近瞧，几公里的距离，您就能看到雄伟的“龟峰山”，站在峰峦之巅，犹如一位严肃的战士，军姿矫健，它极目四野，凝眸远望。

和人为的声音相比，让虎虎感受自然界中，真实的鸟鸣、流水、风的声音，可更加有效地刺激宝宝五感发育。树木中散发的杀菌素，过滤我体内杂质，使血液变得更加干净。

爸爸、妈妈手牵着手，沿着弯弯曲曲、伸向山峰的石梯往上攀登。姥姥负责尾随打气、拍照……

孕中期，妈妈由于身体负荷继续加重，乳房胀痛、后背和腿部的疼痛感变得更强烈。终于，妈妈再也看不见自己的脚趾了……肚皮继续增大，洗脚、系鞋带也都开始成为难题。

刚开始爬山时，只觉得脚下生风，树木直往后退。不大一会儿，妈妈腿酸溜溜的，还微微颤抖……循级而上，半山处停驻，仰望峰顶，它仍旧隐没在云雾深处……再看游客，有的休息，有的折回。通向峰顶的山路伸入云端，不知有多少游客望山止步！石阶更陡了，陡得使人发怵！

陪妈妈爬山的姥姥，历经俩小时，累得气喘吁吁，一问才知道，只是爬到了半山腰。姥姥一屁股坐在台阶上：“我是真心不想爬了……”突然，姥姥扯扯妈妈衣角：“宝儿，要不然，咱们把这里当成山顶，随便嗷嗷两声，原路返回吧。”

妈妈本着让虎虎享受大自然微风轻拂的宗旨，决定为宝宝铤而走险，鼓励姥姥坚持，不放弃。然后和爸爸相互搀扶、一起猫着腰，真可谓是“一躬到地”……伴随着游客的加油声，妈妈步履蹒跚地，迈上最后一个阶梯……顿时，现场游人，为巾帼豪杰交口称赞，呱唧的掌声响彻天际！五体投地，顶礼膜拜！

莫道山高月自小，海阔不过地一角。要知人在世上走，也就算只小小鸟。

一股清凉山风迎面扑来，霎时，让虎虎舒畅至极。好一幅浓墨重彩、疏密有致的山水画哦！而宝宝此时，就置身其中，临风而立。“会当凌绝顶，一览众山小”的豪情，便油然而起。哦嚯嚯！

风浴，就是像用风洗澡一样，全身心地感受风；风浴，是帮助胎儿大脑发育的一种胎教法。让皮肤感受风，能够为孕妇和胎儿，提供大量的优质氧气。

然而，“龟峰山”，以另一种风姿引人入胜——这是故乡的山，一草一木，都带有华中的朴实敦厚、韵味天然、茂盛碧绿。此山，它绝对不让你感到高不可攀，它是一个宽厚的长者，让你在平实的步履中，稳步行走，给你以平安、踏实的信任感，别有一番温馨，别有一番亲情在里面。

最后，再让虎虎议论一下妈咪。妈妈的“坚毅”是一种气质，或许与生俱来，或许，更多的是岁月的磨砺，妈妈用“顽强”向虎虎诠释了母爱的真谛；妈妈身上这种神秘的“暖气流”，是获得虎虎的催化剂；妈妈是制造温暖的精灵，弥漫妈妈身上的那些情愫，丝丝缕缕，在每个角落，散发着迷人的芳香，让虎虎沉醉痴迷！

虎虎还要告诉大家的是，杜鹃没看到，看到的是漫山遍野，含苞待放的“小妹妹”。嘻嘻……来早咧！

70.

做人如牡丹

2010年4月17日 星期六 8℃~21℃

多云 无持续风向 微风 孕28周 农历三月初四

早晨，太阳从东边的天际渐渐地探出脑袋，起初，怯生生的，像害羞的少女。随后，竟像个顽皮的小男孩，跳出了地平线……顿时，大地上的一切都变了颜色，像披了一层闪着金光的纱衣。于是，世间的万物也都活跃起来了，妈妈在客厅给虎虎喊着口号：“齐步走！一二一……”

虎虎在提笔，开始日记之前，特向4月14日，青海省玉树市遭遇地震灾难的同胞——致哀。

孕育28周，虎虎体重已有1150克，身长40厘米，坐高26厘米。宝宝大脑活动非常活跃，大脑皮层表面，出现一些特有的沟回，脑组织快速增殖。嘿嘿！虎虎开始会做梦了！您是不是很想知道，宝宝会做一些什么梦呢？是梦到妈妈的模样？还是梦到好吃好喝的？呵呵，宝宝不告诉！嘻嘻……

上午，不吃不喝第五次产检。医生边检查，边影像说明：“宝宝两只小手捂着屁屁不给看！可爱死啦！嗷嗷……跟我伸手指，又抱腿，心都化啦！哎哟妈呀！宝宝在打嗝，整个人飞起来了！哈哈……宝宝，茄子……OK！”满满的画面感。妈妈：“我要给这个女汉子打个电话说一声，她能不能不要踢老母亲的肋骨啊……”当然，检查结果杠杠的，毋庸置疑！

中午吃饭，虎虎一个劲儿地猛捅妈妈肚子提建议：宝宝现在需要的钙元素量大，妈妈，您每天要增加钙元素。不然，宝宝就要从您那里抢了哦。【龇牙】

打开窗户，诱人的花香扑面而来，映入眼帘的世界，是那么美丽，郁金香、迎春花、白玉兰、桃花、樱花还有牡丹，它们都展现着自己不同的风采。

“贝儿！外面的花都开好了，我们该出去看看了！爸爸、妈妈带宝宝去看国花怎么样啊？我们希望女儿国色天香、倾国倾城呢！”只看看牡丹，就能成为花之王吗？事半功倍的好事，虎虎当然乐意！

牡丹，是被人们当作富贵的象征膜拜的。而在江城武汉，见到的牡丹，却是如此与众不同，因她的傲气、纯洁、宽容的品性，而卓然不群。

牡丹，自始至终保持着一种高贵的性格。没有一朵花为谁开，没有一片叶为谁展，它只为保持自己的清高，却掩饰不了，它的倾国倾城、羞花闭月，在层叠的花瓣里，漫浸着它的雍容华贵。

徜徉在牡丹丛中，领略花的从容，妈妈将牡丹的芳姿，定格在相机里……而虎虎，零距离观赏牡丹，贪婪地嗅着牡丹花的芬芳……花有色香味，人才有情趣嘛！哦啦啦！但愿宝宝像牡丹一样，尽情地怒放，芳姿夺尽人间秀，散发醉人的馨香。

畅游牡丹园，虎虎上了一堂国学课。做人亦如牡丹般，不因外界的干扰，而改变自己的个性和品格，也不应哗众取宠，而失掉原来的自己。

虎虎和家人一起，漫步园中小道，一缕明亮的阳光，从树丛中，映照在宝宝的脸庞。接着迎面拂来几丝微风，宝宝闭上双眼，感到春日里，阳光的美丽慈祥。腹内的虎虎，享受着太阳浴和轻微振荡，和家人快乐的心情一样一样的！

妈妈，宝宝不告诉您，这会儿，虎虎正在玩自己的小鸡鸡……咦？不对！彩超医生不是说宝宝是“女孩”吗，这还真不确定——这玩的到底是啥东西？对！是小尾巴，是长在前面的小尾巴！嚯嚯！妈妈，虎虎最喜欢听您的声音，休闲的时候，多给宝宝谈谈生活、谈谈未来、谈谈虎虎是男还是女……

唉！妈妈什么也不谈，却幽幽唱起：“大风车吱呀吱哟哟地转，这里的花儿真好看……”打伞不如云遮日，扇扇不如自来风。人工哪比得上天然风光！对付笑眯眯的大自然，只有一个办法，那就是——您也笑眯眯！

进入孕晚期，由于腹部迅速增大，妈妈下午逛公园，很容易就感到疲劳。晚上回来脚肿、腿肿……这些状况，使妈妈感到很不适。因为腹部沉重，休息时，妈妈平躺，会感觉喘不过气，只好侧卧。虎虎的胎动很有规律，妈妈睡，宝宝也睡；妈妈起，宝宝也起。严格实行肚里、肚外同步作息。嗯哼，晚安！

71.

那滋味……

2010 年 4 月 19 日 星期一 20℃ ~ 27℃

多云 无持续风向 微风 孕 28 周 孕中期最后一周 农历三月初六

人世间最有吸引力的，莫过于一群活得很自在的人发出的生命信号。这种信号是磁，是蜜，是涡卷方圆的魔井。没有一个人能够摆脱这种涡卷，没有一个人能够面对着它们而保持平静。

妈妈说，这几天感到胸口憋闷、呼吸困难，心脏的负担也在逐渐加重……就这样啦，妈妈却犯了“花痴”，房间里，到处张贴漂亮宝宝的艺术照……妈妈获得的愉悦，成功地传递给虎虎，熏陶着宝宝的审美观。民间，很早就有孕妇房间贴胖娃娃的习俗，这是有科学道理的哈。多看漂亮美好的东西，多流口水，抗菌、促消化……恕妈无罪！呃呃呃！

在家休息了两天，今天周一，该回依山城上班了，早晨起来妈妈喊腿疼。

看着妈妈在床上使劲，爸爸疼惜地跑过来，拉妈妈起床，还不忘体贴入微地拍拍妈妈肚子，嘱咐虎虎：“贝儿，抱紧妈妈哦，抓紧肚子里那根绳，别让妈妈把你给摔了！”

妈妈眨巴眨巴大眼睛，可怜兮兮地望着爸爸："今天这腿，就跟带了个假肢似的，屁股连坐都会疼，天哪！走路只有挪动……"一副残疾人的样子，看来，"疼"，那滋味，是真心不好受。

再看妈妈脚上，穿的是两种式样、两种颜色的拖鞋。虎虎敢肯定，妈妈不是为了赶时髦，却极美丽！哎妈妈呀！今天的妈妈，别有一番风韵。妈妈就是，传说中，春秋时期，越国美女——病中西施。【尖叫】

虎虎醒着的时候，没事多动动脑筋。妈妈腿疼，会不会很生气？这段时间，宝宝一定要格外注意妈妈情绪。跳，不能跳太高；挥拳，要慢慢地……渴了饿了喝羊水，没事就洗洗睡。

部队派车送妈妈回依山城。轿车行驶在高速路上，妈妈不愿吝惜自己的真心，幸福是一种自给自足的能力。回头给后排座位的姥姥说："姆妈，疼就让她疼吧，反正不影响宝宝。疼得不能走路我卧床，疼得狠了，我直接叫！疼得狠了，我大声哭……"

姥姥回忆："两年前的汶川地震，一个妈妈用身体挡住了倒下了的房屋，给孩子撑出一片天地……"妈妈平静地搭话："上帝不能无处不在，所以他创造了妈妈。而为了孩子，妈妈什么都可以做得到！"妈妈的一席话，如同大地渗出的泉水，清清亮亮，自自然然，没有泡沫，也没有喧哗。

虎虎被感动，想哭。妈妈！全力以赴，奔向我们心中的梦！不久的将来，在一个让我们感到骄傲、自豪的地方相逢！

车窗外，虎虎喜欢这淡淡的景色，水墨一般的情韵。宝宝惊异于大自然的千姿百态，倾心于它的清新之美，明朗的天空下，青山绿水绕，清泉石上流，优美的景色，令人心旌摇荡，生命在瞬间，涤清了风尘。

72.

有“爱”大吗?

2010 年 4 月 21 日 星期三 19℃ ~ 26℃

多云 无持续风向 微风 孕 29 周 孕晚期第一周 农历三月初八

离预产期的日子越来越近啦，这个时候，虎虎终于到达了一个重要的里程碑——尽管宝宝还很小，身长只有 43 厘米，体重 1300 克，但是，如果这时候分娩的话，虎虎已经可以在外面的世界存活啦！【霸气】

一阵一阵疼痛难忍啊！妈妈两步路都走不出去……眼泪都疼出来了……天哪……太惨了……各种疼啊！疼到动作停滞，疼到影响正常行动！疼到心灵深处！后来妈妈膝盖感觉都支撑不起，全靠姥姥架着走。

姥姥搀着妈妈，一步一步挪到小区诊所，医生诊断：“耻骨联合分离，轻微骨裂。”也就是说，骨盆前方两侧耻骨，纤维软骨联合处，因外力而发生微小的错移，患者耻骨联合部疼痛，下肢难以负重，行动无力，弯腰、翻身等动作，都可引起局部疼痛加剧，活动受限。医生略带歉意：“不好意思，这种情况，不能吃药，不能打针，只能适当地卧床休息。”应该是暂时没得救，暴汗！真心伤不起！

痛苦的折磨，凄惨的哀号，悲悯的叹息，伤感的语调，酸楚的泪水，无助的表情……妈妈脸色是那么憔悴。单位里的女孩子们见了，都不敢结婚啦——怀孕生孩子，好恐怖哦！

你了解母亲吗？那是宁愿用自己的血肉，喂养孩子的女人！还有谁能如母亲，因为深爱孩子，而对自己残酷到底！

妈妈卧床了，由细心慈祥的姥姥照料……饮食调理以清淡为主，姥姥合理搭配膳食，注意妈妈营养充足。

妈妈倚在床上，安静地一边翻动手中的报纸，一边安慰虎虎，使宝宝感觉到没有被冷落："贝儿，妈妈忍着疼在学习，暂时不跟宝宝说话了，可不是妈妈有意不理睬你哦，宝贝，先睡一会儿吧，等一会儿，妈妈再给你讲故事。"

看完报纸，妈妈立刻给虎虎打招呼："嘿！贝儿，妈妈看完了，你睡醒了吗？要是醒了的话，妈妈就给宝宝讲故事。"姥姥把报纸收好，妈妈轻抚腹中的虎虎，然后甜甜软软的声音："从前有座山，名叫凤凰山；山上有间房，房里有妈妈；妈妈在讲话，讲给谁听呢？讲给肚子里的小娃娃……"嘿嘿！胎教无处不在。

虎虎的大脑，还在继续发育中，宝宝在努力让自己变得更聪明，大脑的沟回，越来越多就越聪明噢！妈妈、姥姥，坚持每天让虎虎听音乐、听故事、听朗诵……这样沟回就更多了！嘿嘿！

虎虎是听故事长大的一代，从娘胎里就露出了端倪。妈妈、姥姥是感情充沛、绘声绘色、声情并茂讲故事能手，所讲故事，个个都能打动虎虎，也能打动她们自己。【媚笑】

姥姥让妈妈歇一歇，遥控搜索少儿节目，电视里欢快的音乐，虎虎可不能歇着，随着节拍，光溜溜地跳起“脱衣舞”！

这周，虎虎胎动的幅度变小了，是因为随着虎虎长大，“小房子”里的空间变得狭窄，宝宝的活动受到了一定限制，但妈咪能更加明显地感觉到胎动。

一点点霓虹，勉强支撑着希望的夜色，靡丽却透出一丝无力。那个深处，却还有一丝绽明，不让妈妈酣眠，苦苦挣扎，每一寸理智，每一寸肌肤，好像都被扯碎……妈妈拉着姥姥的手，眼中含泪，声音战栗：“姆妈！为了宝宝，一切磨难，女儿认了！”

母爱，是最好的胎教！虎虎敬佩！孩儿为妈妈求人品！

73.

不小了，该懂事了

2010 年 4 月 28 日 星期三 19℃ ~ 27℃

多云 ~ 阵雨 无持续风向 微风 孕 30 周 农历三月十五

清晨到了，请你把睡眼睁开，梦想的希望，会随着舒爽的阵风吹进来。孕育 30 周的虎虎，体重 1500 克，从头到脚长 44 厘米。宝宝头部还在增大，而且这时大脑发育非常迅速。

妈妈这周感到身体越发沉重，肚子大得看不到脚丫，疼痛有所缓解，但行动越来越吃力。悲催！妈妈光洁漂亮的肚皮，终于还是花了，哭有什么用啊亲，大半孕妈咪都会花肚皮的，有些个重口味的，还觉得紫色的“大西瓜”，有种独特的美！什么？肚皮痒啊？痒的时候可千万别挠，越挠虎虎爬得越欢实，哎妈妈呀！

噢，这个时候的虎虎，“嗨”起来了，小手小脚到处乱伸，到处乱抓……妈妈倚着沙发，把一杯果汁放在肚子上，居然被宝宝给撞倒了，洒了妈妈一身！嚯嚯嚯嚯哈哈哈！

上午，姥姥带妈妈去市区妇幼保健院，医生诊断：“什么‘骨裂’啊！前段时间，分明是淘气的宝宝压迫了妈妈神经。现在疼痛缓解了，源于宝宝换了位置。”

晕死！早说啊！告诉原因，宝宝会为妈妈调整胎位的。虎虎明白，吃遍天下，盐好；走遍天下，娘好！虎虎不想让妈妈为宝宝遭受委屈。

一个苏格兰人去伦敦，想顺便探望一位老朋友，却忘了他的住址，于是给家父发了一份电报："您知道托马的住址吗？速告。"当天，他就收到一份加急回电："知道。"

哈哈！当我们终于找到最正确答案的时候，却发现它是最无用的。

噢嚯！一周的卧床调理，大见成效。下午，妈妈跛着脚，硬撑着起床、打的、上班去啦！再过两天就是"五一"小长假，每个节日，人潮如涌却秩序井然的背后，与基层民警的辛苦付出密不可分。

在每个节日里，都少不了警察忙碌的身影。年头走到年尾，春夏浸过秋冬，每个节日，人们走亲访友外出旅游，都洋溢着幸福和欢笑……绚烂的节日里，连天空，也被点缀得异彩纷呈，只是这份悠闲，不属于坚守平凡岗位的警察。

晚，妈妈冒雨回家，在等电梯的时候，来了两个醉汉，妈妈有一点避之唯恐不及。电梯一到，妈妈就想等他们俩先进去，可是他们迟迟不进，妈妈只好先进去了，虎虎开始有点发怵了……进去之后，俩醉汉也没有行动，妈妈按着电梯"开"问："你们不走吗？"他们却摆手说："小姑娘，你先上去吧，我们两个醉鬼，怕吓到你。"

平时，看起来凶神恶煞的人，并不代表他们没有教养，以信仰约束自己，内心纤柔而善良。当他们笑起来的时候……

宝宝心底很暖。

回到家,没看见姥姥,打电话,原来,姥姥下楼接妈妈去了,走岔啦!【龇牙】

该睡觉了，妈妈为虎虎精心准备的童话故事开讲了。妈妈边讲边给宝宝描述故事里的图形……虎虎不仅听到了有趣的故事，还“看”到了绘本故事书上所绘的图画。

故事结束，唱起歌。妈妈反复为虎虎哼唱同一首，张悬的《宝贝》，这首曲子，已经成为妈妈和宝宝之间的小小恋歌，仿佛是我们母子间的秘密暗号。在宝宝胎动捣蛋，不想睡觉的时候，妈妈就哼唱这首曲子，瞬间有效地放空虎虎心灵，让虎虎安静。【哈欠】

闭上眼睛，把好的心情，酝酿成一坛美酒，待日后细细品味；把坏的遭遇，统统抛给黑夜，期待明天有个最精彩的自己！晚安，妈妈，愿您今夜好梦。

74.

懵懵懂懂的小岁月

2010 年 4 月 28 日 星期三 19℃ ~ 27℃

多云 ~ 阵雨 无持续风向 微风 孕 30 周 农历三月十五

一声春雷，那贵如油的春雨，也淅淅沥沥地落了下来，漫山遍野笼罩在轻纱样的雨雾里，清新，水润，如画一般。

下午下班，妈妈打车回公寓。下车后，发现手机没了，连忙向出租车摆手，并大喊：“师傅，停车……”喊完，发现左手握着手机，嘻！但此时，司机已经从倒车镜里，看到妈妈急促的表情，师傅刹住车，探出头问妈妈：“怎么了？”妈咪站在雨中，没心没肺地哈哈大笑，对师傅喊：“雨大，您慢点开啊……”司机被妈妈感动到哭，向妈妈挥手：“谢谢姑娘，您要注意安全！”司机把车停在路口，一脸崇拜地向妈妈行注目礼，直到妈妈平安地走进小区。

跟高情商的女人相处，永远不必担心冷场子，局面尴尬，因为她们会让人感到一种恰如其分的舒服。

虎虎陪妈妈上了楼，一路没闲着，在努力练倒立，这是在为出生做准备。宝宝慢慢地把头部转向下方，动静有些大，妈妈请注意。【起范儿】

现在，虎虎的胎毛都不见了，有了一头乌黑亮发。眼睛可以开闭自如，能看到妈妈肚子中的景物啦，可机灵了呢。虎虎骨骼变硬，动起来让妈妈觉得宝宝力气很大。

妈妈喜滋滋地回到家，姥姥的晚饭还没做好，妈妈就悠闲地趴在窗台上——看雨。看雨，是一种心灵上的解压。有人说，不懂雨的人，是没有味道的人，那么不喜欢下雨的人，就是不解风情之人咯。【娇嗔】

马路上，人挺少的，要不就是开着车，要不就是穿雨衣、撑着伞……突然看见，一个男人，披着外套冒雨狂奔，可能由于雨太大，低着头看不清路，一头撞到树上……正当妈妈傻呵呵地为人家喝彩的时候，定睛一瞅，这是妈妈派出所领导——张所长！

妈妈吓得，赶紧把头缩回来，返回客厅。不一会儿，猛地一阵敲门声“咚咚……”妈妈心跳加快，手足无措，脑袋一片混沌，“是不是所长上来了？”妈妈像犯了错的孩子，让姥姥开门，自己躲在门后。房门“吱扭”被姥姥打开，进来的却是一个发传单的小妹妹：“你们好，打扰一下，我可以发个传单吗？”不等心神未定的妈妈回应，她直接把传单放在妈妈身边的垃圾桶里，走了！

很皮，很可爱，妈妈的心理年龄也就是3岁，不能再多了。【笑哭】

虎虎越长越大，为了能发育得更好，宝宝在妈妈肚子里，开始开拓地盘啦。该如何开拓呢？虎虎自有办法！宝宝使出吃奶的劲，把妈妈身体内的器官，挤挪到了上腹部。虎虎懂

得开拓自己的生存空间，宝宝好聪明啊，不是吗？妈咪！快夸我！【呆萌】

很多妈妈会责怪自家小宝宝霸道，什么都要抢。其实，这是宝宝从胎儿阶段，就流传下来的“习惯”。虎虎决定：出生后，把这种“习惯”踵事增华、发扬光大，哎嘿嘿！

哈哈！虎虎喜欢纯纯的爱，傻傻的坏，小小的期待，不变的信赖，还有六月天里，和爸爸、妈妈手牵手，踩着风，去看海！

75.

一路前行风伴着雨

2010年4月28日 星期三 19℃～27℃

多云～阵雨 无持续风向 微风 孕30周 农历三月十五

最奇妙的，要属静夜听雨，纵是不语，单是聆听雨的声音，已足够虎虎一夜安眠了。千余年前的韦庄，是否亦如虎虎今晚，伴雨入梦，才挥手写得“春水碧于天，画船听雨眠”的锦句？想必亦然。

姥姥在伏案写日记，妈妈启动计算机，登录QQ，六个连续轻快的“嘀嘀”提示音，弹出“阳春佐罗”。网友问：“漪涵，在吗？”妈妈秒回：“以后你找我，想问什么，就直接问，不要老是‘在吗在吗’的。不出意外，几十年内我都是在的。直接问我有什么事，我好决定，是在还是不在。”

阳春佐罗问：“别瞎扯！我有急事找你，漪涵，你地方上的派出所有人吗？”妈妈逗趣：“有，我二大爷，前两天酒驾刚进去，咋了？”

阳春佐罗不说话了。然后妈妈：“我刚打电话给二大爷，说他已经不在派出所了，昨天下午出来了！”

阳春佐罗：“……”这是犯事了，找妈妈帮忙疏通关系。

在妈妈懒散的笑容回复里，是他不懂的优雅。警察！一次选择，一生担当！

阳春佐罗走了，虎虎登场，饶有兴趣地学人玩“劈腿”！什么情况？在妈妈肚子里和谁谈恋爱？呀哈哈！真相只有一个：此劈腿非彼“劈腿”。这时候的虎虎运动细胞可发达了，可以灵巧地劈腿、倒立、悬垂、旋翻、腾越、滚翻……所有体操姿势都会！妈妈说：“贝儿，不玩了，握个爪，休息会儿！”虎虎立刻伸出手指给妈妈，顺便表演俩滚翻！嘿嘿！忒厉害呢！

妈妈抚摸肚子，例行胎教：“贝儿呀，妈妈要给你买好多好多好的装备哟，小衣服呀，小鞋子呀，小玩具啊……”吧啦吧啦一大堆。说着说着，妈妈突然停下，虎虎纳闷，怎么啦？就听到妈妈无比悠然但决绝地说：“网上五一搞活动，如果你敢瞎闹腾，耽误了老娘淘宝抢货，我就毛都不给你买！”【抠鼻】

又是一串连续轻快的“嘀嘀”提示音，“墨染清荷”弹了出来。这网友可是妈妈的死党，是非常注重“义”的朋友。她平时会跟妈妈有摩擦，但在特殊情况下，一定为妈妈大义灭友的那种。

死党：“漪涵，你吃牛肉干吗？”妈妈：“？？？？”死党：“你吃牛肉干吗？？？？”妈妈：“怎么啦？牛跟你告状了？”死党：“我是问你，吃不吃牛肉干，我刚从四川回来，带了一些本地特产——龙须牛肉干！”【流汗】

妈妈那句“牛跟你告状了”差点没把虎虎给笑岔气。原来是妈妈把句子理解错了，引起了误会，哇嘎嘎——捶胸大笑，眼里含泪才有味——虎虎。

轻轻吹过的微风中，裹挟着雨丝，飘落在窗台。雨点打在雨棚上，声音时慢时急，时高时低，时响时沉，时断时续，今夜有没有人和虎虎一样，也在聆听雨的声音？闲来听雨，成了一种期盼，一种向往，一种享受。就连《红楼梦》中的林妹妹，都特别喜欢李义山的“留得枯荷听雨声”之句。此刻，外面正在下雨……

76.

幸福未完，待续

2010年4月30日 星期五 18℃~23℃

中雨 无持续风向 微风 孕30周 农历三月十七

妈妈下班，雨中漫步，虎虎欣赏开在雨中的一朵小花，立在山巅的一棵松树，流在小溪的一泓泉水，飘在天上的一片云朵……它们姿态各异，自由自在，超尘脱俗，随遇而安，淡然面对苍天。

这个五一爸爸不能过来，在部队处在待令状态，能缓解妈妈思念之苦的当然是拼图了。爸爸和妈妈在慵懒的午后，在昏黄的阳光下，把细碎的拼图一个个挑出来，妈妈带到依山城挂在公寓的墙上。和爸爸异地，看看墙上夫妻一起拼起来的拼图，细碎的回忆，带着那天午后温润的阳光般的温暖，一齐涌上妈妈心头……

今天姥爷倒是着急忙慌地，从河南往依山城赶。这么着急干吗呢？理由：不想让孕育中的大孙把他忘记。

晚饭，姥爷把花样繁多的酒菜摆上了桌，有红烧鸡翅、兔肉炖山蘑菇、清蒸的小嫩鸡，还有柳叶鱼汤……

妈妈拿起筷子默默叹了叹气，有些犹豫："吃肉容易长胖呢。”姥姥把红烧鸡翅往妈妈跟前挪了挪，问：“猫胡子，姆妈问你，羊和狼哪个肥一些？”妈妈：“羊肥一些。”姥姥缓缓道：“狼是吃肉的，可羊是吃草的啊。胖，又怎么啦？从中国的汉字角度来说，人体的脏器大多带有‘月’字旁，因而‘胖’是正常的，肚子里的贝儿需要营养。”

姥爷想起来了什么，突然接茬道：“疾病通常是有一个‘病’字旁的，所以‘瘦’是不健康的！”妈妈抬头望向父母，绽放别样的笑容：“感谢爸爸、妈妈，为胖宝贝们扳回一局，这下我没顾虑了，哈哈……”妈妈和姥姥的筷子，同时去夹盘子里的那块鸡翅，姥姥抢不过妈妈，哇哈哈……

虎虎现在的“蛙泳”项目，已经无法进行了。但是，你们会以为宝宝长大点了，就会听话、懂事做个乖宝宝吗？可不会呢！刚刚吃过晚饭，虎虎：咦，这地儿怎么越来越小了？不管，我挤，我顶……顶了好久，“房子”还是不见大。

妈妈故作娇嗔地说：“哎呀，这会儿，贝儿在闹腾呢。”姥姥收拾餐桌去洗碗，姥爷拉着妈妈的手，促膝而坐：“姥爷也来做胎教，让贝儿安静下来。宝宝一定要记住姥爷的声音哦。”姥爷正襟危坐，还特意清了清嗓子：“让姥爷给贝儿讲个故事吧。”说着，姥爷打开“胎教故事书”，选了一则自认为最合适的故事，念给虎虎听。

其中有一句“穷人的老婆握着他（上帝）的手表示欢迎”，姥爷念成了“穷人的老婆握着他的手表，示欢迎”。

我的个神啊！妈妈实在憋不住，被姥爷逗得前仰后合、捧腹大笑，就连那一头秀发，也都在妈妈的优美而开怀的快乐中飘动……

结果，虎虎也有了强烈反应，乐得宝宝抻着脐带打秋千……弄得妈妈直喊："肚子好疼……"这是热心的姥爷的诚意之作！姥姥从厨房出来，提到这一段，全家人还是狂笑不停，哈哈……

英国科学家发现，婴儿并不是在出生后才学会笑的，而是在出生前数周，就学会了表达喜悦。科学家在使用 4D 彩超时，已经捕捉到难得一见的，胎儿出生前微笑的画面，而且看到他们会眨眼睛。

胎儿为何会笑？对此研究专家解释为：这种现象意味着，胎儿在子宫里，是无忧无虑的。这更是一种情绪或生理反应，是为帮助胎儿出生后，适应外面的世界所准备的。

全家积极参与总动员，人人为胎教作贡献，虎虎在祥和的气氛中健康长大。谢谢大家，谢谢啦！【抱拳】

77.

您，诠释了爱的存在

2010年5月4日 星期二 17℃~25℃

多云 无持续风向 微风 孕30周 农历三月廿一

5月，暮春之末，初夏之初，绿茵艳阳，鸟语花香。5月的浅夏，林花谢了春红，春已渐行渐远。而邂逅那一弯碧绿的时候，却依然像是行走在春风里。生机勃勃，诗意盎然。

五一小长假结束，姥爷请了两天假，昨晚，全家人一起回武汉，妈妈要做第六次产检。医师要陆续为妈妈检查，是否有水肿现象，预防子痫前症，预防早产。

照四维彩超，虎虎屁股朝上一动也不动，就是拍不到脸。没办法，医生让妈妈出去喝杯热水，过了一会儿继续照，虎虎还是撅着屁股怎样都看不到脸。给妈妈急的哟！医生给妈咪两袋饼干让吃完，妈妈将信将疑地吃完饼干再去照，嚯嚯！宝宝终于露脸了！屏幕上的虎虎，咧着嘴使劲笑。

然后……在拍四维这段时间，虎虎不是嘬手指就是在吞羊水，一会都没闲着。医生离开屏幕，直撇嘴："黄漪涵，你们家这个孩子，真的是吃货，以后多给宝宝买点好吃的。"

吃过午饭，姥爷开车带全家去购物，一路上，姥姥话不断，“贝儿接触姥爷少，家家多讲些故事听，让宝宝多方面了解一下姥爷。说起姥爷，还真有故事哦。小时候家里兄妹多，日子过得紧巴，姥爷没怎么得过零花钱。有一次，姥爷跟老妈出去买菜，菜贩子找了五毛钱，因为拿东西太多，老妈懒得把钱塞到包里，就直接给儿子了。姥爷当时那个激动啊！把钱塞在兜里一直捂着，时不时还掏出来看一眼，然后再紧紧捂着……后来……”

妈妈似乎，听到开头就知道了结局：“钱丢了。”姥姥悲悯地，以 45 度角望向天空，缓缓道：“钱没丢，造业，姥爷丢啦！”哇嘎嘎！姥爷！您想笑坏大孙啊，哦嚯嚯哇哈哈……开头美好，结局潦倒。

此一时彼一时，人家姥爷如今，可不差钱啦。吃过早饭，姥爷催促爸爸妈妈：“快点！咱们去儿童用品专卖店，我埋单，给外孙该买啥买啥！”

停好车，有人问路：“问一下，到 161 医院怎么走？”妈妈手指前方：“顺这条路，下一个路口右转，走到天桥左转，再走 400 米就到了。”路人：“那我直走可以吗？”妈妈点头：“……可以啊，直走，你绕地球一圈回来……”

虎虎：叔叔，走您想走的路，您先快乐着，走错的事，以后再说，去吧！加油！固执的人，只坚信自己的原则和理论，一般不太接受别人的意见。

走进专卖店，儿童物品样样出色，款款精美，店大物博。

姥爷停留在一款粉色的婴儿小床前。此物件：新西兰进口松木，配有宫廷小蚊帐，还有精美的小摇篮。均匀的粉色安安静静，不夸饰、不张扬，也许自然的馈赠，从不惊天动地；也许最爱就是——自然点，简单点吧。最脆弱的生命，需要最坚固的承载，宝宝甜蜜的睡容，是家人最大的关怀。安全、坚固、环保、舒适，是宝宝优质睡眠的最佳选择。

生命因爱而被延续，成长因谨慎而受呵护，宝宝的成长转瞬即逝，一时不慎成长久遗憾，真的爱宝宝，必须购买，绝不让奶粉的惨剧在婴儿床上重演。姥爷当机立断、斩钉截铁，一拍大腿：“买！”

姥爷还流连于店内采购，姥姥在门外等得有些不耐烦，转身对离姥爷不远的妈妈喊：“催下你爸！”妈妈姗姗而行，接近姥爷的一瞬，虎虎嘟起小嘴，隔着妈妈肚皮，冲着姥爷，用力“呼！呼！”吹了两下。姥姥的话，虎虎唯命是从：“姥爷！回家！拿不了啦！”嘻嘻……嘻嘻……哈哈！

回到家，虎虎从新闻上了解到，五一期间，上海世博会开园，是世界博览会史上最大规模。虎虎后悔了，要是宝宝的装备在世博会上买，会不会很超前？妈妈拍拍虎虎屁股：别想了，只展不卖！

4 月再见，5 月你好！虎虎倚着岁月的门楣，将染香的心事折叠，放逐在初夏的星空下！

78.

后来，与“依然”全无关系

2010 年 5 月 4 日 星期二 17℃ ~ 25℃

多云 无持续风向 微风 孕 30 周 农历三月廿一

没有蓝天的深邃，可以有白云的飘逸；没有原野的芬芳，可以有小草的翠绿。生活中，即使四周没有旁观者的席位，我们总可以，找到自己的位置，自己的光源，自己的声音。

自从彩超医生无意中说了一句“纯纯颜色的衣服”，姥姥却把此话当了真。本着集思广益、群策群力原则，向爸爸、妈妈布置下去了任务：两个月后，报上女孩的候补名字一枚。趁着今天姥爷在此，下午，大家就把虎虎的学名给定了吧！虎虎强烈提议！

一个好名字，不仅要实用，给人美好的印象，还可以对自己和他人，产生一定的心理暗示。名字可以是一种难忘的纪念，也可以是一种美好的祝愿。一个好名字，不仅代表了家人对孩子深深的爱意，而且确能影响孩子一生，让孩子平安、健康、发达、幸福。

从张卫国、刘拥军，这些具有鲜明时代背景的三字名，到王强、李阳这样重复率很高的两字名，再到现在独特的四字名，姓名总是或多或少地带有时代的色彩。四字名，反映的正是时下追求个性的时代特征。

邻居叔叔村里，有一小孩名字叫“六千一郎”，名字好洋气！虎虎很奇怪，忍不住让妈妈发问，听到答案后宝宝愕然！原来那孩子，是躲计划生育生的，被抓住以后，罚了六千大洋，于是乎，六千元大洋得一郎君就有了来历！

“用爸的姓，再加入妈的姓，不仅网络上搜不到重名，而且更能体现孩子是夫妻爱情的结晶。”姥姥神采飞扬地告诉诸位。运用双姓，为虎虎起四字名，正是姥姥的建议（格式：爸姓 + 妈姓 + 名）。社会学者认为：“双姓”四字名，既表明了子女与父母双方家族和血缘的关系，体现了男女平等，寓意为既传承父姓，也传承母姓；更表现了如今中国文化上开放的姿态和以人为本理念。

虎虎不想吐槽，院子里一个小哥哥的名字，也不知道他爸妈是怎么想出来的，非把俩人的姓结合。这下好了，他爸爸姓雷，妈妈姓郑，小哥哥的大名就叫“雷震子”，他真的是，被大家从小笑到大的。孩子曾经良心拷问过爸爸：“你给我起名字的时候，是不是喝醉了？”

名字来源于文字，古代典籍中，就有很多现成的好名字。喜欢读书的姥姥，从自己喜欢的文学作品中寻找灵感。姥姥、姥爷为人低调不过分祈求，不矜不伐、大智若愚，给虎虎取名“依然”，只愿外孙“依然”如妈咪就满足。姥姥感觉爆棚，给贝儿取了一个委婉动听，又极有文化意韵的好名字——冯黄依然！

姥姥将爸爸、妈妈姓氏组合，给虎虎创造了一个新姓，谐音“凤凰”。凤凰，亦作“凤皇”，古代传说中的百鸟之王，常用来象征祥瑞，凤凰齐飞，是吉祥和谐的象征，自古就是中国文化的重要元素。“依然”出至艾青《鱼化石》诗：“在岩层里发现你，依然栩栩如生。”

提名如下：爸爸妈妈：冯黄爱；姥姥、姥爷：冯黄依然。

公布候选名单后，姥姥的“依然”被爸爸热烈推崇！“这名字太好听了，还赋予了意义！”爸妈中意，姥爷点头，一锤定音——“冯黄依然”悄然酿成。

好听！好听极了！【不住地鼓掌】

哦嚯嚯！姥姥给虎虎起的名字，听起来悦耳，叫起来上口。其人如名——漂亮、乖巧、有教养、有气质、大气！【得意】有道是：冯家有女初长成，养在深闺人未识。哦哈咿耶！

79.

心疼一下人生

2010年5月5日 星期三 19℃ ~ 29℃

多云 无持续风向 微风 立夏 孕30周 农历三月廿二

5月，这个似水的季节，虎虎悠然地坐在暮春的肩头，温暖的阳光洒进心扉，激荡着心灵深处的温馨诗行，用心聆听着，泥土灵魂的悠悠歌唱。五一小长假结束，将军骑上马，各自奔前程，人在江湖。

昨天姥爷回河南，妈妈和姥姥一起回依山城。晚，妈妈惊奇发现自己脚浮肿，恰好这时姥爷电话打过来，“爸爸！您女儿的脚吃‘胖’了耶！呜呜……”妈妈撒娇撒痴说胡话。

姥爷对着话筒，给宝贝闺女献计：“过去你妈怀你时就这样。晚上用热水烫烫脚，睡觉时把脚垫高，要注意休息，不要长时间站立，尽量减轻双脚的负重，毕竟现在是两个人了，放松放松，会没事的！”

妈妈放下电话，执行姥爷吩咐。烫脚、垫高……然后钢琴曲胎教，随着欢快的音乐，虎虎手舞足蹈，身上的每一根神经，都有跳动的音符……哦嚯嚯！像是俯身，又像是仰望；像是来，又像是往……这舞姿，是那样从容不迫，又是那么

不已地惆怅，实难用语言来形容。【辣眼睛】

舞中虎虎突然发现，妈妈在疯狂地玩消消乐……姥姥问其原因，妈妈很敞亮，说：“抓紧时间多玩几关，以后智商越来越低，基本就告别消消乐了。”

“孕傻”是有科学依据的，并非空穴来风。经研究证明，怀孕期间，女性的脑容量，较之前会降低 4%，认知能力、记忆力和执行力，确实比未怀孕的女性差。一孕傻三年，还不是“我的眼里只有你啊”？嘻嘻……

呦嗬！宝宝接着舞下去，阻止妈妈玩游戏……像是飞翔，又像步行；像是倒立，又像倾斜……不经意的动作也决不失法度，手眼身法都应着钢琴曲。络绎不绝的姿态飞舞散开，曲折的身段手脚合并。

妈妈压着怒意问：“姆妈，为什么宝宝总是没事就踢我呀？”“可能是贝儿对你有意见吧！”姥姥故意把“吧”字拉长音。妈妈放下游戏半信半疑：“平时我天天补身体，让宝宝又是吃肉，又是喝汤的，今天玩个消消乐嘛，能对我有什么意见？”姥姥装作很懂的样子：“这个，不是说孩子都会有一个叛逆期嘛，也许宝宝正处在叛逆期吧。”妈妈关了游戏仍然不解：“这……叛逆期也太早了吧！”姥姥看着妈妈，深思了一下：“呃……那可能是……早熟吧……”

夜，点点繁星，好似颗颗明珠，镶嵌在天幕下，闪闪地发着光。淘气的小流星，在蓝幽幽的夜空，划出一道金色的弧光，像织女抛出一道锦线……妈妈连忙对着流星许了个愿：“希望您能把我的宝宝变乖一些。”谁知刚许完愿，流星“嗖”

地返回来，对着妈妈埋怨：“大姐！就您那捣蛋孩子，也能变乖？诚心为难我是不是？”

今天，妈妈喝着姥姥炖的冬瓜鸭子汤，那“脚”果然不“胖”了。而且，妈妈说，从此以后，再也不给虎虎做钢琴曲胎教啦！

嗷嗷……微雨过，小荷翻。榴花开欲然。【调皮】

敲黑板，虎虎上课了！出现脚肿的原因有：胎儿发育过程中会压迫到子宫静脉，下肢血液回流因而受阻，而使小腿、双足踝部、足背等处浮肿。女人怀孕六个月之后，一般会出现腿部肿胀的现象，这是孕妇在怀孕后期出现的正常现象。

姥姥会保证妈妈这一时期饮食清淡，睡前保证泡个热水澡，有时还用热水泡泡脚，按摩水肿部位，促进血液循环。妈妈！产生此种症状不必惊慌，经过食疗、休息和辅助方法，浮肿会明显减轻，甚至是可以完全消失的。

唉！做妈妈的滋味真不一样，虎虎深情地回望。妈妈！您若安好，便是晴天，请接受宝宝最真心的祝愿！

80.

你能让思念不吵吗

2010 年 5 月 7 日 星期五 21℃ ~ 29℃

多云 无持续风向 微风 孕 31 周 农历三月廿四

劳累了一天的太阳，拖着疲惫的身子，收起了耀眼的光芒。随着腹部的增大，妈妈感觉越来越累，想“卸货”了。与宝宝见面的日子越来越近，姥姥的待产包和新生儿用品，有没有准备好？如果还没开始准备，就别再往后拖啦！

这时虎虎的肺部和消化系统，已基本发育完成，身长 45 厘米，体重 1800 克，身长增长减慢，而体重迅速增加，有些地方宝宝还在自己完善。虎虎感觉妈妈的胃口不是太好，虎虎在想：是不是宝宝长大了，把妈妈的胃挤小了呢？虎虎喊：妈妈！宝宝的小脸蛋，被压扁啦！【快哭了】

晚饭的时候，听到隔壁李嫂在教训儿子，妈妈过去看看。李嫂在辅导儿子写作业，很生气地吼叫：“20 减 8！不会啊？20 减 8，你 0 不够，你上前借一位不行吗？”敖武很无辜地：“它要是不借呢？”妈妈歇斯底里地怒吼：“它能不借吗？它有，它还能不借啊？”敖武：“谁会无缘无故借给我啊！”妈妈狂野嘶吼：“你只管给它借一个，不借提我名！”

李哥扑哧一声笑了："你喊啥？整个楼都听到了，别吓到漪涵肚子里的孩子。哎，老婆，我想跟你借点钱花……你有，借吗？"

李嫂气咻咻地，恐吓敖武："敖武，你给老娘听清楚，不好好学习，是要结婚的！"妈妈一旁直打"啧啧"："说得好！承教了！贝儿，听到了吗？啊哈哈……"

妈妈，走吧！快走吧！这也忒吓人了，受不了啦。虎妈式教育，并非适用于所有的孩子，像虎虎、敖武我们这种叛逆的孩子，似乎难于服从。

妈妈回到家里，用一个小手电照射腹部，虎虎眼前瞬间彩虹飞扬，虎虎转过头来，追随充满色彩的这个光亮。伸出小手来触摸，咦！不烫！宝宝的一双大眼睛，始终神采奕奕。

妈妈满面桃花的样子，对虎虎乐呵呵："贝儿呀，'房子'小了，就消停消停，乖乖地听妈妈给宝宝念唐诗宋词好不好？"妈妈选择那些画面感强、意境好，且朗朗上口的诗词作品，吟诵给虎虎听。诗文朗诵完了，妈妈还对作品做详细、清楚地描述，嘿！妈妈做胎教，自己也乐在其中……

目前的妈妈，肚子越来越大，身体各方面都出现诸多不适应。还好有姥姥体贴入微的呵护，状况有所改善。但是怀孕的女人，一般比较容易情绪化，爸爸不在身边的日子，有的时候，妈妈确实会觉得很委屈。妈妈想等自己撑不下去的时候，提前休产假。

妈妈担心夫妻两地分居，会导致出生后的虎虎感觉不到家庭的温暖，缺少父爱。为了宝宝的健康成长，还是结束两地分居，早点在一起吧！

今天，妈妈了解了湖北省公职人员夫妻两地分居调动政策，准备向公安处递交“调动申请”啦。

极美的星夜，天上没有一朵浮云，深蓝色的天上，满缀着钻石般的繁星。星星像顽皮的孩子，在稚气、执着地注视着伏案起草“申请”的妈妈，仿佛用她那明亮的眸子，讲述一个美丽动人的“牛郎织女”的神话。

81.

小女人的小情绪

2010 年 5 月 16 日 星期日 17℃ ~ 29℃

多云 无持续风向 微风 孕 32 周 农历四月初三

虎虎越来越强壮，胎动方式也变得五花八门，名目繁多。虎虎不停地将头从左边转到右边，然后从右边再转到左边……周围的一切，跟走马灯似的，特别好看。如果再用纸糊花灯，内置一轮贴纸剪的漂亮的图案，那就更好看咯，这个摇头游戏好好玩。

已经孕 32 周了，虎虎的身体和四肢在继续长大，身长 46 厘米，体重 2000 克，全身的皮下脂肪更加丰富，皱纹减少，看起来更像一个婴儿了。内脏器官正在逐步发育成熟，脚趾甲现在都已经全长成了。【喝彩】

目前，妈妈感到骨盆和耻骨联合处酸痛，尿意频繁。这是虎虎正在逐渐下降到骨盆的缘故，妈妈的乳房也开始有乳汁流出了。同时，妈妈的手指和脚趾的关节胀痛，腰痛也加重了，沉重的腹部，使妈妈易于疲劳，懒于行动。

睡觉，也变得困难极了。碰到一款不合适的睡姿，妈妈担心会伤害到虎虎……一晚上，就得好几回，起来，重睡！

真是难为了亲爱的妈妈！【偷抹眼泪】

昨天妈妈回武汉，今天第七次产检。这次，妈妈要做一次详细的超声波检查，以评估胎儿的体重及发育状况，并预估胎儿至足月生产时的重量。为接近预产期出生的胎儿，选择适合时机出生，提供有价值的信息。

做胎检，医生说："宝宝脐带绕颈啦！"妈妈，别害怕，没什么大不了的，虎虎那么聪明，不会玩伤害自己的危险游戏的，接下来的两个月，宝宝会自己绕出来的，妈妈！给虎虎一点信任好吗？

医生还告诉妈妈："宝宝现在是头朝下了。"妈妈："但愿宝宝会一直这样待着，出生的时候，就不会有太多麻烦了。"

姥爷买的"婴儿床"，商家送货上门已好多天了。今天从医院产检回来，爸爸、妈妈决定提前装起来，挥发一下有害气体。

爸爸在聚精会神地安装宝宝床，似乎忘掉了周围的一切。妈妈在一旁帮忙打着下手，还把动人的歌声扔出窗外，欢快的音符满天飞……

时间长了，爸爸实在受不了，直起腰来嗔怪道："老婆！《世上只有妈妈好》你从昨天唱到今天，这哪是胎教啊！纯粹是洗脑！谁家胎教整天唱一首歌呀！"

妈妈，撇嘴，不屑，继续："世上只有妈妈好……"爸爸，抓狂，龇牙，接唱："我有一个好爸爸，好爸爸……"妈妈，白眼："切，小样儿！"

之后相互不理……

妈妈忍不住，很“霸道总裁”地：“我当初真是眼睛瞎了，才嫁给你！”爸爸：“哎呀！你就知足吧，你当初眼睛瞎了，我都没有嫌弃你呢，怎么着？你现在眼睛好使了，你要过河拆桥啊！”虎虎以为爸爸是青铜，原来是王者啊！

幸福，是“试问岭南应不好，却道：此心安处是吾乡”的随缘自适。最美好的人，是能将一团乱麻的生活过得有滋有味。

虎虎偷偷听父母对话，爸爸别觉得宝宝听不到，要知道，您的宝宝听觉系统已经完善。此刻，虎虎突然想起，妈妈曾读过的一篇，关于胎儿在母体发育全过程的文章。记得文章中专家说，当胎儿发育到第 24 周以后，妈妈喜欢吃什么，宝宝以后也会喜欢吃什么！虎虎轻轻地戳了戳妈妈肚皮，暗示妈妈用绝招。

瞬间，妈妈邪恶了，马上过去，跟爸爸夯了一句：“别惹我，以后我让你孩子喜欢吃屎！”爸爸顿时笑趴了……“我的傻老婆！你想笑‘死’我啊！”

妈妈，发呆，疑问：“我是不是说错什么了？”虎虎：妈妈！咱们娘俩别这么重口味好吧！

躺着也中枪，虎虎好委屈啊！呜呜……【哭成泪人儿】

82.

孕味十足

2010 年 5 月 20 日 星期四 17℃ ~ 29℃

多云 无持续风向 微风 孕 33 周 农历四月初七

泡一杯清茶，于窗前凝神静品。似甜、似苦，似暖、似凉，道不出那心境。茶香萦绕，顺着轻烟，于风中曼舞。

妈妈已经胖得不得了了耶，虎虎体重有 2000 克，沉重的腹部，使妈妈出门的时候，不得不停下来休息好多回；持续的烧心感，让妈妈吃不下东西；还有各种疼痛，都让妈咪难受不安。【抹泪】妈妈，想着宝宝在拼命成长，弹掉一切坏情绪，陪着虎虎一起长身体！诸多不适算什么，其实，妈妈是幸福的！

同事给妈妈打趣道：“漪涵，你之前戴的戒指哪儿去了？是不是怀孕，戴这东西对胎儿不好啊？”妈妈俏皮的语调：“不是啦，现在怀孕不敢戴了，万一被抢了，跑不快啊！”

从 33 周开始，产检变为每周一次，每次检查的内容，没有明显的变化。不同的是，医生要开始做胎心监护了。

慵懒的虎虎，在午后喝一杯“小茶”，怡然自得……虎虎像一个“醉汉”小球球，在妈妈肚子里晃来晃去……啊！

宝宝“醉”了！两臂极力外张，借助拧腰、晃膀增加抖弹之力，一个“举杯邀月”，动作连贯顺达、有力……功夫虎虎，哼哼哈嘿地打醉拳，忒惬意。

干吗要对着别人的孕味照流口水？我们的尺度，才是最恰当的！妈妈！生完宝宝，您的胸，再也不会像现在这样挺起，产前火速留图为证吧。怀孕这个人生最特殊时期，当然应该拍一组艺术照了，给自己和未来的孩子，留下一个永远的纪念，肚子越大，拍出来越有意义。

说到孕期的记录，虎虎想，妈妈们都会选择拍照，毕竟，婚纱照可以补拍。作为女人一生中最特别的经历，孕期可是不能倒退着重来啊。再说，即使还会生二胎，但是每个孕期对于每一位宝贝来说，都是独一无二的。

时机一到，妈妈准备去拍“孕味艺术照”了，但姥姥百般阻止。姥姥一眼瞟过来：“伢崃，正展（‘现在’之义）都胖成这样了，去照相馆拍照，他们会按团体收费的！”姥姥老有才了，虎虎笑晕了！【咣当】姥姥很有气势地一挥手：“猫胡子，干脆还是在家我给你们母子拍吧，并且让尔等按单人支付！”笑点都被戳破了好多次，姥姥您这是要闹哪样啊！咿呀呀哈！

漂亮孕妈咪，风采出镜，高挑美丽，端庄动人，知性的气质，都让人眼前一亮。那一低头的温柔，要多女人就有多女人，要多美丽就有多美丽。在孕育生命的过程中，妈妈找到了母亲的角色，内心满溢爱意，很珍惜，和虎虎一起展现风采的机会。

嘿嘿！有时候，人要是臭美起来，连城墙都会汗颜的，呀嘿嘿！

5 月，把记忆凝为一幅画卷，不再随时间消融。记忆的花园，繁花似锦，永不褪去，经年的香气。

83.

阳光缓缓弥漫整个午后

2010年5月21日 星期五 18℃~30℃

晴~多云 无持续风向 微风 孕33周 农历四月初八

5月的天，阳光明媚和蔼，不经意地透过薄薄的云层，化作缕缕金光，洒遍大地，留下了款款热情。

吃了午饭到小区里转转，姥姥来电话：“去哪啦？”妈妈：“在楼下散步呢。”姥姥：“这么热的天，你出去干吗？别把宝宝晒黑了。”但凡妈妈步子跨得大了点，走得急了些，你都能看见妈妈身后，有一个一道小跑的身影，那是姥姥追在后面喊：“哎呀，伢崃，过点细（细心一点），小心我外孙！”啊啊啊啊！这样的姥姥，爱了！爱了！【啾咪】

爸爸领着祖孙三代去吃自助，进门的时候妈妈穿着一件宽松的外套，看不出怀孕的肚子。出门的时候，妈妈把外套脱了，搭在胳膊上，前台问：“女士，您这肚子是怀孕了吧？”身怀六甲的妈妈笑笑，调皮地说：“瞎说，我这是吃多了撑的！”哈哈……虎虎看到，前台的脸拉长了！

电梯从高层下来，到了我们等的中间层，妈妈很忐忑地把脚放进来，抬眼看看没超载，长吁一口气：“要是这次再超载，妈妈就把你生出来！”电梯内原有一位社会大哥，满胳膊文身，一手夹着烟，一手撸着串，跟班小弟一直在给他递水喝……那位大哥看了妈妈一眼，一边继续吹着牛，一边把手里的烟掐灭……让虎虎瞬间觉得好有素质，这才是大哥！【怒赞】

回来打车，司机紧张得要命，一路40公里/小时，还一直问妈妈："这个速度行吧，要不要再慢点。"嘿嘿！内容过于温暖，引起强烈舒适，打扰了。【怪我咯】

虎虎问：什么是身怀六甲？为何"身怀六甲"指怀孕？到底是哪"六甲"？虎虎来答：传说中，甲子、甲寅、甲辰、甲午、甲申、甲戌六个甲日，是上天创造万物的日子，也是女性最易受孕的日子。所以才有称女子怀孕为身怀六甲的说法。因为"六甲"在古代是60年的意思，身怀六甲很痛苦，就像过了60年。

到了孕晚期，妈妈每天忙忙碌碌地跑厕所，妈妈说："怀孕尿频的应该不止我一个人吧，真的是，还没干吗呢，就要去一趟厕所，出门的时候，恨不得把厕所带在身上拖着走。因为我每隔十分钟就要去一次，所以，每次出门，我最关心的就是厕所在哪儿，而不是要去哪儿。"

同事纳闷地问："黄漪涵，来回跑不累吗，就不能憋憋啊？"妈妈彪悍地回答他们："那可不能憋，我得把肚子里的秽物排空了，免得挤着我宝宝……"妈妈每次去卫生间都很惶恐，摸着肚子给虎虎解释："宝宝要乖哦，妈妈只是去拉屎，不是拉你，乖乖地待着别动……"

哎妈妈呀！妈妈这是打发闺女，娶儿媳——两头忙啊。【笑着活下去】

妈妈最近有点忙，刚才突然想起来，常方形叔叔家的阿姨预产期到了，赶忙打电话过去道喜，电话是叔叔接的：“漪涵啊，我们家宝宝还没生出来呢，都超出预产期两天了，我家宝宝好像……好像过期了。”呃……过期了……过期了……

妈妈打开优美的音乐给虎虎听，宝宝的听觉在这周迅速敏锐起来，顿觉心率加快，随着音乐的节奏而跳动。

爸爸偷偷在卧室练习打包宝宝，虎虎和妈妈透过门缝看到。爸爸把小抱被子摊在床上，放上枕头，左折右折被角，最后左手按住，右手折起小抱被子下角，左手抽出，然后托住抱被的下方，小心翼翼的那一“抱”，感觉全世界都在爸爸手中……老爸一脸幸福。

听说怀孕平躺宝宝会缺氧，所以妈妈睡觉都是左侧睡，醒来之后发现平躺了，吓得赶紧摸摸肚子。如果半天没动静，之后就是“啪啪”两巴掌拍到肚皮上，确定开启了滚筒洗衣机慢洗模式……才放心大胆地去睡觉。每晚几次，乐此不疲。

天上的星河，隔岸的灯火，都不如一个我。【么么哒】

84.

我为军嫂写满日记

2010年5月25日 星期二 18℃~23℃

小雨~阵雨 无持续风向 微风 孕33周 农历四月十二

这个雨夜不重，就像晴天里，您头顶飘着的那朵胖乎乎的云。穿着雨衣，虎虎愿意走得散漫，您在前方等宝宝，不要着急。

这段时间，虎虎增长的体重，大约是此前共增体重的一半还要多哦。现在体重已有2000克了，身长47厘米。身体开始变得圆润，头部已开始降入骨盆。妈妈的肚皮偶尔会一阵阵发紧。妈咪别紧张，这只是虎虎制造的“假性宫缩”，相对于临产前的真正宫缩。

妈妈孕育虎虎33周来，这是我们母子关系最为密切的阶段。妈妈运用与宝宝对话的方式，达到语言沟通的目的。我们往往一边听音乐，一边做放松练习，使母子完全沉浸于安定状态，进入“无言交流”的境地。

突然，姥姥卧室“咚”的一声，妈妈赶紧起身过去室内查看，惊诧地发现，姥姥掉在床下。妈妈吃惊地问：“姆妈，您怎么啦？”姥姥揉了揉摔疼的屁股，羞羞答答地：“感觉有蚊子咬，极讨人嫌，寻思翻身压死它吧，怎么就掉地上啦……”

好吧，冷笑话思维！姥姥，您赢了！让虎虎再笑会儿……直到深夜，妈妈一直想这事，乐得睡不着觉，哇咔咔！

一个平凡的女人，如果她选择嫁给军人，那么，她就成为一名伟大的“军嫂”！如果没有军嫂的理解、支持和帮助，官兵们怎么能扎根军营？怎么能矢志精武？怎么能履行使命？因此，虎虎今晚睡不着，索性提笔来赞美——军嫂！

揣着花季的梦想，怀着崇拜的心情，妈妈靠近军人，步入了军营。经历了与爸爸相识、相爱、结婚和孕子四部曲，妈妈成为中华人民共和国一名军人的家属，于是，拥有了一个响亮的称呼——军嫂。

妈妈有时也会在没人的时候偷偷哭泣，擦干泪后，告别柔弱，拥抱刚强，心与心的守望，弥补分离带给妈妈的创伤，短暂的相聚中，编织着绿色的希望。

一曲《血染的风采》，将军嫂们壮别爱侣，慷慨悲歌，激励亲人，誓死保卫祖国豪迈之情，发挥得淋漓尽致，催人泪下；而一曲《十五的月亮》，至今还久唱不衰。这是为什么？就是因为这歌曲明确地肯定了，军嫂们在保家卫国这一神圣事业中不可磨灭的功绩。

当军人在军旗下许下誓言时，他们已经把生命交给了祖国，他们会永远记住承诺，记得军旗下的那个军礼！军礼，再简单不过的一个动作，但对于军人而言，是一种刚毅、是一种坚强、更是一种无奈……军人也有铁骨柔情。所以，当爸爸右手敬礼时，心里牵着的是妈妈！

唉！人有悲欢离合，月有阴晴圆缺，此事古难全。

今天，父亲所在部队政治部，向母亲工作单位公安局，发函“请求调动”妈妈。全家团圆的日子，即将到来！

敬礼！虎虎向部队首长敬礼！

敬礼！虎虎向军嫂妈咪敬礼！

敬礼！虎虎也向自己——“兵娃娃”敬礼！

85.

虎虎在路上

2010年5月26日 星期三 18℃~27℃

多云 无持续风向 微风 孕34周 农历四月十三

古典婉约的文字，牵引着思绪的藤蔓，撩拨起虎虎百丈的柔情，迫使宝宝于这个迷离的月夜，走进了那条湿漉漉的幽长小径，轻声呼唤着妈妈。

孕34周，宝宝的各项发育指标，都逐渐趋向成熟，即便出现早产情况，99%的希望能够成活，并且，不会出现大的问题。从这周起，医生格外关注胎儿的位置，胎位是否正常，直接关系到准妈妈是否能正常分娩。

昨天上午，妈妈下班，在路口拦了一辆出租车，刚拉开车门，司机望了妈妈一眼，问："二位去哪儿啊？"着实把妈咪吓了一跳，左看右看只有自己，忽然低头看到肚子……"不就搭个车嘛，至于吗？哈哈……"

虎虎现在体重2400克，身长48厘米，坐高为30厘米。宝宝吃胖了，身体圆圆的！【得意】

到了孕晚期，身体的负担，给妈妈带来的精神压力越来越大，情绪难免浮躁。下了出租车，在阳光下，远山就像洗

过一样，历历在目，青翠欲滴……妈妈亮开歌喉，放声歌唱，用歌声平复心中的焦虑，培养虎虎乐观的心性。【怒赞】

妈妈怀着虎虎的时候，宝宝都是依赖妈咪的呵护。现在，自己的免疫系统正在渐渐地发育，等虎虎出生了，不仅能保护自己，还能保卫妈咪。

昨天下午，妈妈回武汉，刚一到家，虎虎自如地把头从一侧转向另一侧，眨巴眨巴大眼睛，在房间里到处找爸爸。

妈妈赶紧叫爸爸："鹤扬，你的宝宝在找你。"爸爸一过来，虎虎就不动了。爸爸等了半天也没变化，爸爸假装生气，说去厕所不看了。刚一出卧室，虎虎又开始探头探脑、左顾右盼。【坏笑】

妈妈立即又喊爸爸，害得爸爸都没提上裤子，就赶紧跑过来。站到妈妈面前的爸爸，看见虎虎又不动了。【偷笑】

于是乎爸爸高嚷："漪涵，我出去抽根烟啊！"然后在原地踏步走……然后，然后爸爸就瞅见，虎虎在妈妈肚子里，咕噜咕噜各种动弹。爸爸哈哈大笑："兵不厌诈，捉住啦！"【扮鬼脸】

爸爸、妈妈如坠云雾：这是咋的啦？还没出生呢，要成精呀！

妈妈推推宝宝的腿，再推推宝宝的肘，看看虎虎有什么反应。宝宝当然有反馈咯，妈妈每每这样做，虎虎逐渐熟悉了这个动作，知道妈妈在跟宝宝玩耍做游戏。于是，虎虎两脚抬起悬空，光着脚丫踢浪花……然后再做一套手肘提胸操，听说，这是公认的乳房保养运动呢……【偷笑】这个游戏，

虎虎和妈妈，常玩不腻。【卖萌】

爸爸、姥姥，时常关注妈妈的情绪，鼓励妈妈一定要勇敢面对分娩。姥姥还参加了医院产科门诊举办的孕妇课，掌握孕期保健、胎教和分娩常识。

今天上午，妈妈到“省妇幼”做了产检。这个时候的虎虎特别调皮，妈妈说，她好担心医生会说宝宝玩脐带，玩得又绕了颈……经过监测，一切正常，虎虎整装待发！

晚饭后，姥姥搀着妈妈遛弯的时候，有个老人家指着妈妈肚子问：“丫头，应该快生了吧？”妈妈很诧异，随后对方解释：“看你的肚子，都已经下去了。”没错，老人家简直火眼金睛，本周虎虎已经入盆了。

这时，暮色苍茫，整个小区，都蒙上了一层灰色的纱幔，景色迷蒙起来了。虎虎仿佛置身山水之间，苍苍水阔，妈妈一声声温柔地轻唤，将破壳而出，一地的微蓝。

86.

幸福的味道

2010年6月3日 星期四 20℃~27℃

多云~阴 无持续风向 微风 孕35周 农历四月廿一

时间像沙漏中的细沙，悄然流逝，正如初夏忽然而至的大雨，来匆匆，去匆匆。蓦然回首，灿烂的5月已经过去。轻轻地告别5月的多姿多彩，悄悄地迎来6月的盛夏繁华。虎虎静静地回头，默默地对岁月说：5月，再见，6月，你好！

还在坚持上班的妈妈，这周着手于休产假的问题了。因为虎虎增大，并逐渐下降，妈妈会觉得腹坠腰酸，骨盆后部肌肉和韧带变得麻木，有一种牵拉式的疼痛，使行动变得更为艰难，这也使得妈咪越来越辛苦。

妈妈现在的心态是，既焦虑又兴奋，虎虎多动一下或者少动一下，都会牵动妈妈的神经，从而引发各种猜想。事实上，虎虎偶尔动一动，是在传递给妈妈信号，告诉妈妈，宝宝很安全。

孕35周，虎虎现在已有2600克重了，身长达到了49厘米。可爱的虎虎，小胳膊和腿都丰满起来了呢，宝宝出生的时候，会让您看到宝宝的“莲藕手”！【嘚瑟】消化系统

也已形成，肠道中已经有了胎便。【抠鼻】

终于，因身体需要，昨天，妈妈向组干科申请，办理了请假手续。产假从6月7号算起，乱七八糟假期加起来，妈妈能休到虎虎出生半岁以后！【甜蜜】

单位关照妈妈，从递交“请假申请”之日起，就不用上班了。姥爷6月1号从河南到武汉，2号开车来依山城，接姥姥、妈妈和虎虎回武汉，姥爷说，在武汉陪妈妈、虎虎几天，6号再回去上班。

回到家，正是爸爸胎教的好时机。2号回家当晚，爸爸就抓住时机给“贝儿”讲故事听。

现在，宝宝已经不是在羊水里漂浮着了，也不太可能再拳打脚踢。“小城堡”对于虎虎来说太小了，虎虎常常会静静地用手托腮，当一个深沉的“思考者”。【媚眼】（虎虎这该死的、无处安放的魅力）

昨天晚上，爸爸像模像样地，给虎虎讲了个“丑小鸭”的故事；今天晚上，爸爸郑重其事地，给虎虎讲了个“白雪公主”的故事。

两天来的故事，妈妈和虎虎都很满意。宝宝想知道，明天，爸爸该继续讲什么故事给虎虎听，爸爸挠了半天头，温柔地对着妈妈的肚子说：“贝儿，明天，你复习一下这两天讲的故事吧！”

虎虎不愿动，也不想回应，爸爸就轻轻拍打妈妈肚皮，呼唤：“贝儿！贝儿！收到请回答！”宝宝虽然有点倦，但是，还是伸出小手，挠挠妈妈肚皮……

日益临近的分娩，使得妈妈忐忑不安，甚至有些紧张。爸爸一直在妈妈跟前碎碎念，稳定军心，安抚情绪。

姥姥关注妈妈和虎虎的营养补充：注意维生素 A、D 的摄入，让妈妈适当吃一些牛肉菜品，为分娩储备力量。

临产前的终点狂欢，想吃什么就去吃，想喝什么别憋着。到了这个时候，虎虎已经完全定型，妈妈的吃喝拉撒，对宝宝造成的影响基本不大。想想漫长的哺乳期，妈妈！还是赶紧甩开膀子“腐败”去吧！虎虎欠妈妈的“大餐”该还啦，噗嚓嚓！

87.

痛并快乐着

2010年6月9日 星期三 24℃~33℃

多云 无持续风向 微风 孕36周 农历四月廿七

凡走过的路，都会留下痕迹。时间就像一块橡皮擦，可轻易抹去那些曾经有心无心错过的记忆，但它不能擦去那些因过错而烙在心头的印痕。

这个阶段，妈妈的子宫壁和腹壁，已变得很薄了，有更多的光亮透射进来。虎虎终于看清了，看清了妈妈：心胸开阔、光彩照人，菩萨心肠。虎虎是妈妈的小心肝……看看，看看吧，小手、小脚丫，还有这聪明伶俐的脑袋瓜……都清楚地在妈妈的腹部突现，哈哈！虎虎把可爱全部交出来。

孕36周的虎虎，已有2800克重，身长为50厘米，妈妈的体重增长，也已达到最高峰。本周虎虎正在努力地，为出生做准备，随时根据妈妈产道的需要，变形自己的小脑瓜。搞笑的是，妈妈比以前更频繁地去卫生间……【偷笑】

妈妈现在能感觉到，虎虎胎动主要是用小胳膊和小腿捅肚子。有时候，宝宝“二”起来的时候，会把妈妈的肋骨踢到。不好意思，有点疼。妈妈温和地说：“痛并快乐着！”女人固然是最脆弱的，但母亲，是坚强的。

随着宝宝在子宫里日渐长大，母体的其他器官会受到“挤压”，心脏也不例外。为保护妈妈的心脏不受伤害，该出手时就“出手”，虎虎以一己之力，下沉到骨盆，内脏器官稍稍归位，妈咪轻松愉快了许多，食欲开始好起来，呼吸也变得舒畅。宝宝在发育过程中，产生一些胎盘细胞，这些细胞，也可以帮助恢复妈妈的心脏功能，守护妈妈的安全。

很高兴妈妈不用去上班了，早晨阳光很好的时候，妈咪就在阳台上坐一会儿，脚还垫得高高的。妈妈闭上眼睛，把身体转向太阳，做光照胎教，给予虎虎脑部适度的良性刺激。虎虎好奇地眨着大眼睛，随即将头转向光亮……温暖的阳光，穿梭于微隙的气息，舒适，悠长。

爸爸依然如故地，给虎虎讲故事。老爸：“贝儿啊！爸爸给你讲个小蝌蚪找妈妈的故事。说：有只小蝌蚪走丢了，看到了一只羊就喊妈妈，妈妈！羊说：我不是你的妈妈，你的妈妈是黑色的。找啊找啊，小蝌蚪看到了一头黑猪，就跑过去喊妈妈，妈妈！黑猪说：我不是你的妈妈，你妈妈是黑色长尾巴的……”

听到这，虎虎实在听不下去了。不说蝌蚪是怎么遇见羊、猪的，难道爸爸您真的不知道，蝌蚪的妈妈是青蛙吗？爸爸！求您别给宝宝胎教了，您胎教出来的虎虎，肯定为智商着急！

虎虎试着想和爸爸吵一架，宝宝非常气愤地在“小城堡”攥紧拳头，闭上眼，伸出拳，气势汹汹地对着爸爸……然后，然后，就只放了一个屁……【笑到飞起】

虎虎：爸爸，宝宝想找您谈谈。爸爸：以什么名义，女儿？虎虎：算了，那就别谈了，您做得很好。【皮一下】

88.

幸福离您有多远

2010 年 6 月 12 日 星期六 21℃ ~ 33℃

多云 无持续风向 微风 孕 36 周 农历五月初一

早晨，太阳公公把许许多多的云朵，铺满天际，将蓝蓝的天空，点缀得格外漂亮。姥姥带妈妈散步，顺便到菜市场买些菜回家。妈妈日常活动，总有姥姥陪伴，这样既可促进健康，也可避免临床分娩前的孤独和焦虑感。

出门前，妈妈跟虎虎商量："贝儿，妈妈带你到菜市场买菜好不好？在那儿，我们不仅可以买到新鲜又便宜的水果，还可以看到鸡、鸭、鱼、大龙虾……"随着宝宝进一步增大，活动量减少，妈妈很难感受到宝宝对腹壁强有力的踢踹、冲撞了。回复妈妈，取而代之的，则是一个缓慢的伸展动作。吸气，两臂向上伸举过头，抬头向前看远方……

走进菜市场，店家的吆喝声连成一片，喊声轻重缓急，抑扬顿挫。还夹杂着此起彼伏的鸡、鸭的"叽叽""呱呱"……随着卖家的叫喊，顾客纷纷挤到摊位前，就可以听到，买家和卖家在讨价还价……老板们忙着称菜、收钱，兴高采烈，不亦乐乎。

姥姥走在前面开路，妈妈紧随其后，用手护着腆得圆圆的大肚子。虎虎告诫：各位请让开，这可是一个熟透的“瓜”！【憨笑】

妈妈煞有介事地，跟腹中的宝宝对话：“贝儿，听见了吗？咯咯叫的是鸡妈妈，我们吃的鸡蛋，就是它们下的；嘎嘎地叫个不停的是鸭妈妈，是不是看上去它很骄傲？是的，因为它下的鸭蛋比鸡妈妈下得大……”惹得那些菜贩子，在妈妈后背叽叽喳喳：“你们看，那个挺着大肚子的小媳妇，她在跟谁说话？”

也许，今天是周末，职场妈妈为家人大显厨艺来采购。渐渐地，人越来越多，摩肩接踵的，不断从几个入口涌进来。姥姥看这架势，即日是买不成菜了。只好拨开人群，小心翼翼地搀妈妈回家。

好险啊！妈妈，以后再也别到这种地方来了！就这胎教，不是毁人下一代吗！

妈妈骂道：小屁孩！“吵吵”胎教有什么不好！尽早给予你适宜的刺激，增加听觉经历。为日后能言巧辩做律师，打下坚实的根基。【翻白眼】

回到家，妈妈一屁股蹾在沙发上：“感觉好累啊！肚皮绷得很紧，肚子很胀……”

这时妈妈的肚子已相当沉重，起居坐卧颇为费力。妈妈感觉下腹部坠胀，甚至有虎虎时时要出生的感觉。

敲黑板，画重点！妈妈！孕晚期子宫肌肉较敏感，会出现肚子发硬，不规则的子宫收缩，称为假性宫缩，虎虎在为真正的宫缩打基础。妈妈，当肚子变硬的时候，是虎虎对您的一种提示，需要妈们休息了，不要害怕，很正常。

本周，大概产前焦虑症来造访。妈咪听多了姐妹们的生产经过，分娩过程中的场面，让妈妈有些惧怕紧张。

为了缓解妈妈产前紧张情绪，爸爸陪妈妈去医院打探军情，陪妈妈一起，了解产房的环境情况。熟悉的环境，能让人感觉舒适、放松，到时候生虎虎的时候，妈妈才不会恐慌。

岁月如歌，人生如潮。妈妈！给生命一个微笑的理由吧，别让自己的心承载太多；给自己一个取暖的方式吧，以风的执念求索，以莲的姿态恬淡。盈一抹微笑，将孕期打磨成您人生枝头最美的景色！

89.

有您陪伴真好

2010 年 6 月 14 日 星期一 21℃ ~ 35℃

多云 无持续风向 微风 孕 36 周 农历五月初三

虎虎身体各部分器官，在这一周，都已发育完毕。只剩下“肺”器官是最后一个成熟——直至虎虎出生后的几个小时里，正常的呼吸模式才能建立。妈妈的“水世界”显得越来越狭小，由于无法再施展拳脚，虎虎除了啃手指，似乎变得游手好闲，无所事事。

突然，妈妈的子宫运动起来了，“墙壁”从四面八方向虎虎挤来，洞穴变得越来越小，心脏有被挤压的感觉，胸闷，气短，心肌缺血……宝宝害怕极了。妈妈这时候赶快停止了一切活动，做着深呼吸，虎虎清楚地感觉得到，妈妈的心脏越跳越有力……妈妈的心跳，是宝宝的世界里，最温馨的打击乐器。【调皮】

妈妈轻柔地抚摸肚皮，安慰着虎虎：“贝儿！不怕！不怕！有妈妈在，就有宝宝在！”这熟悉温暖的声音，给了虎虎无限的力量，有妈妈在，还怕什么！继续，啃宝宝手指头……

医学解释这种现象：怀孕晚期，孕妈咪的身体，会通过一些疼痛演习，准备应战“生产”。在产前疼痛发生的时候，孕妇的肚子会变得硬邦邦的，子宫蜷成坚挺的球形，孕妈咪会感觉很难受。

宝宝也真切地感受到了疼痛，这是备战“生产”的热身训练。这时候的虎虎，铆起劲地喝羊水，一天能喝三升（所以会撑得打饱嗝）。这样的海量，让宝宝的胃、膀胱和肾做好训练，准备迎接外面的独立生活。

经历了这场让人不安的惊恐事件后，虎虎特别想看看妈咪！

此时的姥姥，已绸缪好了“生产”专用的基本物品——“待产包”，它可谓是“麻雀虽小，五脏俱全”。有妈妈的洗漱用具、腹带、换洗衣物、手纸和手巾等。此外，预备好医疗保险卡、信用卡、备用资金，把一切可能需要联络的电话也准备好。还有虎虎的衣物、洗浴及喂奶用品……然后把妈妈“交给”医生就行了，姥姥对待这个游戏的态度，非常严谨。

这时期的妈妈，各种不适症状加重，如腹壁皮肤紧绷、行动不便……常常会觉得很不舒服，好像身体已经负担不起两个人。妈妈每天都甚是乏累，走路相当笨重，后期上楼都需要扶着扶手，怎一个“累”字了得！

姥姥寸步不离陪着妈妈，满足妈咪各种需求，还绞尽脑汁地，让妈妈的注意力，从肉体上的痛苦，转移到期待虎虎出世的心情中。

晚饭后，电视都懒得看的妈妈，偷偷拉着爸爸的衣角，轻轻说：“老公，你女儿刚刚跟我说：她困了，要妈妈陪她去就寝。”说完指了指自家圆圆的肚子。爸爸顿时笑喷，搀起妈妈到卫生间：“明明自己困了，还赖未出生的宝宝啊？洗洗睡吧！我还有工作，再去趟单位。”

家人多一点耐心和包容，用理解和爱，陪伴妈妈走过孕期最辛苦的这段时光。

爸爸是位不折不扣的军人，严格履行自己的诺言。深夜，老爸处理完工作回到家，轻轻摇醒睡梦中的妈咪：“老婆，醒一醒，我跟贝儿互动还没完成呢，今天的故事，不能拖到明天听！”因此，爸爸清了清嗓音，悠悠地，给虎虎讲起，早已准备好的“葫芦娃兄弟”……结果，第一个葫芦娃，还没从藤上蹦跶下来呢，画风逐渐失控，妈妈和虎虎，响起了呼噜声……

老爸，您这连续剧，宝宝真的没法听！爸爸乖，别难过！等虎虎出生了，带老爸去菜市场，看别人吃糖好不好？【超想笑】

90.

说多了全是泪啊

2010 年 6 月 19 日 星期六 23℃ ~ 34℃

多云 无持续风向 微风 孕 37 周 农历五月初八

虎虎生长的速度“轰轰作响”。孕育 37 周，虎虎身长 51 厘米，体重 3000 克。因为空间太小，虎虎已经无法在妈妈肚子里做运动了，宝宝就利用这段时间，在安静的子宫里发育大脑。

妈妈每天给虎虎读名著，专选那些立意高的、风格雅的、个性鲜明的作品阅读。尤其选择国学和中国四大名著里最经典的段落和章节……至乐莫若读书，至要莫若教子。妈妈在阅读这些文学作品的时候，虎虎边听边体会，强化自己对美的感受。

虎虎乖乖地听朗读，妈妈好喜欢，每次读完章节，都要狠狠地、没有底线地表扬虎虎：“贝儿，你真是妈妈的好宝宝！跟贝儿在一起的感觉真好！”“大鹏一日同风起，扶摇直上九万里。果然宝宝不一样，妈妈真为孩儿骄傲！你是妈妈的唯一，这些天，辛苦了……”么么哒！妈妈！别夸啦，夸得人家不好意思嘛！

本周宫缩比上周更加频繁，妈咪怀疑自己是不是真的快生了，医生告诉妈妈：其实，这只是正常的宫缩，并不是临产。

妈妈的产检频率，达到孕期最高峰，今天去医院做产检。医生要求妈妈，去做一次黑白B超，重点在于，明确虎虎是否有脐带绕颈现象，明确虎虎目前的入盆情况，预估虎虎体重，以确定分娩方向。

揽住轻松的小蛮腰，抓紧快乐的小嫩手，拉住开心的小玉臂，拽紧舒坦的小粉腿，放松心情，酣然梦中，B超医生却说虎虎这是“懒”。医生拍拍宝宝屁股：“小屁孩，醒醒！”这一声喊，宝宝醒了，活动活动筋骨，转动转动大脑，眨巴眨巴眼睛……什么事啊？

医生说：“先听胎心吧。”结果，他惊奇发现：“这胎儿，心率变化很诡异……，他竟然自己恢复了。”仔细一查，医生大笑：“小屁孩，手里攥着自己的脐带使劲捏，把自己捏缺氧昏迷了……手一松，又恢复了，然后又捏脐带……又昏迷……这孩子真调皮，在用生命玩脐带啊，哈哈……”

一番折腾，医生宣布检查结果：“先报喜，宝宝已经有六斤多了，长势喜人啊！然后再报忧，羊水过少，胎宝宝容易发生缺氧、窒息；胎位呈‘臀位’，还有脐带绕颈的现象。是不是平时胎宝宝比较捣蛋啊？才造成了如此现象。”最后医生一脸严肃建议：“黄漪涵，尽快入院——剖宫产！”

虎虎听说大多数宝宝，现在都是采取头向下的姿势，您别说，虎虎调皮，就是一个例外。入盆了入盆了，宝宝又重新蹦出来咧，咯咯……如今胎位不正常，虎虎也没办法！现在胎位调整，可能性已经不大，哪还有空间让虎虎大翻身啊！

从B超室出来，遇见一个在取检查结果的孕妈妈，在窗口号啕大哭。医生护士在旁边安慰："别太难过，还年轻，还有机会。"咱也不知道，咱也不敢问，虎虎猜测，一定是阿姨的宝宝，捏脐带玩没撒手。你是不是傻啊，你是不是傻啊！你怎么没有虎虎聪明呢！【白操心】

回家后，温馨的席梦思床上，妈妈轻拍肚皮："贝儿！让妈妈摸摸你，妈妈白天带你去检查了，大夫说你长得很好，就是太淘气，把玩脐带绕了颈，你还玩错了体位。孩子啊！不要怕，你能作茧自缚，就能破茧成蝶。贝儿已足月，可以离开妈妈在外生存啦！妈咪好舍不得宝宝啊……"

很想哭，虎虎也是……

91.

仅此一次，下不为例

2010年6月20日 星期日 24℃～34℃

多云 无持续风向 微风 孕37周 农历五月初九

今天，一个无风的中午，天气有些炎热。耀眼的阳光，显得格外威严，树上的小鸟，都懒懒地歇在枝头，似乎正在回忆一个古老的故事。

爸爸深夜接部队命令，执行完任务，临近中午才回家。妈妈的同事，已做了母亲的唐晶，给妈妈分享“生产”经验，后脚跟着爸爸突然造访虎虎家。爸爸感觉不便，就去卧室睡觉了。

唐晶阿姨，有个可爱的儿子，大虎虎一岁。阿姨身着红白相间的，宽松全棉衬衣，衣领自然敞开着。紧身的牛仔长裤，衬托修长的两条腿，既潇洒又富有美感。虎虎：阿姨，您的装扮，成功！【大拇指】

唐晶阿姨，一边翻看着我们家的“待产包”，一边帮妈妈分析：“漪涵，其实，宝宝在妈妈肚子里，养得并不是越久越好。”

唐晶阿姨，给妈妈讲了一个案例：她们邻居张灿，37周产检发现羊水少、宝宝情况不太好，产科医生建议马上住院剖宫产。但是她和家人，都觉得宝宝离 40 周预产期还有 20 多天，这么早生出来怕养不活，坚决要求把宝宝放在肚子里再养几天。当她孕够 40 周分娩时，发现羊水严重粪染，宝宝出现新生儿窒息、胎粪吸入综合征，被送进了新生儿重症监护室，经济负担重不说，宝宝还留下了肺炎。

敲黑板！足月妊娠，指的是妊娠满 37 周。宝宝只要足月了，出生后，基本都可以健康成长。

现在，虎虎不是因为淘气出现“情况”了吗，妈妈就应该听从医生的意见“结束孕育”，把您的宝宝从不好的环境解救出来。别心存“瓜熟蒂落”的思想，盲目排斥终止妊娠会造成新生儿窒息，甚至胎死宫内、死产……

中午，留客人吃饭。卧室里老爸大声喊：“把门带上啊，我要穿衣服起床！”走到门口的姥姥，冲着室内小声问：“你起来干吗呀？”爸爸：“起来吃饭哪！”姥姥重重地强调：“不许起来,继续睡！”慢悠悠地补充:“饭不够……够……够……”然后，把房门关上。

哈哈！姥姥不易,掌管全家的吃喝拉撒,也是蛮拼的!【大拇指】

插曲过后，马上回来。华裔电脑名人王安博士，当机不断的教训，虎虎受到了启迪：只要自己认为对的事情，不可优柔寡断，必须马上付诸行动。

在家人、朋友，还有虎虎的支持下，妈妈当机立断：“就这样吧，终止妊娠，入院！淘气的贝儿呀，适可而止吧，仅此一回，下不为例哦！”

当一片金黄色的阳光，与欢快的风儿一起舞蹈，震撼虎虎火一般的活力，点燃生命的烈焰，足以把懵懂无知驱逐。当妈妈带宝宝跑向户外，拥抱、亲吻阳光时，虎虎会面向辽阔的大地，从心底道一声：阳光，你好！

92.

抬头，让眼泪倒流

2010年6月20日 星期日 24℃~34℃

多云 无持续风向 微风 孕37周 农历五月初九

成功的花，人们只惊羡它现时的明艳；而当初的芽，却浸透了奋斗的泪泉。在还不能称为“胎儿”时候，虎虎就开始在妈妈的子宫内四处游动了，这种漫无目的的游动，没有什么姿势可言，随心所欲，随遇而安。这一“健身”活动，从虎虎6周起，一直持续到孕晚期。

虎虎在孕育过程中，性格、气质就已萌芽，还包括爱、憎、忧、惧等不同感情。新近的研究表明，胎儿在子宫里，不仅有感觉，而且能对母亲相当细微的情绪、情感波动作出敏感的反应。孕16周后，虎虎就过着积极的情绪生活，不满意时，也会发点小脾气。

事实验证：孩子过早进行体育锻炼，是不明智的选择。虎虎整日在妈妈肚子里打拳，不管是虎鹤双形，还是孔雀开屏，兴致来了，胡乱打一通。宝宝就是活泼过剩，导致脐带绕颈，胎位不正。

由于虎虎的表现太过抢眼，引起了医生的关注，才建议妈妈提前住进医院……老爸看宝宝活力满满，大伤脑筋，硬说虎虎仿佛乘着风，打了鸡血……

汉武帝晚年犯的错，绝对不在少数，但是因为他象征着大汉昌盛，象征着华夏辉煌，所以，后人对他的错误“大度”地忽略不计，或者干脆选择不予理会。

虎虎，扬的可是咱老冯家的威风！虎虎，扬的可是咱老冯家的威风！虎虎，扬的可是咱老冯家的威风！重要事情说三遍！

能“一鸣惊人”的人，必定在他“不鸣则已”的时候，不断养精蓄锐；能“动如脱兔”的人，必定在他“静如处子”的时候，细细观察；能“一夕成名”的人，必定在那一夕之前，有着千百个夜晚，暗暗地涌动……不要只盯着别人的成就，而忽视了人家背后的汗水！

对于虎虎来说，在妈妈肚子里的日子是快乐的，没有烦恼。38周，这么早就出世，那以后，凡事不都要快半拍吗？到时候，会不会有人埋怨，是宝宝胎儿的时候落下的毛病啊！

妈妈！您厌了吗？我们母子要分开吗？

虎虎多想和妈妈一起，在阳光下挥汗如雨。

虎虎多想和妈妈一起，在榆荫里偷享清凉。

微凉清风携几片树叶，随长江东流，流向那未知的远方。再回首，曾在脐带上留下的圆，是否依旧？那几只聒噪的黑鸦，是否还在月黑风高之夜，倾诉凄凉与悲伤？

93.

到站了，还是该走了？

2010年6月20日 星期日 24℃~34℃

多云 无持续风向 微风 孕37周 农历五月初九 父亲节

金色的阳光，慵懒地洒在阳台。送走挚友，妈妈想睡一会儿，拿起床头《红楼梦》，躺了下来。爸爸紧挨着妈妈在翻看手机，酝酿午睡情绪。忽然，老爸发现今天是“父亲节”，男人的节日啊！一年还就这一次。世界上的第一个父亲节，1910年诞生在美国。惯例五年一小庆，十年一大庆，这百年嘛……

爸爸满脸堆笑：“老婆，今天可是我的节日呢。”妈妈端起茶杯抿了一口，喜滋滋地：“好啊！好啊！那今天就让你做主。”于是，给了爸爸一张“毛爷爷”，双眉一挑笑着说：“中午饭都吃过了，那就晚饭吧。菜，你自己选，饭，你看自己心情，做成什么样的都行，用煤气灶，还是电磁炉，你随意……”虎虎神秘莫测地笑：哈哈……爸爸啊！自己挖的坑，自己跳进去！虎虎给您个眼神，自己体会！

妈妈把《红楼梦》放在床头柜上，摘下眼镜，倚在床头问爸爸一个问题：“鹤扬，你知道，如何简洁快速地区分四大名著吗？”爸爸这硕士文凭，咋可能会给这题难住？于是娓娓道来：“三国真；水浒浑；西游记，骗死人；看红楼，伤感情。”爸爸以为，这几句三字经，能镇住妈妈，让她好好崇拜这满腹经纶的男人。

谁知妈妈来一句：“什么乱七八糟的，看老婆给你细细说道，你看哈，《三国演义》里几乎都是男人；《红楼梦》里几乎都是女人；《水浒传》里几乎都是狠人；《西游记》里几乎都不是人。”说完问爸爸:“鹤扬,你老婆总结得咋样？”爸爸沉吟道：“我能咋样啊？真是听君一席话，白读十年书。我十年寒窗没冻死，原来是让我今天再好好长见识来了。”妈妈窃喜，突然：“军师救我！哥哥救我！悟空救我！妹妹救我！”爸爸笑哭……

爸爸、妈妈在卧室探讨四大名著，姥姥却在客厅无穷无尽地洗衣、晒衣、收衣、叠衣服……虎虎认为，家事，就是人生最大的西西弗斯，重复着这个，没有任何希望，又毫无意义的动作——好像……好像吴刚砍桂花树。

虎虎感觉“房子”挤得慌，憋得难受，开始一套舒展运动，体侧伸展，胸肩扩展，上臂、腿部拉伸……妈妈午睡睡不好了，忍不住嘀咕了一句：“小屁孩在里面干啥呢？一直捣鼓没停！”爸爸看了一会儿跌宕起伏的肚皮,笑着说道:“住个二手房，忙装修呢呗。”

除了睡觉，虎虎还是一刻都不安静，妈妈的子宫内，并没有给宝宝提供什么玩具，虎虎是靠自娱自乐打发日子。脐带，是虎虎最喜欢玩的玩具，之前，宝宝总是拿脐带当跳绳，单脚跳、旋转跳、绕手跳、弓步跳、抬步跳……精神头儿十足，越玩越起劲，玩“嗨”的节奏，拦都拦不住！

妈妈平时跟虎虎有交代：“贝儿，要乖哦，别捣蛋哈，不要玩脐带！寂寞的时候可以玩，但千万要归还原处！”

“房子”太小，虎虎现在只能围着脐带转圈圈，嗯？缠绕！转不动呢……呜呜……妈妈！宝宝摊上大事啦？物是人非事事休，欲语泪先流。

妈妈安抚，轻柔的抚触，暖暖的爱意：“贝儿啊！打起精神来！每个人都有生活的浅滩，宝宝的微笑，有妈妈来呵护。贝儿，不哭！局势严重，刻不容缓，要尽快解救，让妈妈的贝儿，脱离危险和困境！听妈妈话，别动！”妈妈满眼藏不住的宠溺，虎虎喜欢这感觉，渐渐地，情绪平复下来。

静静地，躺在妈妈怀里，感觉有风轻轻拂过脸庞，一缕阳光，透过一团乱麻脐带的缝隙，在虎虎两条大长腿上，映出一片斑斓。

94.

午后的犹豫

2010 年 6 月 20 日 星期日 24℃ ~ 34℃

多云 无持续风向 微风 孕 37 周 农历五月初九

爸爸、妈妈在午休，趁这空当，姥姥去了趟菜市场，看到几条海水鱼貌似快死了。就过去问价钱，老板：“一斤 30 元。”姥姥记住了，然后到外边转了一圈，回来看死了没有，没死……再去转一圈。回来，终于死了几条。遂以一斤 10 元买回来（姥姥给虎虎说的）。

鱼表示不服：气死了！一直等着老子断气，这是人干的事吗？姥姥才不管，回家先把鱼煎一下，看鱼身呈金黄后，添汤……那个鲜啊！

趁妈妈还没醒，把鱼汤放进双层保温锅里。然后，勤劳的姥姥，把冰箱里的食物挪了地方，为电冰箱除霜……

午休中的妈妈饿醒了，走进厨房，打开冰箱，怎么啥也没有？于是给姥姥抱怨：“姆妈，咱家冰箱里，咋啥也不放呀？这样，对得起冰箱吗？它的尊严呢？您让它在别的冰箱面前，都抬不起头来耶！”姥姥眉毛一扬：“伢唻，没关系，它可以给其他冰箱这么说，说自己是大衣柜！哈哈……”

姥姥端出一盆香喷喷的鱼汤，鱼汤色白如乳，应该肥而不腻，妈妈拿小勺子喝，喝一口，品品味，咽下去……放下勺子拿筷子，一块一块鱼片塞嘴里……午后起来喝一碗，饱得自家君莫管。呼啦啦！吃饱喝足，有个重要决策需要妈妈主张：剖宫产？还是产道分娩？

期待宝宝到来的心情，总是难以平复，越是临近那激动人心的时刻，妈妈越是紧张不安。姥姥为了转移妈妈注意力，消除焦虑，把爸爸喊起来，建议打会儿麻将。

约来邻居李姥爷顶个位置，结果几圈下来，姥姥输了。和姥爷电话抱怨：“老公，你老婆和你女儿、女婿打麻将，他们赢了我，不开心啊！”姥爷风轻云淡地：“都告诉过你，别和他们玩了，自己啥水平不知道啊！”姥姥哭腔：“我怀疑他们是商量好的，可是没有证据。”姥爷慢条斯理：“你个傻瓜，你就不怀疑他们组团坑你吗？哼！”

像姥姥这样活着，傻点，愣点，憨点，简单点就特别好。太精明，会心累，受苦的只会是自己。无论是朋友还是亲人，都别太较真，糊里糊涂的，才能相处下去。

别看姥姥打麻将犯迷糊，在这个吃玉米流行的年代，姥姥可是发挥了大智慧。首先，把玉米衣剥下来，洗干净，晾干，叠好，放进冰箱冷冻。准备下次蒸包子的时候，垫在下面当屉布，每个包子，都有一股玉米淡淡的清香。【大拇指】

回到主题。许多人，因为听说剖宫产的宝宝很聪明，而盲目要求剖宫产；也有人听说，产道分娩的宝宝更聪明，孕妈不顾临床病情需要，不顾医生反对，却刚愎自用，要求自己分娩。

专家揭秘真相：宝宝的智商，最主要取决于本人的基因，这与遗传关系最为密切。也就是说，爸爸、妈妈的智商，很大程度上影响了宝宝的智商，而孕期的营养、分娩的顺利与否、后天智力的开发，也对宝宝的智商有一定的影响。至于是剖宫产，还是产道分娩，并不直接与智商相关，只要能让宝宝顺利娩出，无论剖还是生，都是一样的。

思路，就像洗衣机里没加防粘剂的内衣，不断地合并又分开，在妈妈头脑中翻滚。

妈妈在犹豫……外婆在紧张……说起姥姥紧张，这已经是人生第二次了。第一次，是妈妈参加高考，倒计时只剩个位数时，姥姥的心情像绷紧了的琴弦，寝食难安；第二次，也就是妈妈怀孕生产啦，妈妈到了孕晚期，姥姥周围的世界也逐渐凝固了，脑袋里一片混沌，分不清是谁该上产床。

95.

捕捉理性的灵光

2010年6月20日 星期日 24℃～34℃

多云 无持续风向 微风 孕37周 农历五月初九

下午阳光，经过楼下那一排挺拔葱郁的法国梧桐，细密的枝叶筛滤过后，照进书房的玻璃窗来，分外亮丽。妈妈安安静静地坐在书桌前，书房藏典籍，学海是无涯啊！

爸爸急于想知道妈妈考虑分娩形式的答案。以为妈妈看书，是在查阅资料，进去翻看了一眼书皮，还是算了吧，人家看的是《坏蛋是怎样炼成的》！

爸爸急不可耐地问："宝儿，考虑好了吗？你能接受剖宫产吗？"

妈妈合上书本，左右为难："看见产道分娩的孕妈们，产前阵痛的样子，就想剖宫产；但看看剖宫产的孕妈们，那种半死不活的被抬到床上，就想还是不生的好。"爸爸一脸颓废之态："那你，干脆揉揉肚子，把孩子揉到胃里消化掉算了……"【无语了】

爸爸搀扶着妈妈，来到客厅沙发上坐下，帮妈妈分析作战计划。虎虎：爸爸可是咨询了专家，翻阅了大量文献的哦，爸爸关心程度顶呱呱！

就目前妈妈和虎虎这种情形，产道分娩比较困难，容易造成难产，对大人、宝宝都会酿成危险。为了平安地生下虎虎，大家一致推举“剖宫产”。经产道分娩可能对产妇和新生儿有风险时，就需要剖腹生产！因为，剖宫产的手术指征明确，麻醉和手术一般很顺利。施行选择性剖宫产手术，可以免除产妇宫缩时的阵痛；也可避免自然生产过程中的突发状况。

剖宫产真的比顺产好吗？医生电话指出：“事实上，顺产和剖宫产各有利弊，生孩子是要顺产还是剖宫产，要根据孕妇实际情况而定。剖宫产，是在顺产条件不具备的情况下才完成的。顺产虽好，但是剖宫产也是有好处的，是顺产没法做到的，比如，解决无法顺产的困境、分娩过程更轻松、避免阴道松弛、可以择期进行。”

此刻，妈妈若不做决定的后果有多严重，有多恐怖。做决定，要有足够的判断力，去快速判断，哪些选项是最优的。妈妈彻底放下顾虑，置之死地而后生的勇气，毅然决然地选择——剖宫产！一言九鼎！何须自生苦，舍易求其难？

一个人只有承担起旅途风雨，才能最终守得住满天彩虹，桃花源，因妈妈而存在，彼岸花，为妈妈而盛开。【比心】

“阿弥陀佛！谢天谢地！”一旁的姥姥长长地舒了口气。

妈妈原本已拿出勇气“产道分娩”的，姥姥一直为妈妈的“勇气”提心吊胆。姥姥怀疑，妈妈禁不起考验，产道分娩的产前阵痛过不了关。别临了忍受不了，再计划改变，吃二遍苦受二茬罪，那可亏大啦！所以，姥姥精神处于高度紧张，心神不定食不下咽。

懂姥姥者，大孙也！虎虎“臀位”入盆还不算，浑身还把脐带缠，羊水喝得只剩一点点。恩威并施迫使妈妈就范，虎虎浩然正气，让姥姥放下心里那块“砖”。【不停地鼓掌】

一个母亲的一辈子，都在担心中度过；一个女人的幸福和成就感，都是在担心中实现。没有孩子时，担心的是一个人，怀了孩子后，担心的是两个人。只是她担心的对象，永远不会是自己。如果有一天，母亲不再担心了，那么她的心，也就停止跳动了。虎虎很幸运，有一位这样的外婆！【拥抱】

96.

再磨一剑，剑指医院

2010 年 6 月 20 日 星期日 24℃ ~ 34℃

多云 无持续风向 微风 孕 37 周 农历五月初九

今天，爸爸、妈妈要给虎虎确定出生医院啦！首选父母长期卧底打探、家对面的三甲部队医院。

正准备出门，听见姥姥捂嘴嗷嗷大叫，一副楚楚可怜的样子。原来，姥姥有颗虫牙，就是牙齿有个不大不小的洞，前天发炎了，很疼，脸也肿了，去医院开了很多药，其中有种药丸，很小也很苦。刚刚吃药的时候，一颗药丸卡在牙齿洞里面了……姥姥嘴流口水："啊……啊……好苦好苦，还不知道它什么时候能变小，什么时候才能出来啊……啊……"

妈妈关了电视，手持手电筒，让姥姥张大嘴巴，看准位置，轻轻地用牙签把药丸给挑了出来……

问：发生了什么？答：不知道先起哄了再说！哈哈……

收拾妥当，出门之前，忽然又听到妈妈惊呼："下雨了，我们出去怎么不带雨伞？"爸爸愕然！外面是绝对的好天气啊！后面才反应过来，原来，妈妈看的电视节目在下雨。之后，妈咪在那狂笑撒欢……爸爸一脸无奈加鄙夷："老婆！你怀宝宝后，貌似怀‘二’了呢，我们要带的是——遮阳伞！”

爸爸搀着妈妈，身后，还跟着捂住嘴的姥姥。缤纷的七彩岁月里，6 月直率的性格、火热的情怀、豪迈的气魄，就更是纤毫毕现了。

出了电梯，妈妈扯着老爸衣角，软萌哀求：“天气热，我又跑不快，我回家，你们去吧！”爸爸听了逗趣：“哼，这次啊，主要是带贝儿出来转转，只是没办法，才把房子（当然指妈妈）也带过来。你以为我们愿意啊，哈哈……”

医院妇产科，环境整洁、舒适，产房、VIP 母婴室倡导人性化。淡淡的消毒水味道弥漫在空气里，各式待产孕妈咪，在家人陪同下，或坐、或躺、或走廊漫步……温馨的就医环境，家庭式待产，让准妈妈们感受到，私密、健康、温暖、自然。

走廊上，有一对夫妻，各自朝不同方向僵持着，老婆情绪比较急躁，高喊：“你说的那口儿呢？”老公惭愧一笑：“走西口，走西口！”老婆只得返回来：“我还黄土高坡呢！”啊哈哈……阿姨这个回答有水平，虎虎为您鼓掌，称赞！

这家妇产科，开展无痛分娩，助产士一对一“导乐”陪伴，二对一医生助产士，全产程陪护。在这里出生的孩子，从出生到出院，尊享优越的 VIP 产后待遇，让妈妈的生育变得出众不凡。

妈妈！虎虎认定就在这儿诞生！这里是我们母婴公寓；这里能为虎虎提供充满爱心与希望的生命摇篮；这里还能筑就虎虎美满人生的第一站。

回家的路上，老爸看到妈妈开心、满意，一脸邀功：“宝儿，怎么样，不错吧！古城游，私人保镖，宝宝免费……老婆，连个赞都舍不得给我吗？”妈妈霸气侧漏：“图收了，赞懒得点！”

哎妈妈呀……二人同心，其利断金；同心之言，其臭如兰。【飘过】

97.

姥姥如书

2010 年 6 月 20 日 星期日 24℃ ~ 34℃

多云 无持续风向 微风 孕 37 周 农历五月初九

“房子”太小住不下，经过全家人缜密商议，大家一致决定：放弃自然分娩，被迫选择了“剖宫产”。既然已作出决定，妈妈！您就选个好日子，祝贺虎虎生日吧！

当断则断，不受其乱；当断不断，必受其难。妈妈毅然决然，作出决断：6 月 22 日，星期二，在对面军区医院，实行剖宫产！

姥姥趁火打劫，兴风作浪：“猫尾巴，时间定了，时辰我看，就定在八九点钟吧，家家希望宝宝，永远是早晨八九点钟的太阳！”

自古就有“白天阳气足，晚上阴气盛”一说。另外，经过一夜的睡眠，早上起来，会给人一种朝气蓬勃的感觉。而且，早上又是新一天的开始，在寓意上，也是比较好的。还有，医生护士他们，在经过一晚的休息后，第二天上午，也会更加清醒，精力越发旺盛。所以，很多重要的手术，都会被医生安排在上午进行。而这个时间生孩子，不仅生产的准妈妈精力、力气都比较旺盛，医生护士也一样。而且，相对来说，他们也更有耐心一些，这样也会给孕妈咪带来更多的安全感。

早晨八九点钟的太阳，叫日出、旭日、朝阳；

早晨八九点钟的太阳，朝气蓬勃，斗志昂扬；

早晨八九点钟的太阳，清新俊逸，夏清冬暖；

早晨八九点钟的太阳，干干净净，纯洁明亮。

姥姥希冀外孙，是早晨八九点钟的太阳。虽然宝宝不能“指点江山，激扬文字”，但虎虎会努力拼搏“会当凌绝顶，一览众山小”！

姥姥走到妈妈跟前，柔柔地拍拍妈妈肚子：“贝儿，吃了吗？吃饱了吗？”乘机挨着妈妈坐在沙发上，“家家再给贝儿，做最后一次胎教吧！”姥姥说着张嘴就来：“从前有两只老虎，一只没有脑袋……”然后，然后自己笑得就再也讲不下去了……“家家再也不给贝儿做胎教了，讲这故事，忒吓人啦！哈哈……”

晚饭，姥姥刚在网上学了一道“糖醋鱼卷”，好吃得叫人几乎要将舌头都一起吞下去，极之下饭。姥姥不仅是路痴，还是脸盲、饭盲，今天能做好糖醋鱼卷，简直就是奇迹。【别扭】

饭后，妈妈缠着姥姥，问这道菜的做法。姥姥温声向妈妈详细讲解制作步骤：“买一条新鲜鳜鱼，剁去头尾，剔骨剥皮，片成一寸五分长……”妈妈正认真听着，姥姥突然不吱声了。妈妈疑问：“姆妈，怎么不说了？”姥姥一本正经：“试听部分已结束，想要听完整步骤，请付费！”嘿嘿……姥姥挣点钱，不容易啊！

人家姥姥买衣服，一买就是三件，说是为了跟妈妈相配。

一件一件比画着：“这件我们逛街穿，显得不那么刻板；这件回河南穿，显得不那么张扬；这件在自己家……”妈妈打断：“姆妈，在家里您穿外衣？”姥姥憋笑道：“我觉得，这件跟你的挂一起，挺搭……”

姥姥朴实、本真，是一个时尚、得体、尊重别人、爱惜自己、懂得生活的女人。她感性不张狂，典雅不孤傲，内敛不失风趣。悠然地，从骨子里沁出淡淡的诗情，飘散着温润的芬芳。

姥姥如书，有人以为，草草读过，就可以读懂，那是“无知”；有人以为，死记硬背，就可以读懂，那是“无趣”；有人以为，晦涩生疏难以读懂，那是“无能”。

虎虎支招：开个茶馆吧。在某个临水的地方，不招摇，不烦闹。有一些古旧，一些单薄，生意冷清，甚至被人遗忘，这些都不重要。只要还有那么，那么一个客人。在午后慵懒的阳光下，将一盏茶，喝到无味；将姥姥这本书，读到书中有画……

98.

虎虎知道您都知道

2010年6月20日 星期日 24℃~34℃

多云 无持续风向 微风 孕37周 农历五月初九 父亲节

夜幕降临，米白色实木地板，一尘不染，在灯光的照射下泛着光亮，仿佛刚涂了蜡一样。浅蓝色的窗帘，随风轻轻掀动，仿佛是奏响的乐曲，响彻耳旁。父母的卧室，整洁、舒适、漂亮。

父母说着话，刚至房中，虎虎便嗅到有一股细细的甜香。妈妈问爸爸："鹤扬，喜欢男孩还是女孩？"爸爸毫不犹豫地："生个男孩吧，打起来，没有女儿那么心疼！"这个，这个好像是真的。【龇牙】

为什么，有的男人都想有个儿子呢？

虎虎思路点拨：一是奋斗更有动力。养男孩虽然压力大，但对于男人来说，这种压力，有时候也是前进的动力；二是有共同的爱好。父子一起可以打篮球、看球赛、打游戏，教儿子开车，老了，还能和儿子一起喝个小酒……并不是认为有个女儿就不好，可能，只是有个儿子更好罢了。

爸爸把大灯关掉，开启床头灯，把妈妈舒舒服服安顿在床上，然后，陪坐在床沿，拉起妈妈手，难掩真情："宝儿，之前，我单身30年，活得无忧无虑。自从结了婚有了你，有了宝宝，我会考虑未来。"简直会心一击啊。接着爸爸推心置腹地说："老婆，你怀孕这10个月，虽说我们两地分居，我真是，稍微有点空就给你打电话，但是忙起来的时候，我也力不从心，有时候借口上厕所，偷偷地回你短信，就这样，还是怕你觉得，我冷落你……"

嘿嘿！被人在意的感觉，真好！

爸爸话题忽然转向虎虎："宝宝，出来吧，你喜欢哪的房子，老爸给你买，你妈的房子太小了，哈哈……"

爸爸！近一个月，虎虎听您讲故事，已经有了依赖，透过妈妈的肚皮，宝宝能感受到，爸爸手掌的温暖。每到夜晚，您把妈妈和虎虎揽进怀里，把我们带进甜美的梦乡。一觉醒来，您还保持睡前那姿势，生怕惊扰了虎虎的梦境。您犹如，持枪站岗的战士，表情是那么安详。

我愿为你征战天下，将你妥帖安放，免你担惊受怕——"何日遣冯唐"的老爸冯。【爱了爱了】

虎虎记得，那是一个初冬的上午，妈妈带着虎虎，要到依山城去上班。天上雪花刚开始零零散散，您突然顶雪匆匆进了家，您的喘息还没平稳，就解开衣扣，从内衣口袋里，掏出银行卡，硬是塞到妈妈的手里边。您的手是凉的，卡是热的。您什么也没说，目光很沉重地扫视了妈妈一遍，一个敬礼，转身，您又出门去了部队，再次走进飞舞漫天的雪花。

父亲的那份眷顾，让虎虎感觉很疼！爸爸啊！虎虎在盼，盼望与爸爸相见的明天!

爸爸！其实也很快的，一眨眼的工夫，两天就过去了，那我们就等这“眨眼的工夫”过去后，虎虎继续听老爸讲故事，不再是隔着肚皮看不到脸。

虎虎知道，爸爸也在企盼，盼望看到被您捧在掌心里的“宝贝蛋”！

老爸！您知道吗？每天都会有人赞叹宝宝聪明、活泼！而虎虎也总是自鸣得意：俺爹出品，必属精品！爸爸，父亲节快乐!

啊哈哈……老爸！回见!

99.

寻你一路奶茶香（转载妈妈日记）

2010年6月21日 星期一 24℃~34℃

多云 无持续风向 微风 夏至 晚孕37周 农历五月初十

夏至，是最灿烂的节气，虫的吟诵，蝉的长鸣，蛙的齐唱，鸟的啼叫，各种声音此起彼伏，宣示生命的力量，给盛夏增添无穷的生机。

怀胎十月，妈咪同时担负着两个生命的新陈代谢和情绪起伏，实在不是件很轻松的事。

妈妈怀贝儿前三个月的时候，那是生不如死啊！不仅不想吃，连“吃”这个字，想想都难受，非得有人陪着吃才行，人多了，还能吃点东西。好不容易，搞点能下肚的，吃完了，这胃就给悬空了似的，卡在喉咙里下不去……妈妈尽量不让自己吐出来，因为，常吐的话，会更难受。憋着不吐，就干呕，招惹得喉咙肿痛，两颊也深深地往里陷下去……搞得妈妈都没以前漂亮了。【偷抹眼泪】

鼻子也不知道是怎么了，前来凑热闹，这下警察妈妈，都可以独立办案，鼻子那叫一个灵啊……每天上下班，妈妈感觉自己成了仙，就像是“飘”回家一般。【超想哭】

浑浑噩噩，熬到孕吐结束，肚子又大咧。大肚子行动不便，就不必说了，每天临睡前，都要左翻身，右翻身，试探若干个角度，调整好了才能睡下。好不容易睡着了，肚子里的臭孩子，玩耍中踢到妈妈的膀胱，我不得不又醒，一夜去卫生间三四趟，那是寻常的事情。最可气的是，醒来时，发现贝儿不睡觉，一个人在肚子里玩儿得正高兴……【专业捣乱】

假宫缩，也不是舒服的事情，实现了传说中的“带球运动”，这时候，无论坐着还是站着，捧着个硬邦邦的肚子，都找不到合适的姿势，妈妈想：“我的贝儿在里面，会不会也难受？”爸爸思考后对妈妈说：“我们的贝儿，在练气功，练的时候，你的肚子就是硬的啦，平时宝宝休息睡觉，你的肚子不就是软的。”晕，神童！哈哈……

孕晚期的症状，还包括心理上的，总想在贝儿出生之前，把家里所有事情，搞得妥妥的，看到什么东西还比较乱，就烦心，觉得不收拾好就没办法迎接孩子出世。总觉得，各种精神的、物质的方面准备还差好多，焦虑呀！连做梦都会梦见贝儿出生了，而妈妈手忙脚乱的，什么都还没准备妥，而宝宝，就在那儿飞快地成长……成长……拦不住。

今天，妈妈的腹部忽然平静，妈咪把贝儿想象成一名运动员，正在短暂的平静中积聚力量。

孩子，妈妈不会离开你，妈妈永远都在；孩子，你要记住，妈妈永远会在贝儿最需要的时候努力出现；孩子，你是妈妈柔情小心肝，你是妈妈生命中，最甜蜜的责任，妈妈一定要带宝宝回家！来吧，孩子！来妈妈怀里，爸妈挣的钱只给你花！

我的孩子，答应妈妈，不要胆怯，不要回头，勇敢地迈开脚步，父母一直陪伴贝儿左右。阳光、欢笑，为这属于你的明天！妈妈假装着，假装着宝宝还在腹中；妈妈幻想着，幻想着我们母子还紧紧相连的一个个场景。

不等了，去医院！

爸爸一听要去医院，迅速跑到洗手间，拿出剃须刀，刮起胡子不怠慢，妈妈急了："不赶快收拾东西去住院，怎么还刮起胡子来啦？"没想到你爹居然异常兴奋地告诉妈妈："马上就要和孩子见面了，我打扮打扮！"

莲花的粉，榴花的红，荷叶的绿，湖水的青，各种颜色肆意晕染，铺满自然的空隙，拼凑出壮阔的夏日风光。

100.

淡淡的花香持久围绕

2010年6月21日 星期一 24℃~34℃

多云 无持续风向 微风 夏至 孕37周 农历五月初十

残阳如血，霞光满天。爸爸开车，拉来满满一车生活用品，入住军区医院。空气中弥漫着一缕缕花香，满腔的绿意沁人心脾。绿色的小虫，在草丛间躲猫猫，翩然的蝴蝶，在炫耀着彩色的新衣；就连鸟儿也和着蟋蟀，唱起了欢快的歌儿，大家都在欢迎虎虎的到来。

VIP病房内，环境优雅温馨，配套设施齐全，能够享有更加周到、细致、体贴的医疗服务。舒适、便利、隐私的住院环境，为妈妈提供了更加人性化的选择空间。

在医院的人群中，虎虎目睹了大包小包的新生儿用品，更有各种粉色，抬进病房……家人忙前忙后，为虎虎和妈妈打理着一切，令人心安。

虎虎就要到这个世界报到了，妈妈心底不禁荡漾起做母亲的喜感：“贝儿！再耐心地等待一天！”突然，同事电话约妈妈一起逛街，妈妈喜气洋洋地说：“等会儿，我正在去生孩子的路上！”

妈妈觉得轻松幸福多了，今天，妈妈的心情，可以用四个字来形容——如释重负！终于撑到啦！恭喜噢！妈妈！尽管妈妈决定，让虎虎38周出世，但宝宝是健康的！这对于一个辛苦孕育的妈妈而言，是最好的安慰吧。妈妈！重逢已进入最后的冲刺阶段，您啥都不要想，好好享受这最后的孕期时光，请保持着这种喜悦感！

隔壁病房，一位产妇，当分娩的阵痛越来越剧烈时，她气喘吁吁地到护士站问护士："护士，是否已过了最难熬的时段？"护士答："现在还是比较轻松的，难熬的时段，还得延续18年。"

平时，很多过来的宝妈，传授经验给妈咪："享受现在吧，生出来更痛苦。一个痛苦的结束，另一个痛苦的开始。妈妈，就是被甜蜜包裹着的'痛苦'。"哎！那谁，你吓唬谁啊？你过来，虎虎有个架，想和你吵一下！"人生须知负责任的苦处，才能知道尽责任的乐趣。"林肯的名言，拿回去学习下。【翻白眼】

妈妈才不理会这些，沉浸在幸福中，依旧爽朗大笑，告诉虎虎："贝儿，妈妈已经为宝宝做好了一切准备！"指着贝儿的奶瓶轻声告诉我："贝儿，请喝水。"拿起床上的衣裤，对虎虎说："贝儿，这是你的小衣服，是不是和宠物店里泰迪狗狗的衣裳差不多……"虎虎被妈妈愉悦的情绪感染，感到出生将充满着神奇。

晚上，妈妈翻来覆去睡不踏实，陪护床上的爸爸问："宝儿，怎么了？"妈妈："咱们家的宝宝还没睡呢！"老爸没说话，过了一会儿突然说：“贝儿应该知道要出来了，在里面收拾行李，然后订机票吧……现在中国人均居住面积是 12 平方米，数咱贝儿最可怜，在这么小个地方，多委屈！”稍后，爸爸来到妈妈床前，拍着妈咪的肚子说：“宝宝，里面的东西你不要打包了，出来缺啥爸爸给你买哈……贝儿乖，躺好了，不许闹，爸爸嘱咐你一件事，要记住哦，出生后，第一时间，让你妈把工资卡还给老爸，才是硬道理……”

夏日的情，是蝉鸣叽喳的交响曲，也是人们心底里，按不住的雀跃。夏日的情，是夜里微光闪烁的流萤，也是记忆里，最童真的乐趣，和时光不复的柔软。夏夜的风，令人期待，徐徐吹来……

101.

心里总有一抹凉（转载妈妈日记）

2010 年 6 月 22 日 星期二 25℃～34℃

多云 无持续风向 微风 孕 38 周 农历五月十一

当雏鹰尚嗷嗷待哺于巢穴，观望蓝天白云之时，它已有了梦想，那就是振翅九霄，与蓝天搏击，与白云共舞；当骏马休憩于栅栏之中，昂首长嘶之时，它也已有了梦想，那就是奋蹄原野，驰骋天下。

孕育 38 周，虎虎身长 52 厘米，体重 3100 克。妈妈感到腹部的隆起，活动更加不便，有些撑不住了。妈妈昨天捧着肚子，进驻医院，进入了一个可以收获的“季节”。

刚起床，爸爸把妈妈安顿好，一丝不苟地开启最后一节胎教教案。随着一声不和谐的声音“噗”，一股硫化氢气味弥漫……妈妈掩鼻大笑，随之一只脚踹在爸爸屁股上：“快去卫生间，解决干净再过来！”爸爸巧用缓兵之计，凑到妈妈肚皮前：“贝儿啊，在里面听话哦，爸爸出差一段时间。”还出差、出差……一段时间、时间……这，这啥情况？

妈妈对于手术，难免存在着恐惧心理。那么，这种情况下，妈妈就一定要做好心理准备，通过转移注意力的方式，减轻紧张感。

爸爸上完厕所，领妈妈到院子里的池塘边看鱼儿戏水、观荷芽冒尖……湛清湛清的潭水，像透明的蓝色玻璃，可以清楚地看到，成群的鱼儿在潭水中游来游去，嬉戏耍闹，你追我赶……此时妈妈，静观、心怡。

一个沉醉在这样美妙意境的女子，一切都是那么宁静，那么自然。

突然，滚动的浓厚深情，强烈地撞击着妈妈的心田，10个月来，埋在心灵深处的那份绵长、悠远的情感，渐渐苏醒。瞬间，胸口竟生出揪心的“痛”，一个“痛”字，怎述得尽，贝儿伴着妈妈十月风雨，在妈咪心底，藏着对宝宝的留恋……思绪凌乱地结成一张网，越网越紧，直达心脏。

我，即将成为一个母亲，我的孩子，要离我身体而去，我不忍心将他放飞，然而这是事实。于是，妈妈祈求太阳，将它的光芒照满大地，照醒我那，还在妈妈腹内，迷糊着睡眼的孩子，告诉他，雄起，去寻找自己的希望。

我的贝儿，带着泪水将离开我，妈妈告诉我的孩子，有阳光的地方，便有妈妈……不知何时，住院服上，落下几颗晶莹的泪珠……伴随着阳光、伴随着希望，带去一个母亲的祝愿。

宝宝，妈妈跟你见面的时间，进入倒计时……乖乖的，妈妈希望贝儿和妈咪心灵相通，听到，并感受到妈妈的叮嘱和期望，听话，不要捣乱！

贝儿！妈妈用全部的爱，来迎接你！贝儿！妈妈用生命，迎接希望！

102.

产房一别（转载妈妈日记）

2010年6月22日 星期二 25℃ ~ 34℃

多云 无持续风向 微风 孕38周 农历五月十一

初夏的早晨，军区医院，笼罩着淡淡薄雾，太阳已经露出笑脸，长江带着潮湿的凉意，吹来暖暖的夏风。

从池塘回到病房，“冥想”，这是妈妈，对自己的情绪的暗示。此刻，妈咪躺在床上，摆出舒服的姿势，让身体放松，然后闭目想象最令人愉悦的场景：经过漫长的等待，贝儿来到这个世界，他可能会闭着眼睛，用耳朵倾听；他也可能，生下来就哇哇大哭，向妈妈“抱怨”：“为什么要等这么久，才让宝宝出生？”他肯定会用，最隆重而响亮的哭声宣布：“我来啦！”

……初夏的微风，带着枣花和月季花的幽香，飘进这间舒适的待产房。

爸爸斜靠在妈妈脚边，不知道是着急，还是什么原因，老是放屁，当放到第四个时，床那头的妈妈，抬头望着老爸，绽放别样的笑容。

妈妈把爸爸排除在考虑之外，挠挠头，一心还想给我的孩子，再交代点啥。不放心，再次向贝儿重申：宝贝，马上你就要和妈妈一起进手术室了，不害怕噢，妈妈会保护你的。你一定要配合妈咪和医生，安安稳稳地不要动。不行！不行！绝不可能！妈妈说错啦，妈咪知道，不让宝宝动是不可能的，好吧，爱咋样咋样吧，哈哈！等于白说！

宝宝要出生咯，妈妈开心之余，保持着淡定，马上就能看到宝宝了！调整好心态做新妈妈！加油！期待宝宝出生那一刻！

很多准妈妈认为，手术方案是医生和护士的事情，但其实不是这样。妈妈也积极参与了手术方案的讨论，提出自己的合理要求。这样，不仅让妈妈对手术有个大概的了解，缓解心理压力，也使妈妈能最高程度地配合手术。

临行前，爸爸拉着妈妈的手，他看着一下一下鼓起来的肚皮，吭哧了半天，憋出一句："贝儿，住得不习惯吧？你还是先出来吧，别等你弟弟了……"之后，爸爸很认真地："里面的人听着，你已经被包围了，你现在不出来，是不行的……哈哈！"

爸爸张开双臂，深情地把妈妈拥在怀里："亲爱的，去吧！挺住！我等你！……"成熟的滋味，伴随着痛，更满载着爱……妈妈豪迈地："我可以！"

在现实生活中，你能承受的所有压力，多数的时候是来源于自己。"千磨万击还坚劲，任尔东西南北风，姆妈，您女儿决不会倒下！"妈妈向姥姥举起拳头，散发坚忍顽强的生命力。【强】

进产房前护士跟姥姥说："拿一套宝宝的衣服和一件抱被进来。"那时妈妈真的开始紧张了，心里想，这下我是一个人进去，出来就是两个人了，心里面又紧张又期待。进产房，是孕程的最后一刻，但那也是和宝宝见面的起点。所有的忐忑、不安、尴尬、疼痛，但愿在见到宝贝那一刻就会烟消云散。衷心祝福妈妈吧，和我的宝贝顺利见面。【祈祷】

问：房子太小了住不下怎么办？答：猛涨房价逼他退房！

家人将妈妈送进手术室，妈妈伸出剪刀手，留下灿烂的笑容……手术大门徐徐关上。

孩子，不用担心，认不出谁是妈妈，人群中最漂亮、最亮眼的人就是妈妈！不用给见面礼啦，只需给妈妈一个吻，喊一声"妈妈！"，然后还钱！

103.

散落在温柔里的无限阳光（上）
——回忆妈妈胎教

2010年6月22日 星期二 25℃~34℃

多云 无持续风向 微风 孕38周 农历五月十一

屋后的老树，在风中梳理长发，昙花在梦中发芽，小路总有说不完的情话，虎虎悄悄告诉您，宝宝怎么长大。妈妈给虎虎创造了一个良好的生长氛围，让宝宝生活在充满爱与信任的世界。

早晨起来，妈妈先对虎虎喃喃自语："早上好！贝儿睡得舒服吗？"然后告诉宝宝天已经亮了。打开窗帘，太阳在鸡鸣声的催促下，慵懒地伸伸胳膊，微笑着射出第一缕阳光，这时妈妈奉告虎虎："今天是一个晴朗的好天气哦！"紧接着解释为何洗脸、刷牙，肥皂起泡泡……妈妈洗完脸，对虎虎笑眯眯："宝宝，你看，洗完脸的妈妈，觉得舒服极了，也漂亮了，对吗？"【我撇】哎哟！臭美！

白天，到了风景宜人的公园，大自然的勃勃生机，和人们丰富多彩的活动，使妈妈心情舒畅。"妈妈带你散散步，贝儿愉快吗？"妈咪把自己的所见所闻，一一描述给虎虎听：

“宝宝，我们现在在公园，你看公园里有多美啊，有鲜花，有金鱼，有绿树……你喜欢吗？”虎虎与妈妈共同体验生活的节奏，同在一个频率。

外出时看到菜市场、超市、花店、银行……告诉虎虎那里是干什么的，那是什么地方……简言之，一切有益的东西，妈妈都给虎虎说，让宝宝感受到世界的多姿多彩，在虎虎小小的大脑里留下很深的印象。

每天，妈妈和着轻快的乐曲，同虎虎交谈，与虎虎“玩耍”。在每晚固定的时间，传递给宝宝信号：“孩子，快来和妈妈做操。”一接触到妈妈纤细嫩滑的手，虎虎就“嗨”起来啦。

妈妈叫虎虎做操，总是在比较理想的时间——傍晚，这也是虎虎胎动频繁的年华，嘻嘻，一不小心用词夸大咧。但妈妈绝不会太晚，因为虎虎兴奋起来，手舞足蹈，拦都拦不住，妈妈还怎么睡觉？妈咪更不希望，虎虎一生下来就黑白颠倒。

【不停地鼓掌】

妈妈心情愉快，富于感情地每天哼唱几首歌给虎虎听。有抒情歌曲，更多的是各式“摇篮曲”。这些歌声弦律的和谐振动，使虎虎产生一种“世界是美好的”感觉，令宝宝获得了感情、知觉上的满足。虎虎不仅熟悉了母亲说话和唱歌，也熟悉了母亲的心音。

虎虎虽具有听力，但毕竟只能听不能唱。当妈咪选好一支曲子后，柔声呼唤：“贝儿，醒醒吧，打起精神，我们又开始上课喽。”妈妈首先自己唱一句，随即凝思，虎虎在自己的腹内学唱，反复轻唱几次，每唱一个音符后，等几秒钟，让宝宝跟着“学唱”，然后再依次进行。妈妈充分发挥自己的想象，让腹中的虎虎神奇地张开蓓蕾般的小嘴，跟着妈咪的音乐，和谐地起“唱”：世上只有妈妈好……

晚上睡觉前，妈妈温柔地抚摸，充满爱意地：“宝宝，你好！一天过去了，高兴吗？我的贝儿好舒服啊，妈妈爱你，非常爱你，宝宝！”“贝儿，妈妈要睡觉了，你和妈妈一起睡，好吗？”接着妈妈都会对虎虎道声晚安：“我的宝贝！妈妈希望你健健康康长大！”

我们母子谈话的内容很随意，妈妈以轻柔、亲切的口吻问虎虎一些简单的问题：

“宝宝呀，你的小手在哪儿呢？”

“宝贝，你的头发长出来了吗？”

“贝儿，你的大眼睛像妈妈，长得高高的像爸爸。”

“来，宝贝！给妈妈一个微笑！”

虎虎胎动时，妈妈跟宝宝说：“贝儿不简单噢！是不是想和妈妈玩游戏？”

虎虎“发脾气”时用力顿足，有时还“撒娇”……当身体来回扭动的时候，妈妈都会爱抚地触摸安慰，而虎虎过一会儿呢，也会轻轻地蠕动过来，感谢母亲的亲切照料。

人生何所贵？所贵有终始。妈妈在孕育虎虎、胎教过程中，始终坚持一个“恒”字。使宝宝得到了母亲浓浓的爱，不但是语言上的和煦春风、优美的乐曲，而且有肢体上的接触和柔性的生命亲昵。

一个在妈妈怀里受宠的孩子，终生都会保持一种自强之心，那种对于成功的自信，往往带来真正的成功！

天下的母亲们，虎虎通知：每个孩子，个个都喜欢抚摸、拥抱！爱孩子要爱他的全部，包括他的棉毛裤！

夏至，湿润的空气带着暑热，榴花照人，芙蕖飘香，好一个热情似火、万物生长的季节。愿清风，为妈妈拂去额头的汗滴；愿妈妈，十月怀胎的辛苦，能从心所欲。

104.

散落在温柔里的无限阳光（下）
——回忆姥姥姥爷胎教

2010年6月22日 星期二 25℃～34℃

多云 无持续风向 微风 孕38周 农历五月十一

虎虎的沉思，蜿蜒到过去，妈妈工作那年的第一个冬季……

圣诞节前夕，妈妈接到姥爷发来的短信：“宝贝，听同事说，站前摆了一个十几米高的霓虹灯圣诞树，特别漂亮，晚上我开车接你去看看吧？”妈妈正美呢，突然收到姥姥的短信：“宝儿，晚上你自己在外面吃吧，妈没做饭，出去了。”妈妈正纳闷呢，三分钟后，又收到姥爷短信：“刚才发错了，那是发给你妈的。你自己找个荧光灯看看吧！”哈哈！妈妈空欢喜！姥姥、姥爷结发为夫妻，恩爱两不疑。

姥姥、姥爷观念新颖、心态良好、性格开朗、喜欢交际。姥爷爱运动，接受过专业训练，教练级；姥姥爱文艺，在学校、在单位，姥姥不仅是参与者，更是主持者，阅历丰富，文化层次尚不低。

妈妈怀孕这档子事，姥姥、姥爷积极参与胎教，慌得不得了。【偷笑】虎虎喜欢听姥爷低沉、雄浑、厚重、有磁性的声音。当姥爷给虎虎讲故事时，让宝宝感受到男人的阳刚之气。

姥爷把虎虎当成一个大孩子，认真地用亲切的、充满感情的语气，给宝宝讲故事，就像托儿所的阿姨对两岁的孩子讲话一样一样的。故事结束，还不忘对外孙说："贝儿，你真是一个聪明的好孩子，姥爷讲的故事，你都听懂了呢。"

姥姥呢，幽默风趣，有意识地挑选一些有趣的话题，通过语言将意义传递给虎虎，刺激宝宝的思维和好奇心。做菜时，姥姥讲述有关炊具和烹调的方法，通过视觉，将菜的颜色告诉外孙。此外，再通过嗅觉，将菜的气味转达给虎虎："贝儿，我们开始吃饭了。这道青椒肉丝，有着前所未有的味道，把嫩与脆，衬托得更为出色，更加完美。"接着还会告诉虎虎："宝贝，姥爷放屁了，赶快堵住鼻子，好臭哦……"

"贝儿，你要做个乖宝宝，一定要好好吃饭，长得又白又胖的，让家家抱不动，锻炼锻炼身体！哈哈……"姥姥体现的是女人的阴柔之美。在与虎虎的对话、交流中，体现的这份爱，如潺潺流水，让宝宝这棵幼苗有色、有香，有了根。

姥姥经常用哼歌的方式，把一些短小而富有童趣的歌曲，哼得满屋飘荡……不知为什么，姥姥屡次反复哼唱同几首歌曲。虎虎想了半天呀，费了好多脑细胞了，也没猜出来，只有怀疑，姥姥会唱的歌曲凤毛麟角。姥姥用手指戳戳妈妈肚子，说："才不是呢，这样反复唱歌，是在训练虎虎的记忆力、理解力。"咦嘻嘻……宝宝还真记得，姥姥哼唱最多的是《泥娃娃》《数鸭子》和《小鸟》。

深深情意，铭刻心头；款款深情，别致温馨；真真情感，暖暖流淌；美好日子，幸福无限。精神抖擞迎出生，清清凉凉，陪伴二老过夏天！

105.

光晕，染抹了您温暖的轮廓（上）

2010年6月22日 星期二 25℃~34℃

多云 无持续风向 微风 孕38周 农历五月十一

幽蓝的夜空，清朗、澄静，闪烁着迷离的星星，像虎虎的大眼睛，扑闪着、灿烂着。无风的夜，静谧安详，虎虎却分明听到，丝丝缕缕的天籁之音，从无边的夜色中，潜入心底，拨动着一腔心绪，如一朵夏花，悄然绽放。

时光的落英，依然是一抹温暖的阳光。刹那间，心底梦的尽头，是那么百转柔肠……妈妈和宝宝，咏唱着生命的歌谣，用静然的岁月珍惜而相守。妈妈十月怀胎，多少深情，虎虎只能在纸页间狂欢，灯色里，俏于案旁，那些入夜而来的情怀，不停地敲打键盘……

第一个月，笑得歇斯底里。亲爱的妈妈，虎虎曾经是一只“小蝌蚪”，与三亿多个竞争对手，一同来到您的身体里。据统计，三亿！妈妈，那是一个天文数字，反正，宝宝手指头、脚趾头加一起，数也数不过来。

这是一场残酷的比赛，那个勇敢的优胜者，就是——虎虎！宝宝以出色的表现，穿过保护层，揭开了神秘的面纱，进入了“临时住所”——子宫。准确地说，那时的虎虎，还只是一个胚芽。那个时候，虎虎怕怕，最怕妈妈不小心保护，要是这个时候出点事，那宝宝可从“根”上出问题啦！还好，妈妈没让虎虎输在“起跑线”，宝宝的担心，是多余的！【怒赞】

第二个月，赤着脚正当年少。进入妈妈身体里这件事，当时还是我们母子的秘密，别人一点都不知道。当然，直觉告诉虎虎，妈妈您已经把这个秘密，告诉了姥姥、爸爸。【嘘】

这段时间，虎虎可忙了，在“小房子”里拼命地生长……妈妈，宝宝知道您总是没有力气，恶心、想吐，有时候，还要经常跑卫生间……那段时间，虎虎怕怕，怕妈妈情绪波动过大，虎虎长相有缺陷怎么办啊？不错，妈妈收拾心情，继续走，一路艳阳天，一路阳光灿烂。

第三个月，倒计时 3、2、1 完成！妈妈，在我们共同的努力下，以前的小尾巴不见啦！宝宝长出了四肢……还开始在“小房子”里做小运动……呵呵！宝宝还知道了，自己是男孩还是女娃。【起范儿】

第四个月，虎虎模样初长成。长了头发，吸吮手指，斜着眼睛，常常给妈妈做鬼脸玩耍，嘻嘻……

有一天，宝宝打了个嗝，当然，那声音不太大，妈妈兴奋地说：“我真真切切地感受到，宝贝在身体里动来动去。”虎虎知道，您在笑……于是宝宝来了劲，伸伸腿脚和胳膊……

虎虎喜欢妈妈穿着孕妇服，您像一片轻柔的云，带着宝宝飘来飘去，您清丽秀雅的脸上，总是荡漾着春天般美丽的笑容。妈妈舒服，宝宝也舒服，越看妈妈越美丽！

第五个月，虎虎的气息，像落花满天飞。这个月对妈妈、宝宝来说都十分重要。虎虎学会了吞咽羊水，还学会了尿尿……宝宝的运动量也加大了，通过B超，您和爸爸、姥姥，能看到虎虎在肚子里踢、摸、滚动、吸吮手指……嘿嘿!

妈妈，您跟虎虎说话，宝宝听得到。宝宝能记住妈妈的声音，甚至还透过肚皮看爸爸，看家里的桌椅板凳，看到妈妈给虎虎买的玩具放在床上……啊！有感觉的日子，真是奇妙!

昏黄的傍晚，有爸爸或姥姥，陪妈妈出去散步，暮色调和着日光，一道余晖，横溢在水天之间。

未完待续

106.

光晕，染抹了您温暖的轮廓（下）

2010年6月22日 星期二 25℃~34℃

多云 无持续风向 微风 孕38周 农历五月十一

接上文

静静地，在时光一隅，以一笺素语，把一些美的场景，一些温暖的记忆，以及身边，最真实的烟火，流淌在文字里。虽然，文字里少了些许的清澈、细腻，那有什么关系呢，只要虎虎依着文字的“情”触摸到“暖”，如此，便觉得好。

第六个月，笑到哭，“嗨”到疼。虎虎已经成为一个很像样儿的宝宝了，小脸眉眼清晰，四肢正在变得强壮。虎虎可以听见，妈妈给宝宝播放的轻松舒缓的音乐和所讲的有趣故事……只是有一点虎虎不太满意，宝宝的住房条件越来越狭小，想娶个老婆，没法住！【脑瓜子疼】

虎虎知道，妈妈的那段时光，过得很辛苦。特别是晚上，您会被不安静的虎虎吵得无法入睡……但是，妈妈不会生气，还一个劲儿地夸虎虎是——好宝宝！夸虎虎武艺超群，十步杀一人，千里不留行。吼吼！霸气外露，锋芒尽显！

第七个月，虎虎只吃饭不洗碗。宝宝的动静越来越大，眼睛会跟着光亮跑，舌头也能分辨味道……

妈妈被翻天覆地、动来动去的虎虎，折腾得休息不好。真对不住啊妈咪！为表歉意，虎虎开始努力养成定时睡觉的习惯，妈妈睡宝宝就睡，清晨起床，和妈妈一起做早操，虎虎的这个习惯，是不是很好！

第八个月，敢于优秀。那些日子，虎虎已经听得见，看得着，眼睛还学会了眨巴眨巴地把媚眼抛……哈哈！真唏嘘！

为了让虎虎看上去更好看些，宝宝还长出了指甲和头发。然而，住房条件越来越差了，索性宝宝把双腿蜷缩在胸前，妈妈！这种姿势孩儿好累哟！呵呵！但已成为习惯！

其实，虎虎更担心的是妈妈，渐渐长大的宝宝，让您的行动越来越不方便，被越撑越大的“小房子”涨到胃，您喘不过气，吃不下饭，好可怜。【心疼】

第九个月，宝宝已经是一个足月的婴儿了。

去医院做产检时，医生发现，宝宝把脐带当围巾，绕在脖子上“时尚街拍”，看起来就是高冷范儿，一般人估计不敢上去搭话。【偷笑】医生还给虎虎入盆姿势起了一个很有趣的名字，叫“臀位”，据说这坐姿，直接影响到宝宝出生的过程，不太顺畅。嗐，虎虎很想再把自己转回来，可是不管怎么努力，眼高手低而迷茫！启禀皇上，医生要求宝宝pose先摆好啊，要求太多太苛刻，皇儿做——不——到！【吐舌】

虎虎知道，这样的话，会很快就要与爸爸、妈妈见面了，有点激动，有点心跳，然后还掺杂一点按捺不住……明天就孕满 38 周，实行“剖宫产”。呵呵！墙上时钟，嘀嘀嗒嗒慢慢摇，度日如年……

夏至，是充满诗意的一个节气。盛夏时节，旺盛天光，万物酣畅生长，而夜晚银河横贯天空，给仲夏之夜，增添无限迷幻的色彩，难怪莎士比亚把歌颂青春活力的一部喜剧，命名为——《仲夏夜之梦》。

107.

拉着脐带哼小曲

2010 年 6 月 22 日 星期二 25℃ ~ 34℃

多云 无持续风向 微风 孕 38 周 农历五月十一

夏至，裹挟着丰沛的雨水，伴着火热的骄阳，虎虎把时间穿越到 2014 年的 11 月 30 日。

最强冷空气，今天扑向武汉市，一下将武汉拉进气候学上真正的冬季。伴随着刮起的 4 ~ 5 级北风，最低气温降至冰点。那呼呼的北风“倒吹”着树枝，恰似在迎接冬儿的到来。

姥姥和虎虎，在暖气开放的卧室，空气里，凝结着满满的快意，睡前谈话进行中……

姥姥搂着外孙，问宝宝一个史诗级的难题：“虎虎，妈妈怀你的时候，你在肚子里面有玩具吗？”

虎虎小脸蹭住姥姥脸，小奶声：“当然有了，脐带！整天抓住脐带把玩，打秋千、拔河、跳皮筋……累了就停下来。然后认认真真数数自己的手指头，虎虎就害怕，哪一天忘记数了，会少一个俩的。虎虎太小了，不需要太多玩具。家家，一个人玩玩具，也是很辛苦的！”

姥姥接着问：“虎虎，你在妈妈肚子里，是不是整天在睡觉啊？”

虎虎憨厚一笑，说道：“不是！就像现在一样啊，有时候睡觉，有时候醒着。妈妈睡觉的时候，虎虎有时失眠，想动，但又不敢大动作，怕妈妈打屁屁，嘻嘻！白天的时候，宝宝困了，我才不管三七二十几呢，只管打呼噜，妈妈说，宝宝干扰到她学习，哈哈！当虎虎醒着的时候，妈妈是可以感觉得到的，因为，宝宝经常在妈妈肚子里练武术基本功，有手法、步型、腿法……”

姥姥继续问，一茬接一茬：“虎虎，那你在妈妈肚子里，吃什么呢？”

虎虎抽出两只胳膊，搂住姥姥，回忆说：“那个时候啊，虎虎还不会用嘴吃饭，只能用‘脐带’吸收营养，那就是吃饭哦。脐带，就像胶皮管一样，妈妈吃下去的食物，营养通过胶皮管，全部传递给虎虎。虎虎特别喜欢水果车厘子和红提，每当妈妈吃的时候，虎虎就吧嗒吧嗒地全吸收。所以，宝宝在妈妈肚子里，从来不会饿着，因为胶皮管里，永远有吃的，咯咯……”

姥姥把外孙搂得更紧了，问：“虎虎，那个时候，家家给你做胎教，你能听见家家说话吗？”

虎虎弯着小眼，笑眯眯地回答：“能！我不但能听见好多人说话的声音，还能听出是谁在说话呢，很厉害的哦！尤其是家家的声音，虎虎听得就更清楚，您的声音非常奇妙，虎虎在羊水中游泳时，听到家家声音，感觉有颜色，有形状，有温度……”宝宝话外音：姥姥！您可是虎虎的一部分回忆。

姥姥伸出一只手，揪住外孙的耳朵，追问道：“做B超时，你在干吗？为什么医生说，你是女孩呢？”

虎虎很跩地，亲吻姥姥一下：“哈哈……我背过身去，给大夫躲猫猫呢，是大夫通过虎虎头上的两个小辫子，判断出宝宝是女孩子的。那可是虎虎自己扎的羊角辫，有点没对齐，嘻嘻哈……”

姥姥还在追问：“虎虎，你在妈妈肚子里，能从肚脐眼往外看吗？”

虎虎一点也不烦，一一回答：“那可看不了。虎虎是在妈妈肚子里的，一个袋子中生长的，虎虎不能通过袋子向外看。家家，您看看您的肚脐眼，它是没有缝缝的，从外面看不到里面，从里面咋能看到外面呢，就是这个道理，切！”【翻白眼】

姥姥：“虎虎，你在妈妈肚子里尿尿吗？”

虎虎：“当然咯，虎虎整天在妈妈肚子里喝糖水，喝那么多，哪有不尿尿的！家家的问题好幼稚哦！谁再有劲，也不能憋住尿啊！”

姥姥：“妈妈肚子里面，是一片漆黑吗？”

虎虎：“不是呀。透过妈妈肚皮，虎虎能看到灯光、太阳，还能看到姥爷打火机的火苗突突。”

姥姥：“虎虎，你在妈妈肚子里，整天光着屁屁，经历了一个冬天，不冷啊？”

虎虎：“怎么会？怀胎十月，妈妈都设置成了‘春天’模式，温度刚刚好。穿裤衩干吗，碍事！最喜小儿无赖，溪头卧剥莲蓬。哈皮哈皮！”

姥姥在被窝里，找到外孙小屁股，一巴掌拍下去："调皮！哎，家家再问你，你是怎么从妈妈肚子里面出来的？"

虎虎思索了一阵，而后文绉绉地："虎虎感觉，妈妈肚子里面太挤了，就告诉妈妈，我要出去。妈咪到医院请医生帮忙，医生阿姨在妈妈肚子上划了一个洞，虎虎就从这洞里钻出来啦。家家，妈妈肚子上的那个洞，一定要缝住哦，要不然，妈妈吃的饭，会漏出来的！"

虎虎开始试探性地把腿跷到姥姥身上，看没多大反应，索性爬了上去。

虎虎："家家，我在妈妈肚子里面的时候，您和爸爸、妈妈总是猜我是男还是女，你们每天给我唱歌，陪我说话，还一起商量给我起名字，然后替我收拾房间、安装小床……嘿嘿！其实我什么都知道，就是不想说而已。"

姥姥把外孙从自己身上掀下去，虎虎："家家，虎虎给您说这么多，您能理解吗？什么？我解释了您也不懂啊！好吧，那您迷茫吧！随意！"

虎虎继续往姥姥身上爬，姥姥啪啪揍屁屁……哇啊啊啊！有点疼，穿越回来找妈咪。【调皮】

108.

那根滴着眼泪的脐带

2010年6月22日 星期二 25℃～34℃

多云 无持续风向 微风 孕38周 农历五月十一

一只小鸟问妈妈："妈妈，我们为什么不能出门，老待在笼子里啊？"鸟妈妈回答："门一开出去了，就得自己去找吃的，那多辛苦啊，还是在家好好待着吧，不自由没什么，有吃有喝，才是硬道理！"

成长吧，过去没了；不成长吧，未来没了！虎虎不想长大，只能想想而已。别人有一种说走就走的勇气，而虎虎这么年轻，为什么却总有那么多顾虑？

虎虎，截至今天早晨8点，已经全部发育成熟啦！亲爱的宝宝现在正蓄势待发。但是，还是想在妈妈的肚子里多赖一会儿……姥姥向大家做了一个静音动作，耳语："咱们大家就别催宝宝咯，让贝儿再多跟妈妈待会儿吧！"

"天下没有不散的筵席"，也没有一个人，能不经历别离。离别，是感伤的代名词，是以泪水作为标志，以依依不舍作为特征的。有哪一场离别，是以欢笑收场的？

妈妈抓住机会，给虎虎讲最后一个胎教故事："婴儿降临人世前，佛与婴儿道别。小孩一直在哭：‘我害怕，我会变得那么小，什么也不会，多么无助。’佛安慰他：‘我早已安排好一位菩萨，引领你去到人间，她会保护你，照顾你，爱你，等你长大以后，菩萨也就完成了使命，才能回到我的身边。’小孩停止哭泣，问：‘菩萨叫什么名字呢？’佛微笑着说：‘她的名字叫——妈妈！’”

怀胎十月，妈妈知道，虎虎喜欢红提的味道，整箱整箱地买回家，堆在墙角，直到自己吃吐血啦……妈妈，就是拼命地，把她觉得好的，最好的，给你，都给你，爱得不知所措了。

妈妈，是一个光荣的称号；妈妈，是关爱的代名词。和妈妈在一起的那种踏实、琐碎、细微、平淡的幸福，终生难忘。藏在骨子里的爱，感觉到了心疼。

窗前的月季，满枝的娇艳，满树的灿烂，妈妈那花季般美丽的容颜，一直是虎虎梦幻中的影像，时常在虎虎脑海浮现——清晰真实，却触摸不见。世界上，最遥远的距离，不是天涯海角，也不是生离死别，而是虎虎在妈妈肚子里，却亲吻不到妈妈的脸……

知道了！知道了！别催啊，这不正在收拾行李呢。看来，这里真的是待不下去了，虎虎已闭关，要“退房”了。虎虎的行李是该收拾一下了，把自己的胎盘带上；还有自己在妈妈肚子里时，保护自己皮肤的胎脂；最重要的是，还要带上围巾，就是陪自己打发无聊时间的玩具——脐带。

虎虎拖着行李，打着头油，围着围巾……怀揣希望，宝宝的脚步轻盈了起来。开往妈妈家的火车已开启，请勿扰！妈妈！您等很久了吧？紧握约定，但愿重逢能早点到来！

莫名，突然而至地伤感……

妈妈！您可不可以，等宝宝慢慢地咿呀学语；

妈妈！您可不可以，等宝宝慢慢地长牙；

妈妈！您可不可以，等宝宝慢慢地蹒跚学步；

妈妈！您可不可以，等宝宝慢慢地长大；

妈妈！您可不可以，让宝宝慢慢地学会克服恐惧，摆脱内心的挣扎；

妈妈！您可不可以，等宝宝慢慢地笑成一朵花。

……

妈妈！妈妈——